Elogio

"*El Vendedor de Sueños*

evocación de la vida e

cuenta Quiñonez tien

"*El Vendedor de Sueños* es una historia fascinante y tenebrosa, llena de vueltos y giros, decepciones y risas. Quiñonez tiene un oído maravilloso, y so prosa vibra con los ritmos y la energía del spanglish. El lenguaje reluce en boca de sus personajes."

—*Newsweek*

"Quiñonez conoce este barrio. . . . Su prosa, detallada y apasionada, le da vida a su historia."

—*Time*

"Quiñonez crea un mundo complejo y vibrante. Es con tal maestría que retrata la energia de este barrio en el que un vendedor de heroína mejora las condiciones de vida de la comunidad en lugar de degradarlas, que el lector fácilmente se encontrará haciéndole fuerza al traficante de drogas."

—*Newsday*

ERNESTO QUIÑONEZ es el autor de la aclamada novela *El Vendedor de Suenos (Bodega Dreams)*. Actualmente, vive en Harlem.

EL FUEGO DE CHANGÓ

EL FUEGO DE CHANGÓ

UNA NOVELA

Ernesto Quiñonez

Traducido del inglés por Julio Paredes Castro

Una rama de HarperCollins*Publishers*

Los libros de HarperCollins pueden ser adquiridos para uso educacional, comercial, o promocional. Para recibir más información, diríjase a: Special Mar-
kets Department, HarperCollins Publishers Inc., 10 East 53rd Street, New
York, NY 10022.

Diseño del libro por Renato Stanisic

PRIMERA EDICIÓN RAYO, 2004

Impreso en papel sin ácido

Library of Congress ha catalogado la edición en inglés.

ISBN 0-06-056565-9

04   05   06   07   08   DIX/RRD   10   9   8   7   6   5   4   3   2   1

Anna

Tienen que reconocer que este barrio en el Bronx y
otros en Brooklyn y Manhattan no tienen arreglo.
Están más allá de cualquier reforma, ajuste o restauración.
Deben ser demolidos.

ROBERT MOSES, CONSTRUCTOR DE LA CIUDAD DE NUEVA YORK, 1974.

CONTENIDO

Libro I

UNA LISTA DE QUEJAS.

Queja #1

La casa a la que estoy a punto de prenderle fuego se levanta solitaria en una colina.

Bajo esta oscuridad de Westchester, parece una casa solitaria que podría pintar Hopper. Hay un camino de entrada lo suficientemente amplio como para que pase un camión. Un jardín con árboles y un espacio abierto donde puede uno imaginar a los niños Kennedy jugando *touch football*; las sonrisas perfectas, las rodillas de sus pantalones caquis manchadas de hierba. No hay mar, pero un porche de madera da la vuelta completa alrededor de la casa como si la abrazara. Ventanas grandes y habitaciones espaciosas, la casa americana con las que sueñan los nuevos inmigrantes. El tipo de casa que América le promete a uno si trabaja duro, ahorra sus centavos y saluda la bandera.

Abro la puerta de malla, pulso el código de la alarma y estoy adentro. Se trata de mi casa, en realidad. El propietario no la quiere.

Es mi casa durante estos preciosos y escasos minutos. Puedo delei-
tarme fisgoneando en la vida de otro. Caminar por unos pisos de madera como en los que algún día espero vivir.

Recién contratado, solía entrar a estas casas con mis galones de
lata llenos de kerosene y empapaba rápidamente las camas, los sofás y
las cortinas. Lo encendía todo y me largaba de inmediato. Ahora,
echo una mirada alrededor, preguntándome por qué, además del dinero, esta persona quiere que su casa sea destruida para siempre. Camino de un lado a otro, levanto los portarretratos, estudio con
detenimiento los rostros de los seres queridos. Veo secretos de una
infancia que nunca conocí, secretos de caballos y casas de campo, de
vacaciones en verano. Abro cajones. Hurgo entre la ropa. Leo los
lomos de los libros y trato de encontrar claves sobre la vida de esta
persona. En una oportunidad le prendí fuego a una casa donde encontré todo un juego de uniformes de porristas en un armario en el
ático. ¿Era su esposa la entrenadora? ¿Asesinó él a las muchachas del
equipo? ¿Quién lo sabe?

Doy una vuelta. La casa es hermosa pero todo el mobiliario está
pasado de moda; las lámparas, las puertas, y los armarios tienen un
resplandor viejo, amarillo. En la sala, hay un televisor de botones, un
estéreo con tornamesa. Clavado a la pared hay un teléfono negro de
disco y cuelga como el ejemplar de una especie extinta. En la cocina,
no hay mucho más que una tostadora. Las sillas de madera en el comedor están rajadas, y las paredes están tapizadas con imágenes de
santos católicos, cuadros de frutas y paisajes. Pero son las descolori-
das cortinas de girasoles y las plantas muertas en las ventanas lo que
sugiere casi con seguridad que aquí vivió una mujer mayor. Ahora
que ha sido internada en algún lugar, o ha muerto, la casa parece servir únicamente como depósito, como un inmenso salón donde se
arruman juguetes rotos inertes u objetos sin uso de una vida pasada o

de un matrimonio fracasado. En esta casa hay tristeza. Se tiene la sensación de que sus hijos la hubieran abandonado desde hace muchos años y sin el menor interés en mirar atrás. Ni una lágrima. Por todas partes, cada cosa carga con el mismo pesar. Una oscuridad adherida a las paredes, como si aquí ninguna luz hubiera brillado nunca, ni siquiera cuando algunos piesesitos corrieron a su alrededor. Por entre estos pasillos, se tiene la sensación de estar en un territorio desdeñado. Avanzo aquí sobre una historia familiar no deseada. A nada en esta casa se le ha estimado un valor digno como para guardar o atesorar. Todo ha sido condenado a que lo arrase el fuego.

Pero en realidad no puedo afirmar con seguridad qué habrá sucedido aquí años atrás para haber dejado esta casa tan sombría. Pues sombría sí es. Y ahora que el último de sus padres se ha ido, los hijos ya mayores le pondrán un fósforo encendido a sus desdeñados recuerdos. La casa se quema, todo el vecindario se mantiene del mismo tono, y la propiedad se reconstruye con el dinero canalizado del seguro.

Pero igual. No es mi casa, no son mis recuerdos. Aún menos, a mí no me corresponde hacer preguntas.

No hago preguntas.

Nunca lo hago.

La gente para la que trabajo no me conoce. Yo sólo trato con Eddie, y Eddie se entiende con ellos, y no sé con quién se entienden ellos o como amañan lo del seguro, todo lo que sé es que el pan se reparte en ese orden. Yo recibo la última de las migajas.

He trabajado para Eddie desde hace ya algún tiempo. Las migajas son ahora lo suficientemente abundantes como para que haya podido sacar la hipoteca para un apartamento que estaba en venta en una vieja y deteriorada construcción de tres pisos. En el primero, mi amiga Maritza ha montado su loca iglesia, y el segundo es propiedad de una mujer blanca a la que escasamente conozco. Aunque parece amable, raramente cruza la mirada con uno y siempre está de afán. Abandona el edificio temprano en la mañana y generalmente puedo escucharla de regreso tarde en la noche cuando estoy leyendo en la cama. No pasa mucho tiempo en su casa ni remodelando su apartamento como yo.

He venido haciendo mejoras al apartamento con lentitud, pues resulta malditamente costoso. Pero estoy feliz ahí. Algunas veces y sin ninguna razón particular, salgo y cruzo la acera y me quedo mirando mi edificio. Sonrío. ¿Ves el tercer piso? Es de mi propiedad, me digo. Veo las ventanas un poco torcidas, que no encajan completamente en los marcos. Tengo que arreglarlo. Sonrío. Miro la pintura desconchada por todas partes. Tengo que arreglarlo. Me gusta la sombra gris que mi edificio proyecta cuando el sol lo golpea del costado oeste de la 103 y Lexington Avenue, y cómo ha quedado en sándwich entre la botánica de Papelito y una barbería. Me digo entonces, que he recorrido un largo camino desde esa casa de palos que me construí cuando niño. Recogí cajas de neveras, las pinté, les abrí ventanas y puertas, y las monté en un lote vacío lleno de ratas, ladrillos quemados y pañales desechables. La llamé la Casa Café, residencia del presidente de Spanish Harlem.

Era demasiado joven para saber aún que fue durante la década de mi niñez cuando mi futuro jefe, Eddie, y tipos como él estaban siendo contratados. Eddie incendió la mitad de El Barrio y la mayor parte del South Bronx. Recibía de los dueños de esas propiedades una tajada del dinero del seguro, incluyendo a la ciudad, que también participaba al recortar a la mitad el servicio de bomberos en vecindarios como el mío. Era una rapiña. Todo el mundo aceptaba sobornos. Todo el mundo lo vio venir. A medida que la afluencia de puertorriqueños se hizo más intensa en los cincuenta y los sesenta, muchos italianos vendieron sus negocios y se largaron del pueblo. Muchos judíos siguieron el ejemplo, como lo hicieron también algunos de los propietarios irlandeses cuando descubrieron que el vecindario cambiaba a un color más oscuro, y la mayoría recurrió a gente como Eddie.

Spanish Harlem era una tierra sin ningún valor en los setenta y comienzos de los ochenta. Muchos propietarios prendieron fuego a sus edificios y les pasaron a los nuevos inmigrantes un barrio con paredes huecas y lotes vacíos. Un queso urbano suizo. La ciudad entonces nos ubicaría a muchos de nosotros en los projects, creando reservaciones latinas. Estas manzanas, abarrotadas con bloques de apartamentos en cada esquina, fueron construidas, no tanto para damos una casa sino para encorralarnos. Para mantenernos a todos en un solo sitio. Estábamos siendo gradualmente, pero sin ninguna duda, reubicados, tanto que aquellos que tenían bienes raíces quemaron el vecindario, cobraron el seguro, se sentaron sobre la propiedad dilapidada y esperaron a que llegaran días mejores.

Hoy, la espera ha terminado, y los consumidos edificios de Spanish Harlem son ahora minas de oro. Muchos de los propietarios que incendiaron sus edificios de apartamentos están ahora construyendo de nuevo. Las licencias por zonas le han cambiado la cara al barrio. Las tiendas de cadenas se levantan como los inmensos monstruos de una laguna. Gap. Starbucks. Blockbuster Video. Old Navy. Como el nuevo Berlín, El Barrio está siendo reconstruido sobre sus cenizas. Los alquileres son absurdamente altos, y me parte el corazón, pues Spanish Harlem siempre ha sido como un trampolín. Un lugar donde los inmigrantes llegan para mejorar su situación y, cuando alcanzan un nivel más alto, dejan atrás los rastros de su cultura, un pedazo de sí mismos, y siguen adelante. Un crisol de historias de éxitos pasados: holandeses, judíos, irlandeses, italianos. Cuando nos tocó el turno de heredar estas calles, East Harlem aún era un barrio mágico construido por familias que soñaban que sus hijos contratarían a los hombres para quienes trabajaron sus padres. Soñando que sus hijas dormirían en las casas que limpiaron sus madres. Y entonces, el piso se vino abajo. Sin embargo Eddie se ha quedado, hasta envejecer, observando como cambiaba el barrio, y se ríe. "¿Para qué? ¿Quién puede pagar estos alquileres? Mejor cuando la ciudad dejó que se incendiara."

Eddie tiene un hijo. En realidad conocí primero a su hijo, Trompo Loco. Es un chico maravilloso con quien me crié. Nunca ha sido el más inteligente de todos, probablemente sea un poco lento. Pero posee cierta belleza. Una belleza imperfecta, como la que uno puede detectar cuando busca conchas en Orchard Beach. Una alegría como la que uno siente cuando encuentra una concha que está rota pero que tiene unas marcas como uno nunca ha visto. Trompo Loco es así. Es sumamente flaco, lo cual lo hace lucir más alto de lo que en realidad es. Trompo Loco es tan delgado que debió haber recibido el apodo de Flaco, salvo que cuando se pone furioso empieza a dar vueltas y vueltas hasta que se desploma en el piso. Algunas veces se desmaya del mareo. Lo ha hecho desde que éramos niños, y como en esa época jugábamos con trompos de madera, se quedó con el nombre de Trompo Loco. Siempre me he sentido mal por él, pues todos los chicos de la cuadra se burlaban. "Oye, retrasado," le decían, "¿por qué tienes que ser tan estúpido?" Aunque varias veces—y esto es algo que odio tener que admitirlo—para justificarme frente a los otros, yo también me burlaba de él. Pero con el tiempo siempre estaba defendiendo a Trompo Loco y tratando de que los otros no lo molestaran. No sabía lo que estaba pasando en su casa pero sabía que era algo verdaderamente horrible, pues él prefería estar afuera, donde los demás se burlaban de él, que allá arriba. Nos volvimos amigos y pasaba mucho tiempo en mi casa. Pasaba tanto tiempo que mis padres terminaron llevándolo a misa con nosotros. Y fue en la iglesia donde me enteré de la verdad sobre la madre loca de Trompo Loco. Entonces comprendí por qué él prefería las burlas de los otros afuera que estar adentro arriba con una mujer que lanzaba amenazas contra él y también contra sí misma. También fue en la iglesia donde escuché los rumores de que el tipo ese grande, el italiano era el padre de Trompo Loco. De cómo ese hombre había vuelto loca a la madre de Trompo Loco. Entonces un día Trompo Loco me llevó a la 118 Pleasant Avenue, lo último que queda de la parte italiana de East Harlem. Desde la distancia Trompo Loco señaló una cafetería en la esquina. Vi a un hombre alto que antes de regresar a la cafetería ayudó a una mujer mayor latina a cruzar el carro del mercado al otro lado de la calle. Fue la primera vez que vi a Eddie. Años después ya no me encontraba protegiendo a su hijo ilegítimo. Estaba trabajando para él.

Cuando empecé a trabajar para Eddie y estaba listo para prenderle fuego a mi primera casa, él me acompañó. Me dijo que yo era un SUMO, Sólo Un Maldito Observador, que me hiciera a un lado y observara. "¿Estas casas nuevas? Basura. Las puedes encender con luces de bengala." Y entonces roció kerosene sobre todos los cuartos, como si fuera a trapear los pisos y los estuviera preparando. "Pero en cambio los colchones son comedores de fuego. Justo la cosa donde nos echamos a dormir es una caja de fósforos." Descubrí que Eddie no disfrutaba prendiendo fuego; pude ver un destello de juventud y nostalgia en sus ojos cuando empezó a hablar sobre los días del pasado. "Antes las casas estaban hechas para soportar un bombardeo."

Esa primera vez, mientras recibía instrucciones, descubrí un Rolex encima de una cómoda. El corazón me dio un brinco y estaba ya listo para agarrarlo y metérmelo al bolsillo. Eddie me llamó la atención. "Nunca tomes nada," dijo, "ni siquiera saques el helado del refrigerador. El perito va a estar buscando por todas las cosas de valor que haya en la casa, y es mejor que estén quemadas. Sabes, tiene que tener buen aspecto. Tengo gente trabajando para mi, pero todo tiene que tener buen aspecto. Es mi nombre el que está en juego, a fin de cuentas." Y Eddie roció más kerosene sobre los pisos. Le pregunté a Eddie si los bomberos sabrían que fue un incendio deliberado. Eddie no me contestó. Nunca más le volví a preguntar. Lo aprendí desde ese primer día, uno nunca hace preguntas. Así que me limité a escuchar.

"Cada incendio, Julio, tiene su propia vida, su propia personalidad," me dijo esa primera vez, mientras observábamos la casa en llamas desde la distancia, los dos sentados seguros en su auto estacionado. "Dependiendo del diseño de construcción, de los materiales y de lo puro que sea tu kerosene, el fuego avanzará a su propio paso, el humo tomará su color y su olor propios." Esa noche me di cuenta de que Eddie no estaba obsesionado con el fuego. Él no veía belleza en las llamas. "La mayoría de los incendios son terribles, Julio. Una vez que alcanzan cierto tamaño, se vuelven como niños que no puedes controlar, o que nunca deseaste. Se vuelven como una avalancha de llamas y tú no puedes echarlos para atrás o detenerlos, Julio. Así que debes de saber muy bien lo que estás haciendo antes de que sea demasiado tarde."

Como Eddie, yo tampoco estoy obsesionado con el fuego. Pero no tengo ningún problema con lo que hago.

Mi conciencia está tranquila con Dios y con los hombres. Incendio edificios, como Eddie, y les prendo fuego por la misma razón, el dinero. Pero el propietario de la casa que voy a incendiar sabe de antemano que me encuentro aquí. Hasta le dio a Eddie las llaves y el código de la alarma. No sé cómo lo hace Eddie, cómo organiza las cosas con la aseguradora, todo lo que sé es que todo el mundo recibe su parte y que mi tarea es prenderle fuego a la casa.

Esta noche, justo antes de incendiar esta casa en Westchester, decido llamar a Eddie. Quiero estar seguro de que esta es la dirección correcta; aunque ya me encuentre adentro, verifico para estar seguro. No quiero quemar el lugar equivocado.

"Muy bien," dice Eddie al otro lado de la línea, "repíteme la dirección."

La repito.

"Sí, esa es. Dime el códígo de la alarma."

También se lo repito.

"Estás listo. Ve y moja la cama."

Le digo entonces a Eddie que este es mi último trabajo, que renuncio después de este. Que voy a trabajar en el sitio de demolición pero que esto es todo. No escucho nada, así que vuelvo a decir que este es mi último trabajo.

"¿Cómo está tu amigo?" Eddie siempre habla de su hijo como mi amigo.

Le digo que Trompo Loco está bien.

"Bien, bien. Échale un ojo, ¿okay? Pero mantenlo lejos de mi cafetería."

Siempre lo hago, ¿cierto? Entonces le digo de nuevo, que este es mi último trabajo.

"¿Lo estás llevando a misa?"

Le recuerdo a Eddie que ya yo no voy a la iglesia.

"¿Lee por lo menos la Biblia?"

"Si," contesto, y "escuchaste, Eddie, este es mi último trabajo."

"¿Es que te vas a casar o algo?"

"No," le digo, "¿eso qué tiene que ver?"

Eddie cuelga.

Lanzo un suspiro y empiezo a trabajar.

Subo las escaleras y empiezo a empapar uno de los cuartos, rociando algo de kerosene sobre las cortinas. Paso a la siguiente habitación, donde escucho un ruido extraño. Como alguien o algo chillando. Me pongo nervioso. Se supone que la casa está vacía. Busco de donde proviene. Me tranquilizo an poco cuando descubro debajo de una cama a un gato asustado. Está con miedo y maúlla. Golpeo el piso con el pie y, como un ratón despavorido, el gato corre hasta la otra esquina del cuarto. Lo persigo y baja las escaleras. Alcanzo a echarle un buen vistazo y descubro que es un hermoso gato ruso azul, creo que es un macho joven. Tiene los ojos grises y está flaco. El pobre gato no habrá comido en días, sobreviviendo de ratones, cucarachas, o de cualquier cosa que haya encontrado en esta casa, y tomando agua del inodoro.

No es mi problema.

Es sólo un gato.

Bajo las escaleras, derramando kerosene sobre la alfombra. Saco mi encendedor. Tan pronto como la llama del encendedor roza los escalones húmedos, sigue un ruido como de tormenta, y el fuego crece rápidamente, corriendo escaleras arriba como un hombre poseído. El mismo hombre poseído que en los evangelios le preguntaba a Cristo, ¿No es hora de que nos lleves Hijo del Hombre? Pues cada vez que empiezo un fuego, pienso en mi educación religiosa. Recuerdo toda la gritería, las sanaciones y los ungimientos, y todos esos sermones donde la palabra de Dios nunca era "amor" o "luz" sino "fuego." Lenguas de fuego. Y Su furiosa presencia era evidente alrededor de un barrio que se mantenía en llamas noche tras noche.

Tan a menudo que a los incendios ya no se les hacía caso y sus habi-
tantes quedaron marcados como pecadores. Según las noticias, se
nos castigaba por ser drogadictos, ladrones, putas y asesinos. La evidencia de la ira de Dios eran las manzanas y manzanas de edificios
quemados supuestamente por culpa nuestra. Para mi iglesia se trataba de una señal, estas llamas que han consumido Spanish Harlem,
el South Bronx, Harlem, Bed-Sty, nombre uno el ghetto que sea, ha
sido encendido. Era una señal, una marca sobre nuestras casas, estas
llamas eran la evidencia de una profecía, el advenimiento de . . . "La
Verdad."

Pero la verdad era, que fue un muchacho como yo, quien empezó
todos esos incendios. Un tonto como yo comprado por el político
local o el cacique del barrio. Todos y cada uno zares de la pobreza.

Afuera.

Veo cómo la casa está totalmente cubierta por las llamas, ni un
solo centímetro libre del fuego. Enciendo cl auto y me alejo, en dirección a la autopista. Escucho el maullido de nuevo, el mismo que
escuché en la habitación. Volteo a mirar y me encuentro con el gato,
hecho una bola en la silla de atrás. Había dejado una ventana abierta,
y, después de escapar de la casa, con seguridad saltó dentro del auto.
Al principio freno, listo para abrir la puerta de atrás y espantarlo,
pero estoy demasiado cansado para detenerme. Tengo que estar en la
obra en la mañana, después la academia, y estoy seguro de que a Ma
le encantará que lleve un gatito asustado a la casa.

Así que sigo adelante.

Cuando llego a la autopista, el panorama de Nueva York muestra
todo su esplendor a lo largo del Hudson. El gato salta al asiento de
adelante como si quisiera tragarse todas esas maravillosas luces. Se
sienta ahí mirando atento, y me pregunto qué aspecto tendrá la ciudad para un gato. Pues Nueva York provoca diferentes cosas en la

gente, incluso en los animales. Yo comencé a construir mi propia Nueva York un segundo después de tener uso de razón. Cuando Nueva York era sucia y destartalada y, en mi imaginación, sagrada. La ciudad dejaría en mí su marca, como un anzuelo que se me hubiera enganchado, fue halado y marcó mi piel. Esa primera imagen de una ciudad sucia y rota se grabó en mis ojos y en mi memoria. Y no importa lo mucho que haya cambiado el paisaje con los años, cuáles torres se hayan caído, o cuáles edificios nuevos se hayan levantado, los cambios nunca han suplantado la visión que tuve la primera vez que subí al techo allá en Spanish Harlem y observé sus brillantes luces. Y allá arriba en ese techo, Spanish Harlem le cantó a ese niño de nueve años como el coro de nuestra iglesia, y el horizonte brillaba de manera tan sublime que no había duda de que yo me encontraba, en ese preciso momento, más cerca de Dios.

Ahora, años después, en algún rincón de ese glorioso desorden de ciudad, tengo mi propio apartamento. Un espacio real, con paredes, puertas y chapas. Es mío. No me moriré pagando alquiler.

Y es así como seguirá siendo.

"¿Cierto, gato?"

Queja #2

Estaciono el auto y levanto el gato suavemente e indeciso, imaginando que me va a rasguñar. Me empieza a caer bien, pues no lo hace. El gato deja que lo cargue como si ya supiera que de ahora en adelante esta va a ser su casa.

Es tarde, estoy cansado, y empiezo a caminar hacia mi edificio. Entonces veo delante a la muchacha blanca que acaba de mudarse. Está unos pasos delante de mí, vestida de negro, tiene una cintura menuda y delgada, como si resultara fácil partirla en dos. Voltea a mirar y me ve cargando el gato. Sé que debo oler al yeso de la obra y a kerosene y al humo del incendio. Llega a la puerta antes que yo, saca las llaves y abre. Estoy a punto de darle las gracias y seguir, cuando se da la vuelta y quedamos cara a cara. Tiene una expresión amable con cierto aire de desconfianza. El tipo de mirada que le he visto hacer a la gente blanca frente a los porteros de oficina y los repartidores.

"Perdón," dice, bloqueando la entrada. "¿Usted vive aquí?"

"Sí, vivo en el tercer piso," digo cortésmente. Parece aún más indecisa de hacerse a un lado.

"¿De verdad?" sonríe nerviosamente. "¿Entonces no le importaría timbrar? Sólo quiero estar segura." Observa al gato, pensando tal vez que soy un vago o algo por el estilo. "No quisiera dejar entrar al edificio a nadie desconocido."

Quisiera arrastrarla por la calle y volverla trizas. Escucha puta blanca, no tengo por qué probar que vivo aquí. He vivido en este barrio desde hace muchos años, cuando esta precisa manzana estaba quemada y caída. Así que hazte a un lado y regresa a ese pueblo en Middle America de donde viniste.

Me hubiera encantado decir eso.

En cambio respiro profundo.

"Es pasada la medianoche," suspiro. "No quisiera despertar a mis padres."

¿Por qué estoy siendo educado cuando, a diferencia de ella, yo tengo una historia aquí? "Lo que pasa es que a usted nunca lo había visto aquí. Estos no son apartamentos de alquiler," comenta, como si yo no lo supiera. Entonces empieza a escarbar la cartera con la mano y la deja ahí. ¿Gas paralizante, pienso, un celular o algo más?

La verdad es que quisiera empujarla a un lado y entrar en mi propiedad. Pero simplemente me quedo ahí. Descubro lo vulnerable y menudo que es su cuerpo. Cómo el tono de sus ojos verdeazules hacen resaltar el reguero de pecas alrededor de la nariz, acentuadas por un reguero aún más grande justo encima del escote en V de su blusa y alrededor de los pechos. La miro fijamente. Pienso en los días de mi infancia, cuando no había casi gente blanca en Spanish Harlem. Uno sólo veía gente blanca cuando iba al trabajo y marcaba tarjeta, y usualmente eran los jefes. En la escuela eran los profesores. En la TV los blancos eran siempre médicos, abogados y detectives. Vivían en otro sector de la ciudad y sabíamos que no éramos bienvenidos en esos sitios. Uno era arrestado en el mismo lugar donde pusiera un pie en sus jardines. Ahora que trato con gente blanca a un mismo nivel, y nunca permito que me mangoneen, me mantengo firme, pero de alguna forma, en Spanish Harlem, siento como si ellos se hubieran metido a mi patio. O a mi jardín. Debería ser yo el que hace las preguntas. Pero la otra voz me dice que si les demuestro amabilidad y educación quedan desconcertados. Esperan al Latino rudo de la calle, y la verdad es que yo soy así, también. Y, por momentos, me cuesta trabajo decidir cuál de las dos caras es la que debo mostrar.

"Por favor, ¿podría timbrar?" dice de nuevo mientras una sonrisa acompaña su última palabra.

El Barrio ya no era mi barrio, y el pasado parecía irrecuperable. Gente blanca viviendo en muchas de estas manzanas. Algunos tenían dinero, otros no, pero se supone que nosotros no debemos meternos con ellos. Debemos aceptar que se muden a nuestros vecindarios, al contrario de cuando los negros y latinos empiezan a entrar en sus suburbios. Cómo nos observan con sus malvados ojos. Les dicen a sus hijos que se mantengan alejados de los nuestros. Se aseguran de que sus hijas se mantengan lejos de nuestros hijos. Nunca nos han dado la calurosa bienvenida al gran Sueño Americano.

"¿Podría por favor sólo timbrar?"

Ahora nos viene con que está cansada.

Ustedes los pobres.

Pero no en mi manzana.

No en mi suburbio.

No en mi edificio.

"Si no timbra, no lo puedo dejar subir."

Y aquí, en Spanish Harlem, se supone que nosotros debemos

tomar el camino más fácil. Como Cristo, poner la otra mejilla. Darles la bienvenida a los blancos y sonreír mientras los accionistas de bienes raíces cambiaban el nombre de Spanish Harlem a Spa Ha, pues El Barrio no era un nombre *cool* ni pegajoso. Necesitaban un nombre nuevo, algo que atrajera a los *yuppies* y se sintieran *hip* usando todo ese negro.

Todo ese negro, justo como el que lleva puesto la muchacha que me bloquea la entrada a mi casa.

"Claro," le digo, "no me importa timbrar," y lo hago, además tengo que timbrar varias veces para despertar a mi familia.

"*¿Quién es?*"

"*Pa, soy yo.*"

"Coño, ¿no tienes llaves?" mi padre se queja por el interfono y ella suelta una risita ahora que está segura de que vivo aquí.

"Lindo gato," saca la mano de la cartera y sostiene la puerta para que yo pueda entrar. "Gracias," digo. Puedo percibir el alcohol en su aliento, y sus mejillas tienen el rosado de la goma de mascar. Seguramente habrá estado bebiendo con sus amigos hasta tarde. Pues con la afluencia de los yuppies, los bares han brotado por todo el barrio. Ha sido valiente en desafiarme. Me pregunto si lo hubiera hecho de no estar un poco entonada.

Seguimos adentro por el vestíbulo y oigo que mi padre pulsa el timbre para abrir.

"¿Vive con sus papás?" Empezamos a subir por las crujientes escaleras.

"Si," musito, "igual, así tuviera el dinero, nunca los voy a meter en un hogar."

"¿Perdón?" dice ella.

"Nada," respondo, preguntándome si lo dije muy alto. "Sí, entre todos nos ayudamos."

Se muestra de pronto realmente amigable y me cuenta que se llama Helen y que en Manhattan es demasiado costoso y que ella siempre ha querido comprar un apartamento. "Dios, no sé cuánto pagan ustedes, pero incluso en *este* vecindario, es malditamente caro." ¿Este vecindario? Este ha sido mi hogar por tres décadas.

"Sí, no es un barrio muy bueno," digo.

"¿Sabe dónde hay por aquí un sitio bueno y barato para ir a comer?"

"La Fonda, hay buena comida y es barato. Está en la 105 entre Lexington y la Tercera."

Lo digo de manera amable, pero sé que si fuera al contrario, si fuera yo el que se hubiese mudado a un vecindario de blancos, mis vecinos no desearían tenerme cerca. Incluso si le pego al premio mayor de la lotería y me saco un millón de dólares, aún así no me considerarían de su clase. La junta de administración del lujoso edificio Dakota en la 72 y Central Park West no me dejarían comprar nada ahí así pudiera hacerlo. Me rechazarían justo en el acto. No se trata sólo de la plata. Y en realidad hubiera querido hacer lo mismo con Helen. Hacer que esta mujercita blanca supiera lo que es sentirse invisible y odiado. Temido, incluso.

"Tiene que echarle un vistazo, estupenda comida de Puerto Rico," agrego.

"Grandioso," responde, sonriendo de nuevo, "¿no quisiera tomarse un café en Starbucks un día?"

"Claro," digo, pensando al mismo tiempo que no me encontrarían ni muerto en ese sitio.

"Adiós." Entonces acaricia al gato, "Adiós gato," y abre la puerta de su apartamento. "Me llamo Helen, por cierto," repite.

"Julio," digo.

"Estupendo," dice, cerrando la puerta.

Me siento feliz de que se haya ido.

Subo y sostengo el gato con una mano mientras busco la llave de la puerta con la otra.

Cuando finalmente la encuentro, mi padre abre la puerta.

"Mira ¿un gato?" comenta mi padre, medio dormido, "¿qué haces tú con un gato?"

"Lo siento Pa," digo y lo beso de saludo. Mi padre, que está envejeciendo antes de tiempo por todo ese trabajo y la vida disipada de su juventud, le gruñe al gato.

"No es un gato malo," dice y me quita el gato de los brazos.

"Lo traje para Ma." Y justo en ese instante escucho a mamá levantarse de la cama y dirigirse a la sala.

"Mira, es tarde. ¿Dónde está el vi-va-porú? ¿Quién ha visto el vi-va-porú?" Lo que busca mi madre es el Vicks VapoRub. Me río. Todo lo que dicen los lingüistas que el Spanglish ha sido inventado en las calles es mentira. Fue inventado en las casas. Por nuestros padres, los que no nacieron en Estados Unidos o no llegaron aquí de niños. "¿Dónde está el vi-va-porú?" Nuestros padres nunca tuvieron oportunidad de aprender inglés. Simplemente trabajaban y trabajaban y trabajaban. Sin escuela, crearon su propio inglés. *Pichón* para paloma, *rufo* para techo, y así. Es una lengua de la familia, del hogar, no de la calle. Mamá ve el gato y se olvida de la medicina. "¿Qué lindo, de quién es ese gato?"

"Nuestro," le digo. Se lo quita de los brazos a papá.

Conflicto por un gato.

"Está con hambre y flaco," dice y le levanta el rabo. "Un macho. Kaiser," sostiene al gato en el aire, "te vamos a llamar Kaiser."

"No, ese nombres es horrible," protesto, "no es nombre de gato."

"Llamémoslo Héctor Lavoe," dice mi padre pero no le prestamos atención.

"Kaiser es un rey alemán, Ma."

"No, no lo es." Va hacia la cocina para servirle un poco de leche al gato. La sigo. Los platos están sucios, mamá observa a papá y señala los platos.

"Tú mejor te pones a *dishwashar*," le ordena y me dice a mí: "No es un rey alemán," y coge un plato limpio, "ese nombre está en la Biblia." Saca la leche de la nevera, llena el plato y lo pone en el piso.

"¿Kaiser?" digo. "Nunca he leído ese nombre en la Biblia."

El gato empieza a lamer la leche limpiamente, como si no hubiera comido en diez años.

"Pues ahí está, en el Libro de Job," dice mamá.

"¿Cómo se deletrea?"

Mi padre empieza a lavar los platos. A esta hora, y está lavando los platos. ¿Por qué?

Porque, como yo, él nunca le puede decir no a mi madre.

"No se, pero está en la Biblia." Acaricia al gato mientras. "Lo he visto. Mira, Trompo Loco vino a buscarte."

"¿Qué quería?"

"Nada, supongo que solo quería jugar. Bendito, Trompo Loco, debería venirse a vivir con nosotros," me dice mi madre, sin levantar los ojos, mirando contenta cómo Kaiser se lame los bigotes.

"Barretto, llamemos al gato Barretto," dice mi padre mientras lava, "por Ray Barretto."

"Olvídate tú de esos músicos viejos y más bien sigue *dishwashando*," le contesta mamá y le acaricia el pelo al gato.

Ahora que están los dos despiertos, decido que sería mejor decirles que las cosas se van a poner un poco difíciles.

"Renuncié al segundo trabajo," digo, y mamá deja entonces de mirar al gato y me abraza. El pelo le huele a almendras.

"Gracias al Señor," dice. "¿Vas a estudiar ahora tiempo completo?"

"No, todavía tengo trabajo, en la obra," respondo. Sé que ellos tenían sus sospechas sobre mi segundo empleo, pero nunca me preguntaron de qué se trataba. Puedo ver que papá asiente con la cabeza y sonríe mientras sigue lavando. "Quiero enfocarme en graduarme el próximo año. Ya voy para siete años," comento.

"Mijo," dice mi madre, "ahora mira, mira," dice, apuntándome con un dedo, "ahora todo lo que tienes que hacer es encontrar una buena muchacha, casarte, tener hijos, regresar a la Verdad, mira que el fin está cerca."

"Ma, por favor," respondo y ella se siente un poco incómoda, pues ya hemos tenido esta discusión antes, desde cuando decidí salirme de la iglesia años atrás.

"Mira lo que pasó en septiembre, esas son señales, Julio. Cristo viene y pronto."

"Lo que sea, Ma." No voy a discutir con ella.

"Entonces por lo menos cásate, deja que Cristo vuelva y te encuentre por lo menos casado. Mira, que hay una blanquita muy linda, que se mudó aquí." Y baja la voz para referirse a nuestra nueva vecina. "Parece buena persona."

"Ma, por favor. Te pareces a Papelito."

"Ah no, ese hombre no," y lanza una rabiosa mirada a la pared, "ese pato es hijo del Diablo."

"Me cae bien, Ma, y los pentecostales también tienen su mierda rara . . ."

"No digas palabrotas, Julio. Cada vez que lo haces el Diablo se te lleva un pedacito."

"Si eso fuera cierto, Ma," digo, "no habría puertorriqueños. Por favor, Ma."

Se calma un poco. " 'Tá bien, es tu amigo. Pero ¿por qué no te vuelves amigo de la blanquita también?"

No digo nada.

"La verdad es que esas blanquitas no limpian sus casas," comenta. "Tal vez nunca seamos ricos pero siempre seremos limpios. Nuestra taza puede ser pequeña pero nunca estará desportillada. Esas mujeres se visten muy elegantes pero sus apartamentos son un desastre. Igual espero que encuentres alguien pronto. Ya casi tienes treinta."

"Jesús nunca se casó," digo. "Yo sólo sigo sus pasos."

"Estás muy chistoso hoy," y suelta un risita; aguardo otra de sus expresiones favoritas.

"¿Te tragaste un payaso de almuerzo?"

"Sí," respondo, "¿cómo lo supiste?"

"Todo lo que digo Julio, es que le puedo rogar al Señor," dice mamá encogiéndose de hombros y mirándome, "le puedo rogar que te cases, que veas las señales y regreses a la verdad."

"Sigue rogando, Ma," le respondo, "al Señor y al doctor chino."

"Mira cuidado," me dice, y sabe que me estoy burlando de sus oraciones. "Cuidado. No me puedes hablar a mí así, te cargué por nueve meses. Así que no me puedes hablar así. Por nueve meses te cargué."

"Ah sí, Ma," digo y la levanto, "pues yo te voy a cargar por nueve minutos."

"Es pesada," dice papá, "por ahí nueve segundos es todo lo que vas a aguantar."

La suelto después de que se queja.

"Mira qué sinvergüenzas los dos," dice, riéndose.

Mi padre lava el último plato y voltea a mirarme. "Yo también estoy contento de que hayas dejado ese otro trabajo." Me sostiene la mirada. Entiendo a qué se refiere. "Hiciste lo correcto."

"Gracias, Pa."

"Pero tu madre tiene razón, deberías casarte."

"Pero el matrimonio no se puede forzar papá."

"Sí, es verdad, no se puede," dice.

Mamá deja el gato en el piso y se pone las manos en la cintura.

"Sí se puede," le dice ella.

"No, no se puede," contesta papá sacudiendo la cabeza.

"Pero si Julio fuera una muchacha, entonces ahí sí lo estarías forzando a que se casara, ¿verdad?"

"Eso es distinto. Una mujer es una cosa diferente."

"No lo es," dice ella.

"Oh sí," contesta él.

"Oh no, señor," insiste ella.

"Oh sí," dice él, y yo los dejo a los dos discutiendo mientras Kaiser termina la leche y empieza olfatear su nueva casa.

Me preparo para tomar una ducha. Tal vez más tarde me ponga a estudiar un poco para la clase de mañana en la noche. Dejo a mis padres conversando en la cocina. Mis padres siempre conversan en la cocina. Es como si fuera su salón de conferencias. Cuando era niño, la cocina siempre estaba caliente, incluso cuando no había suficiente calefacción. A veces veo a mis padres sentados a la mesa, con la puerta del horno de la estufa abierta, despidiendo su calor al máximo mientras los dos discutían, se reían o simplemente miraban a las paredes. La cocina tenía comida y agua, así que era el rincón ideal para discutir asuntos de supervivencia, alquiler, familia, Dios.

Mis padres se habían conocido durante los años gloriosos de la salsa, cuando el barrio estaba lleno de gente y no se habían levantado los projects. En realidad, la religiosa era mi madre. Adoraba entonar cánticos con esa voz suya que podía subir tanto como para romper un cristal o bajar hasta darle a uno escalofríos. Mi padre, Ángel Santana, podía tocar los timbales como Puente. Está bien, miento, nadie

podía tocar como Puente, pero mi padre se acercaba. Tengo graba-
ciones para probarlo. Mi padre había tocado con los grandes: Barretto, Bladés, De León, Colón, Palmieri, Cuba, Feliciano, Pacheco,
y "el cantante de los cantantes," Lavoe. Mi padre estaba de fiesta con
Lavoe, cuando dijo: "el Señor se me presentó." Lavoe y papá proba-
ron de todo, "hasta gasolina, y cuando se nos acababa, sacábamos el
Pepto-Bismol del botiquín y también nos lo tomábamos." Héctor
Lavoe siempre llegaba tarde a los conciertos, y muchas veces era porque estaba de rumba con mi padre. Toda esta vida dura hizo que papá
cayera en una profunda depresión. Dejó de tocar música y un día, en-
contrándose solo en el apartamento, listo a saltar por la escalera de
incendio, mi padre le pidió a Dios que le mandara una señal de que Él
lo amaba. En ese preciso instante, escuchó unos golpes en la puerta,
y era mi madre, predicando con sus hermanas de comunidad las Buenas Nuevas de Jehová. No sólo se convirtió sino que se casó con
mamá, quien le ayudaría a dejar el vicio, y años más tarde mi padre
aún interpreta su música en la iglesia.

Son todo un par, estos dos. Los quiero mucho, y por más loca que
sea mi madre y por más quejumbroso que se ponga mi padre, nunca
he dudado del amor que sienten por mí como tampoco del amor que
siento por ellos.

Mientras me alisto para la ducha, escucho que mis padres hablan
de ayudarme con la hipoteca. Escucho que mi padre se lamenta por
haber malgastado su vida metiendo tanta droga y que el cheque por
incapacidad no es nada. Mi madre da gracias al Señor por lo que tenemos y cómo con su trabajo en el hospital me puede ayudar con las
cuotas. Hablan sobre arreglar alguno de los cuartos que aún no se
han adaptado para que alguien viva ahí. Sobre todo las paredes. Qué
desastre. Pero sería costoso. Mamá preferiría poner pisos de madera
nuevos. Aunque eso también es costoso.

Pero están contentos. Sobre todo ahora que estoy haciendo lo

correcto. Mis padres no son tontos. Ellos saben que he hecho cosas
que Dios no aprobaría. Pero nunca me cuestionaron. ¿Y si les hubiera dicho, ofreciéndoles la oportunidad de elegir, que su hijo podría convertirse en un incendiario y comprar su propio apartamento
en cinco años o tener un empleo de nueve a cinco, ir a la iglesia, y
morirse pagando alquiler?

Sé lo que hubieran contestado.

Así que hice mi propia elección.

No sólo porque amo esta ciudad sino porque además conozco
esta ciudad. Y Nueva York, como el país donde se encuentra, es un
lugar que le promete a uno todo pero no le da nada. Y aquellas cosas
por las que no se puede trabajar hay que tomarlas, usurparlas o nego-
ciarlas con pedazos del alma propia y algunas veces incluso con la
ética de los padres de uno. En América, lo que importa es hasta
dónde se llega, no cómo se llega. En tanto uno llegue allá, nadie hará
preguntas. Uno no hace preguntas. ¿Y si alguien le pregunta a uno
cómo llegó hasta allá? Pues seguramente se trata de una persona ino-
fensiva que nunca consiguió nada, que nunca salió, y se murió pagando renta mientras esperaba a que Dios lo rescatara.

Queja #3

Es día de pago en América," les grita a los obreros el nuevo capataz, un hombre pequeño con unos inmensos hombros caídos, como si los brazos lo halaran hacia abajo. "¡Es día de pago en mi país y quiero oír hablar en inglés, innnnglés!"

Justo un minuto antes yo estaba pelando el techo de esta construcción de cinco pisos sin ascensor lista para remodelación. Se trata de uno de los cinco edificios alineados sobre la 108 y First Avenue. Son unos edificios hermosos, uno de los muchos que se incendiaron años atrás y por fin están siendo renovados.

Como el resto de los trabajadores, me pongo en línea para recibir el pago.

Sabemos que este nuevo jefe no es para nada como el anterior. El otro era amable y comprensivo. En la fila hay un silencio, tenso. Pero yo supe cómo sería este trabajo desde el minuto que Eddie me lo ofreció.

"James Stevens Phillips," dice el nuevo capataz y un obrero camina alegremente a recoger su cheque. El hombre lo mira con atención.

"¿No habla inglés?"

El obrero mexicano simplemente le sonríe.

"Estos tacos," dice el jefe entregándole el cheque, "son mucho
más brutos de lo que eran los negros."

Estoy en la mitad entre Antonio y un obrero nuevo, un tipo realmente blanco, no un fantasma sino un tipo blanco de carne y hueso
que no deja de maldecir en voz baja.

El capataz grita otro nombre anglosajón y de nuevo se adelanta
otro obrero mexicano.

"¿Nada de inglés tampoco?" y le pasa el cheque. "Ah, a la mierda,
por lo menos trabajas y no sigues furioso con el pasado."

En la fila, Antonio susurra en español para él mismo, pero sabe
que yo puedo oír y entender lo que dice.

"No vine a este país para ser americano. Vine para trabajar."

No digo nada. Me limito a asentir con la cabeza.

"Vincent Pennisi," es el nombre de Antonio. Se adelanta para
coger el cheque. "Una antena de satélite para tu casa en México. Escoge *Baywatch*. Aprende inglés," comenta el capataz, riéndose, y entonces el tipo blanco detrás de mí finalmente pierde la paciencia. Se
lanza hacia el frente de la fila.

"¡Mario DePuma!" grita. "¡Sólo diga mi nombre y déme el maldito cheque!" le exige al otro.

El capataz lo observa con una sonrisita de burla.

"DePuma, ¿correcto? Mario DePuma," dice mientras busca el
cheque del tipo. Cuando lo encuentra, no se lo pasa. "Debes de ser
un tipo muy importante, Mario DePuma. Tan importante que estás
aquí de cuerpo presente."

Mario levanta los ojos y encoge los hombros, incómodo.

"Sabes, vino un oficial de los de libertad condicional, anda con muchas ganas y amenazó con aparecer de un momento a otro." Mario busca el cigarrillo que tiene detrás de la oreja.

"¿Me intentas decir entonces," comenta el capataz, "que de verdad tienes que trabajar, como estos tacos?"

Ahí mismo descubro que quien sea el que le consiguió este empleo a Mario no es nadie importante, como Eddie. Mario es sólo un favor para el hermano de alguien, o el primo o el tío.

"Oiga, me dijeron que era un trabajo de verdad. Pero no me dijeron que tenía que estar con todos estos malditos mexicanos." Mario está incandescente, se le pueden ver las venas verdes en el cuello. "¿Desde cuándo trabajamos con mexicanos?"

No sé cuánto tiempo estuvo encerrado Mario, pero ahora es como Rip Van Winkle despertándose en un East Harlem que desconoce. Los trabajadores indocumentados y los yuppies son la última moda. Los dos grupos viven en cajas, apartamentos que han sido seccionados para tener más módulos y cobrar más alquileres. La diferencia es que los yuppies no tienen que preocuparse de que el INS golpee en la puerta de un momento a otro y los eche afuera.

"Pero la verdad no me importan los mexicanos, me importan un culo," Mario le da una chupada al cigarrillo, y cuando habla, nubes de humo le salen por la boca y la nariz, que lo hacen ver como una chimenea recién encendida. "¡La mierda que odio de verdad es que me trate como uno de ellos!"

Justo en ese instante los verdaderos dueños de los nombres empiezan a llegar poco a poco. Entran hasta el sitio de la obra con sus autos. Forasteros entrando a Spanish Harlem, nada raro en estos días. Algunos se quedan dentro del auto, otros se estacionan. Los trabajadores mexicanos les pasan los cheques a cada uno de los dueños de los nombres, los que tienen los números del seguro social. Y los dueños de los nombres les pasan a los mexicanos el dinero en efectivo.

Todo es ganancia, la verdad. Estos empleos de sindicato pagan dieciséis dólares la hora, los mexicanos reciben cinco y el dueño del nombre se queda con once. El indocumentado está ganando más dinero del que nunca imaginó, pues el salario promedio en México está por los cuatro dólares al día, y en otras partes de América Latina aún menos. El dueño del nombre, el miembro del sindicato, puede pasar el día dedicado a otras cosas o simplemente no hacer nada, los edificios se limpian, después se renuevan, los yuppies los alquilan y todo el mundo queda feliz. Así que todo el mundo cierra la boca. Nadie hace preguntas. Uno no pregunta. Nunca lo hace.

Cuando le pedí a Eddie que me ayudara a conseguir un empleo de verdad, con beneficios y sindicato, Eddie me ofreció este empleo. Me dijo que no necesitaba presentarme a trabajar, que simplemente me consiguiera un ilegal que lo hiciera por mí. No se quejan, dijo. Además, para el trabajo de demolición no se necesita cerebro, sólo hay que tumbar paredes y techos, cualquier idiota puede hacerlo. Pon a trabajar tu ciudadanía americana, dijo. Así fue como se construyó la ciudad de Nueva York. Necesito relajarme, me decía, los puertorriqueños ya hicieron su parte, ahora hay que dejar que otro grupo de imbéciles construyan el país. Lo decía como si nosotros los puertorriqueños formáramos ahora parte del Sueño Americano, como si acabáramos de llegar, sólo porque últimamente aparecíamos en más películas.

Igual, en tanto me hiciera presente, era un trabajo legítimo, y hay muy pocos aspectos genuinos en mi vida. Así que me aparezco y trabajo, pues quiero tener toda la legitimidad que pueda conseguir.

"Julio Santana," dice mi nombre el capataz y me acerco para recibir el cheque.

"Eres uno de los pirómanos de Eddie, ¿cierto?"

"No," contesto, pues nunca lo admitiría frente a nadie.

"¿No? No me vengas con esa mierda. ¿El único cheque girado a un nombre en español? No me jodas."

"No sé de lo que está hablando," digo sin ninguna razón en particular. Él sabe que estoy mintiendo.

"Escucha, Julio, no te ofendas si me divierto un poco con estos mexicanos, ¿okay? Quiero decir, no sé si eres mexicano. Pero sé que debes ser americano pues tienes la social y todo. Y dile a Eddie que le mando un saludo, ¿okay?"

"Si lo veo, le digo."

"Sí, George, dile que Georgie le manda saludos y esto es todo tuyo," agrega, entregándome el cheque. Observa a los mexicanos intercambiando sus cheques por efectivo con los verdaderos dueños de los nombres. Camioneta tras camioneta, los verdaderos propietarios de su identidad americana.

"Te lo digo, Julio, un día esos mexicanos van a comer mierda de los negros, como la comieron los negros de los blancos."

"¿Y por qué?" doblo el cheque y lo guardo en el bolsillo de atrás.

"Porque no es que lo negros no trabajen, yo digo que los negros son perezosos pero en realidad eso no es verdad. Lo que pasa es que no trabajan por centavos, como estos tacos. Entonces, cuando ven a los mexicanos trabajando por estos salarios de mierda se enfurecen más de lo que ya están, pues ya no tienen poder para negociar."

"¿Por qué piensa que son los negros lo que van a venir por los mexicanos y no los blancos que están usando a los mexicanos?" pregunto, mirando hacia los dos grupos. Los trabajadores indocumentados contando los billetes y sus contemporáneos señores esclavistas alejándose en sus autos con sus cheques semanales por no hacer nada, sólo por ser americanos. Los dos grupos felices, por ahora.

"Porque cuando ustedes los puertorriqueños llegaron a Spanish

Harlem," dice el capataz, "les caímos a ustedes y no a los judíos ni a los irlandeses, o quien coño fuera el que llevara la batuta."

El capataz observa de nuevo a los obreros que siguen contando alegres el dinero, intercambiando risas, con el sol en sus caras.

"Okay, andando," les dice el capataz. "Quiero que trabajen en esos edificios como si fueran ustedes los que fueran a vivir ahi." Se ríe.

El capataz regresa al trailer, consciente de que los trabajadores no han entendido lo que acaba de decir, pero está contento porque les puede gritar a cualquier hora del día y lo que se le dé la gana.

Me preparo para seguir trabajando, raspando décadas de alqui-trán adheridas al techo. Adentro del edificio hay humedad y huele a madera mojada, a escayola y pintura vieja. Subo hasta el techo, y en-tonces Antonio empieza a hablarme en español mientras preparo la manguera de aire para el gato hidráulico.

"Mano, ¿qué haces tú con tu plata?"

"La guardo," respondo, aunque no es de su incumbencia.

"Sabes que se dice que eres homosexual," dice Antonio, rién-dose.

"¿Y quién lo dice?" pregunto, nada contento de enterarme.

"Todo el mundo. Todos tenemos familia y tú que estás libre no. Tu amigo, el santero, es gay."

"Tal vez sea que no me quiero casar. Tal vez es que me gusta estar solo. Y el santero del que hablas, sí es gay." Le contesto en español. "Pero él es amigo mío y no tuyo."

"Sólo estaba preguntado, mano, nada más." Antonio se separa un poco, como si se excusara. "En todo caso," agrega en español, "siem-pre estás solo y no hablas con nadie. En mi país un tipo como tú es siempre un homosexual."

"Okay," digo. "Muy bien."

"Lo que quiero decir es que me gustaría ser como tú," dice Anto-nio en español, "sólo que no homosexual."

"¿Sí, y por qué?" digo, y, sin intenciones de cortar la conversación, me alisto para subir el gato y empezar a raspar el alquitrán del techo.

"La plata que haría, mano," dice, frotando el dedo índice con el pulgar, como si estuviera por prender fuego con su mano, "la plata que haría, si no tuviera esposa, ni hijos. Ni deudas. Sería un tipo importante y entonces me compraría una casa grande y después . . ." Subo el gato y empiezo a sacar el alquitrán.

La cara de Antonio se cierra de pronto como la puerta de un almacén. Lo he insultado pero no me importa. En realidad no lo conozco y no tiene por qué interesarle cómo vivo mi vida. Antonio suelta algo contra mí pero ya no le presto atención.

Despegando el alquitrán, me pregunto qué es toda esa cosa con el matrimonio. ¿Por qué es tan importante, como si estar solo no tuviera ningún valor? ¿Mamá, papá y ahora este tipo? Por favor. No es que me sienta exactamente feliz con lo que es mi vida, pero es mejor que la de mucha otra gente. Sí me gustaría conocer una muchacha linda, tener hijos lindos. Pero el problema es que mi pasado reciente no es tan agradable. ¿Qué le voy a contestar si me pregunta cómo me las arreglé para comprar un apartamento? ¿Cómo me gano la vida? Tendría que mentirle. Estoy cansado de mentir. Pero, con suerte, podré poco a poco ir saliendo. He roto mis lazos con Eddie y empiezo a asistir a la academia nocturna y poco a poco vuelvo a encarrilar mi vida. Estoy corrigiendo mis errores. Así que dejo las cosas así y sigo con mi trabajo.

Después de terminar, me dirijo a la casa de cambio. Mantengo todos estos secretos conmigo, y por eso no quiero abrir una cuenta bancaria real, pues imagino que entre menos papeles para rastrear mejor. Enseguida camino hacia la casa con un fajo de billetes en el bolsillo y, como casi todos los días, cuando llego a mi calle, me detengo y observo mi edificio, el tercer piso, atentamente. Ves ese apartamento, es mío, me digo. Ya es el atardecer y un sol amarillo-naranja cae sobre la ventana de mi cuarto. Veo la silueta de mamá que se mueve en el cuarto de mis padres, y sonrío, imaginando que habrán discutido y ahora ella se va a la sala. En el primer piso, veo a uno de los hermanos de esa loca iglesia de Maritza forcejeando con la puerta que está atascada. Esta noche tienen servicio, y aunque Maritza insiste en invitarme, nunca voy. También veo a Helen entrar al edificio, ¿estará regresando del trabajo? Pienso. Su diminuta figura es elegante y esbelta. Lleva el pelo cogido en una cola de caballo, que rebota con cada paso. Olvido que me obligó a timbrar la otra noche, pues se ve tan vulnerable, tan pequeña, tan frágil.

Por la puerta de al lado, en la botánica, sale Papelito para tirar el vaso de agua de ayer. Vierte con delicadeza el agua sobre la calle, deshaciéndose de las impurezas en su botánica.

"Julio, mi amor," me ve y grita desde el otro lado de la calle, "qué estás haciendo ahí, hijo de Changó, ¿ah?"

"Ya tengo el de este mes," le respondo. Papelito espera a que pasen los autos para poder cruzar la calle y, pronto, los conductores que lo conocen frenan para que pueda seguir. Negro como el alquitrán, sin ninguna huella de sangre española en su linaje, con sesenta y ocho años, Papelito es un hombre hecho de rumores. Se dice que puede matar con rezos. Papelito es el único hombre gay que puede caminar por las calles de Spanish Harlem sacudiendo las caderas como un puente colgante y no recibir burlas. Tan frágil y delicado que el viento parecería que podría llevárselo, posee una especie de arrogancia vistosa, una confianza en sí mismo, pues está protegido por una religión que es tan hermosa, malinterpretada y remida como él. Como gran sacerdote, un babalawo, de la Regla

Lukumí, mejor conocida como Santería, Papelito es temido y amado por muchos.

"Mira lindo, Trompo Loco te anda buscando."

"Ya supe. ¿Qué quiere?"

"No dijo, pero cuando le dije que no te había visto, se puso como loco. Ya sabes y empezó a dar vueltas como una tapa hasta que cayó al piso. Yo le dije, mijo, ¿quieres un té?"

"Voy a ir a buscarlo," le digo a Papelito y le paso la cuota de este mes en efectivo y cien extras para él.

Pues fue Papelito a quien le pedí que me ayudara cuando necesité el nombre de alguien más para la escritura de la hipoteca. Como había ahorrado bastante dinero arreglando los incendios para Eddie, sabía que el IRS preguntaría cómo hice para poder comprar un apartamento con mi salario en el trabajo de demolición y además era estudiante de medio tiempo. Sabía que me agarrarían. Así que tenía que encontrar a alguien que pudiera justificar esa plata. Pero como en Spanish Harlem todo el mundo es pobre fue difícil encontrar una fachada. Sabía que Papelito era dueño de la botánica más grande de todo el barrio y cuando le pedí que me ayudara se me quedó mirando como si le estuviera pidiendo ayuda para cometer un asesinato. Me lanzó una de esas miradas de brujo a las que le temen todos los hombres en este barrio. No culpo a Papelito. Lo que le estaba pidiendo era arriesgado, y qué sucedería si yo no cumplía con las cuotas de la hipoteca, sería entonces él quien tendría que asumir la deuda, quizás perdería su botánica. Entonces me respondió que lo mejor que podía hacer era consultar a los Orishas y pedir consejo. La siguiente vez que me vio, me besó la mejilla con ternura y emoción. "Mira pa'llá ¡Cómo le puedo negar un favor a un hijo de Changó!" Un animado Papelito me diría entonces que si yo era iniciado en la Santería, sería el Orisha, el dios Changó, la representación del fuego y el relámpago, quien me tomaría como su hijo. Por eso es que me llama así, "Hijo de Changó," y como Papelito cree que Changó siempre está vigilando a sus hijos, negarme un favor significaría insultar a uno de sus dioses.

No sé si todo eso es verdad o no, sólo sé que gracias a los secretos y silenciosos rituales de su religión, Papelito genera confianza y puedo quedar a salvo de los chismes del barrio y, aún más importante, a salvo del IRS. Así que debo mantener todo bajo cuerda.

"Mira Julio, mi amor," Papelito toma el dinero de mi mano con la gracia de un delfín, "tengo un sueño." Con elegancia guarda los billetes en uno de los bolsillos de su bata amarilla clara. Firmará un cheque para el banco en su nombre y dejará los cien dólares extra como regalo para los Orishas.

"Por favor Papelito, tú siempre tienes un sueño," le digo.

"No mijo, te hablo en serio, he tenido este sueño, que te casas . . ."

"Coño, tú también . . . no. ¿Qué es lo que pasa?"

"Hablo en serio, papi." Me muestra dos dedos, después los dobla, "¿Quieres hacer una consulta, lindo, preguntarle a los Orishas?"

"Tal vez otro día. Me tengo que ir, Papelito," le digo, bostezando.

Es como si no hubiera dicho nada, pues de un momento a otro Papelito pierde todo el interés en contarme su sueño. Por alguna razón empieza a mirar una gruesa y profunda mancha de aceite al lado del andén. Un auto estacionado ha estado soltando todo ese aceite y la canal está cubierta de un fluido multicolor. Remolinos verdes, púrpuras, azules, y rojos forman espirales entre uno y otro alrededor de la canal antes de arrastrarse lentamente y desaparecer por una alcantarilla. Imagino que Papelito ha quedado atrapado en ese instante, por toda esa belleza que fluye en ese líquido sucio. Papelito puede descubrir la belleza en cualquier parte. Cuando le sucede, puede mostrarse tan ensimismado como Eddie cuando prepara sus incendios. Si tuviera tiempo, le preguntaría cómo es que una mancha de aceite en la esquina de una calle sucia, arrastrando colillas de cigarrillos, hojas muertas y parte de la suela de una zapatilla deportiva, puede atraer toda su atención. Si le preguntara, me dirá algo sobre el significado de la vida contenido en todos nuestros desechos. Sobre cómo las hojas mueren más hermosas y coloridas que en el instante mismo de su nacimiento. Algo por ese estilo, puedo apostarlo. Pero no tengo tiempo, tengo que descubrir qué es lo que está molestando a mi amigo Trompo Loco, y después tengo clases.

Queja #4

La casa de Trompo Loco es un edificio tomado, uno de los pocos nichos que aún quedan en El Barrio de la época cuando era un vecindario barato, quemado pero hermoso, pues lo único que se necesitaba era imaginación, agallas y una saludable cantidad de perseverancia para que el sitio fuera de uno.

Cuando entro al edificio medio derruido, los squatters activistas abren sus puertas para ver quién es. Algunos tienen bates, otros cuchillos. No se andan con bromas. Su juego es hasta el final. Esta gente va a tomar lo que sienten que les pertenece legítimamente. Entiendo sus razones, así que los dejo tranquilos y no hago preguntas. Nunca pregunto. "Oye, lo siento, ¿estabas durmiendo?" le digo a Trompo cuando abre la puerta. Parece como si acabara de salir de la cama, lleva puesta una camiseta rota y está sin pantalones. "No, no, hermano," dice, con ese rostro hinchado del hijo abusado de una madre con adicciones pasadas y una extensa geografía de suicidios fallidos. "No hay problema, sigue. Te he estado buscando."

Adentro del oscuro apartamento de Trompo Loco hay un colchón en el piso, billetes sueltos de lotería, frascos de medicinas, y recibos de cuentas sin pagar tirados a un lado. Hay una mesa vieja en la esquina; la tercera pata sostenida por un arrume de páginas amarillas. Hay huesos de pollo, medio sepultados, perdidos entre restos de café que de alguna forma se han regado encima de un plato. Por entre la ventana llega un largo cable eléctrico, conectado de contrabando al poste de luz afuera para poder tener electricidad en el apartamento. El apartamento de Trompo Loco es una súplica, un grito, una apelación por la supervivencia del colonizador urbano en peligro de extinción.

Trompo Loco enciende las luces. Yo me siento en el colchón.

"Oye hermano," dice Trompo Loco, "tú sabes que soy como un hermano menor para ti, ¿verdad?"

"Okay, Trompo, sí, ve al grano." Trompo Loco odia que alguien lo llame por el apodo completo. Frente a él yo sólo lo llamo Trompo. Si lo llamara por el apodo completo, se pondría tan furioso que empezaría a dar vueltas. Pero lo que lo puede poner aún más rabioso, hasta el punto de dar vueltas hasta desmayarse, es que alguien lo llame por su verdadero nombre, Eduardo.

"Bien, Julio. Quiero trabajar donde tú trabajas."

"¿Por qué vas a querer trabajar si tienes la discapacidad? Trabajé duro para conseguírtela. Te llevé donde los médicos, y todo ese papeleo. Cuando internaron a tu mamá, te la conseguí, ¿cierto?"

La madre de Trompo Loco era maníaco-depresiva. Era una mujer hermosa que nadie nunca pensó que necesitara ayuda. Pues por su atractiva apariencia, el vecindario consideró su depresión como una forma de arrogancia o excentricidad, hasta que empeoró y todo el mundo empezó a llamarla loca. En El Barrio pocos pueden pagarse un loquero y muy pocos medicamentos especiales. Echa uno tres décadas para atrás hasta los setenta y lo que se encuentra uno es una *loca* a quien no se puede ayudar ni entender para nada.

"Sólo quiero un empleo. Así como tú. Pregúntale a mi papá, ¿okay? Sólo pregúntale. Él te escucha."

"Primero que todo, okay, Eddie no es tu padre, y segundo no te contrataría."

Odio mentirle a Trompo Loco, especialmente cuando él sabe la verdad. Pero Eddie quiere que sea así. Eddie no sólo tuvo una aventura con una mujer de Puerto Rico en la época cuando en América los puertorriqueños no eran ninguna maravilla, sino que además resultó que ella tenía una historia de problemas mentales. Fue demasiado para Eddie, fuera o no su esposa. Eddie se convertiría en blanco de chistes por los años venideros. Sus amigos encontraron una fuente inagotable de diversión a expensas de Eddie. El error de Eddie se divulgaría por todos los bares, todas las cafeterías y todos los clubes sociales de los cinco distritos. Así que Trompo Loco se convirtió para Eddie en un lastre del pasado que había intentado enterrar bajo toneladas de cemento.

"Escucha," le digo, "¿soy tu amigo?"

Él asiente con la cabeza.

"Entonces mira, ahora tengo un apartamento grande. Por qué no te vienes a vivir conmigo y mis viejos. Ellos te conocen, pueden ayudar a educarte, hermano. Simplemente múdate con nosotros."

"No, no, mira Julio. De eso era lo que estaba hablando. Quiero ser discapacitado."

"Okay, dime." Conozco a Trompo Loco de toda la vida así que sé cómo habla.

"Mira, Julio, estaba en el bus y un tipo mucho mayor que yo, se sube llevando una bolsa de Toys R Us. Entonces se sienta en el bus sonriendo. Y me doy cuenta de que lleva esa bolsa, como si estuviera orgulloso, entiendes. Y cada vez que el bus hace una parada saca un dedo. Yo lo hago a veces, así que sé que está contando. Pero ves, estaba solo, nadie lo estaba ayudando y se sentía orgulloso de ser discapacitado. Pensé, entonces, que yo era más inteligente que él porque para mí montar en bus es fácil."

"Tengo clase a las ocho así que me tengo que ir, pero sé a qué te refieres. Lo que tú quieres es independencia."

"Sí, sí, eso es. Mira este sitio, lo tengo todo para mí. Vivo aquí solo. Y es un sitio bonito, ¿cierto Julio?"

Suspiro, pues he intentado hacerle entender a Trompo Loco que los otros squatters en el edificio son verdaderos activistas. No quieren a Trompo Loco cerca. Tarde o temprano van a empezar a meterse con él. Estos activistas son gente inteligente y necesitan toda la ayuda que puedan encontrar y Trompo Loco es un obstáculo para ellos. Él no comprende todo el trabajo que implica legalizar un edificio tomado. El papeleo, las reuniones en la alcaldía, las protestas, y, en algún momento, alguien derramará sangre de verdad. Trompo Loco simplemente cree que por estar aquí, el sitio ya es de su propiedad. Los squatters activistas se pueden poner bien desagradables, pueden ser tan intransigentes como los fanáticos religiosos. Por algo lo sé, pues Maritza es así.

"Sí, este sitio está bien, sabes," dice, mirando alrededor.

"Mira Trompo, esta casa no es buen sitio. Vas a tener problemas con esta gente."

"No quiero problemas, Julio. Siempre les sonrío."

"Sí, pero ellos te van a echar afuera . . ."

"No dejes que me echen, Julio . . ."

"¿Qué quieres que haga? Trompo, todo lo que te puedo decir es que si alguno te golpea tú le devuelves el golpe."

"No me gusta pegarle a la gente, Julio."

"Yo sé que no te gusta . . ."

"Nunca le he pegado a nadie en mi vida, Julio . . ."

"Lo sé . . ."

"Nunca les he hecho nada, ¿cierto Julio?"

"Bueno, en cierta forma ellos piensan que tú les impides hacer más cosas. Todo el mundo en este edificio tiene que estar en el mismo negocio." Siento que Trompo Loco no entiende el término "el mismo negocio," piensa que se trata de una empresa o algo. Me quedo callado.

"Todo lo que quiero es trabajar, Julio. Es lo que necesito ahora, ahora lo que necesito es levantarme y salir a trabajar, como tú. Mira esto." Trompo Loco se pone de pie y se dirige hacia el otro cuarto. Sigue hablando mientras busca lo que sea que me quiere mostrar. No me muevo de donde estoy, no quiero, cómo es el resto de la casa. Todo lo que sé es que tengo que sacar a Trompo Loco de aquí.

"Encontré esto en la calle y pensé que yo puedo trabajar. Donde tú trabajas, Julio." Vuelve con un casco. Tiene una inmensa abolladura a uno de los lados. Quien haya sido el dueño debió de haber sufrido un accidente serio.

"Mira, Trompo, tú no puedes trabajar donde yo trabajo."

"¿Por qué no? Ya tengo un casco."

"Pues porque no puedes, ¿okay?"

"¿Pero por qué no? Puedo arreglar el casco y se verá como nuevo, entonces podré trabajar."

"No puedes trabajar donde yo trabajo, ¿okay?" Veo que se está poniendo furioso. "No vayas a empezar con las malditas vueltas ahora. Hablo en serio." Lo miro a los ojos. Sus manos se han vuelto dos puños y hace lo posible para no empezar a dar vueltas. "Okay, te diré lo que puedo hacer, trataré de conseguirte trabajo con la condición de que vengas a vivir conmigo y mis viejos." Los ojos de Trompo Loco se iluminan.

"¿Hablas en serio, Julio?"

"Sí. Ahora me tengo que ir." Me levanto del piso.

"Entonces vas a hablar con mi papá."

"¡No! Eso no fue lo que dije, ¿vale?" le digo, un poco molesto, "y te repito, él no es tu papá. Pero intentaré conseguirte un empleo."

"Está bien, está bien, está bien." Trompo Loco retrocede, no quiere hacerme enojar. "Oye Julio, gracias hermano. De verdad me voy a portar bien contigo."

"Podías empezar con no asomarte por esa cafetería." Trompo se pone nervioso y se limpia la nariz. "Entiendes a lo que me refiero ¿cierto? Me he enterado que has estado dando vueltas por la cafetería. Mira, ese hombre no es tu papá. Si lo fuera estaría aquí, ¿verdad?"

Trompo se limpia la nariz de nuevo.

"Bien, ¿estás leyendo la Biblia?"

"Sí, Maritza me está llevando a su iglesia."

Me alegro por Trompo Loco, pues Maritza es el pastor de esa iglesia realmente loca. Maritza le pasó a Trompo Loco una Biblia con letras grandes. Trompo Loco aún tiene problemas con la lectura, pero las imágenes ayudan. La iglesia de Maritza es una de las pocas donde Trompo Loco sería recibido sin ser visto como un fenómeno. La iglesia de Maritza es en realidad una empresa socialista. Ella ni siquiera cree en Dios, pero quiere movilizar a los pobres de Spanish Harlem así que metió a Dios en el lío. Funcionó, y su iglesia es tan progresista que otras iglesias la han rehuido. Nunca me ha sorprendido la aceptación y la dulce confianza que le muestra la gente a Maritza. Nada es demasiado dudoso o inimaginable si se inmiscuye a Dios con destreza. Tampoco me sorprende que otras iglesias la desprecien. Los templos de las iglesias nunca se construyen de cristal, de esa forma les pueden tirar todas las piedras que quieran.

"Bien Trompo, asiste a la iglesia y lee la Biblia." Lo abrazo y me preparo para salir.

"Julio, ¿por qué Dios mandó un oso para que matara a esos niños, sólo por burlarse de la calva del profeta?"

"¿Qué?"

"Sí, Dios mató esos niños que se burlaron del profeta. Yo no hubiera mandado un oso para matar a los niños. Los hubiera mandado a la casa sin jugar."

"¿Hablas en serio? ¿Dios hizo eso?" Había olvidado esa historia pero ahora recuerdo haberla leído en el Viejo Testamento, donde Dios es una especie de divinidad guerrera y celosa, justo antes de que dé un vuelco y se convierta en el amor personificado en el Nuevo Testamento.

"Bueno no sé Trompo, pregúntale a Maritza, ¿okay? Tengo que ir a clase," le digo y lo abrazo de nuevo de camino a la salida.

Muchas veces la gente del vecindario me ha preguntado por qué me preocupo tanto por Trompo Loco. Me dicen que, si él no estuviera por ahí, ahorraría tiempo y energía, y hasta quizá encontraría una mujer. Pero en lo único que puedo pensar es que él me recuerda la terrible sensación que me asaltaba cuando era niño. Una sensación que no puedo soportar. Empezó cuando tenía diez años, y mi madre, después de que yo hubiera pateado y gritado, me dejó hacer una prueba para el equipo de la Pequeña Liga de Yorkville que se reunía en los campos de béisbol de Central Park. Se nos había pasado la fecha final para hacer la inscripción en los juegos con la liga de Spanish Harlem y costaba cincuenta dólares inscribirse en la otra liga de Yorkville.

Pero yo gané y mi madre vino conmigo.

Cuando me acerqué al entrenador, un hombre blanco con una barriga protuberante y pelos por todos lados, dejó que lo intentara sólo porque mi madre se encontraba ahí, y porque además yo tenía los cincuenta dólares.

"Aún te falta pagar por el uniforme," me dijo, y yo no contesté nada, pues sabía que podía patear y gritar un poco más para que mi madre consiguiera el dinero de alguna forma.

"Ve al jardín derecho, bateas de noveno." Yo estaba feliz, pues estaba jugando. Pero sabía que el jardín derecho estaba reservado para los malos jugadores en los que el entrenador no confiaba. Nadie batea hacia el jardín derecho. Y estar de turno nueve en el bate era un insulto. Pero lo acepté, porque quería jugar. Quería jugar béisbol, quería jugar el gran juego americano que yo amaba.

Ese día tuve tres de cuatro. Pegué un sencillo y dos dobles, y además cuando un chico del otro equipo golpeó la bola a la derecha la atrapé. En los cambios de entrada, le echaba un ojo a mi madre, que leía sus libros religiosos, aburrida hasta el cansancio, sentada entre otras madres también aburridas. Pero me amaba, así que se quedó ahí sentada a lo largo de siete entradas.

Ganamos el partido y yo hice cuatro carreras.

"Toma tu dinero de vuelta," me dijo el entrenador. "No tengo cupo para ti."

"Pero hice tres de cuatro," le dije, y el entrenador sólo sacudió la cabeza y empezó a guardar los bates y los guantes. Los otros chicos y sus papás se preparaban para ir a comer hamburguesa a Burger King.

"¿No hay ligas para puertorriqueños?"

"Sí, pero están llenas," contesté, y sabía que podía serles útil a estos chicos blancos.

"¿Ves?, debiste haberte inscrito más temprano, eso me confirma que no tienes disciplina." Y se fue.

Cuando me acerqué a mi madre, sabía que ella no lo entendería. Así que simplemente le pasé el dinero. Se sintió más que feliz de tener su plata de vuelta. Me dijo, el próximo año, me aparecería con tiempo para poder jugar con los chicos latinos. Ya sabía eso, sabía que siempre habría un próximo año. Pero había sido rechazado. Y eso mi madre nunca lo podría entender. Nunca entendería que no importaba lo mucho que uno tratara, la cantidad de esfuerzo que uno pusiera, e incluso si uno lo hacía bien, uno nunca sería considerado lo suficientemente bueno. Tampoco entendería que yo además deseaba esa maravillosa sensación de ser aceptado, la dulzura de ser parte de algo. Aunque fuera algo por lo que tenía que pagar.

En cambio había sido rechazado.

Por eso era que quería a Trompo Loco, pues todo lo que él deseaba era unirse al equipo, ser como la gente común y corriente. Trompo Loco siempre lo estaba intentando. Daba lo mejor de sí mismo, así pareciera poco para mucha gente. Lo daba todo, pero nunca era suficiente. Aún seguía ahí, balanceándose, como cuando éramos niños y él estaba abajo mirándonos jugar, asimilando todos esos insultos porque tal vez algún día sería como nosotros. En cambio Trompo Loco había sido rechazado, siempre habían renunciado a él.

Queja #5

Después de las clases nocturnas entro a mi edificio, subo un piso y me encuentro con Helen sentada sola en las escaleras. Lleva una falda negra, una blusa negra y sus zapatos son estos horribles zapatos negros color tierra que parecen un par de cajas ruidosas. Las manos le cubren la cara y los hombros se sacuden de arriba abajo mientras gime y susurra palabras entrecortadas. Descubro una botella de vodka medio vacía, derecha y reluciente a un lado de sus zapatos.

"¿Se encuentra bien?" le pregunto, poniendo ligeramente mi mano en su hombro.

Sacude la cabeza y el pelo rubio le cae sobre las manos, que le cubren la cara.

"¿Le sucedió algo?" Se mantiene en silencio, ni siquiera levanta la mirada.

"Puede golpear si necesita algo," digo pasando por encima de ella, y sigo subiendo las escaleras. Me doy la vuelta para asegurarme de que aún sigue ahí, veo que sus hombros reanudan las sacudidas, arriba y abajo, arriba y abajo.

Mira, Julio, se fue Kaiser," me dice mi madre cuando entro. "¿Qué?" Estoy disgustado, la imagen de Helen en las escaleras continúa clara en mi mente.

"Má, ¿cómo se escapó el gato?"

"El estúpido de tu papá dejó la ventana de incendios abierta."

"¿Pero cómo pudo pasar, Ma? Era un buen gato."

"Yo lo sé, lo quería, 'taba más lindo." Mamá está un poco triste. "Lo busqué por todos lados, en el rufo, en la escalera, por el pasillo, por las bodegas, hasta entré a la botánica de Papelito aquí al lado, y tú sabes que yo odio entrar ahí." Entonces dice bajando la voz, "Si entras ahí se te puede pegar algo." Queriendo decir que algo maligno lo perseguía a uno. Y esa cosa estaba decidida a entrar a la casa de uno, acurrucarse en alguna esquina y esperar hasta que uno estuviera dormido, en ese momento se desenrollaba y empezaba a dar vueltas; tal vez abría la nevera, descolgaba el teléfono, dejaba la llave del agua abierta. Esa cosa maligna de la que todos los pentecostales estaban advertidos revolotearía por encima del cuerpo dormido de uno, siseando y murmurando ruidos ininteligibles. Estaría al acecho en el pequeño apartamento, y uno podía sentir que su presencia crecía con los días, hasta que empezaba a formar parte de tu oscura familia.

"Allí no vive Dios. Pero sólo entré a esa botánica para buscar el gato, así que el Señor me perdone."

Sacudo la cabeza, no sólo porque el gato se ha ido, sino porque mi madre crea que las botánicas son casas de ángeles caídos. Los ángeles de los que habla el Génesis, aquellos que han abandonado el paraíso de Dios y materializado sus cuerpos para tener sexo con las hijas del hombre. Nos habían enseñado que, durante el diluvio, estos ángeles habían abandonado sus cuerpos de carne y habían retornado a su forma celestial. Pero no se les había permitido volver al interior de la fraternidad de Dios. En su lugar habían sido lanzados abajo a la Tierra, donde causaban estragos entre los hombres. Para los pente-costales, como mi madre, estos demonios son tan reales como los compañeros invisibles con los que juegan los niños en sus mundos inventados. Era ese terror, el terror a los ángeles malvados, el que impedía a cualquiera de nuestra iglesia de Pentecostal entrar a las bo-tánicas. Esta creencia estaba tan clavada en la mente de mi madre que a medida que envejecía los clavos penetraban más profundo; para hoy, resulta casi imposible encontrar sus cabezas.

"Hasta le pregunté a ese hombre horrible si había visto al gato, y nadie lo ha visto."

"Bueno, tal vez aparezca," digo, mirando alrededor como si el gato fuera a salir caminando debajo del sofá en cualquier momento. Me gustaba tener ese gato por ahí. Me gustaba sobre todo, cuando se ponía a correr por todo el apartamento. Mi apartamento tiene un pa-sillo inmenso, y cuando Kaiser corría alrededor me hacía recordar lo grande que es este sitio. Me hacía querer aún más mi casa.

"¿Está despierto papá?"

"No, está durmiendo. Eso es lo único que hace ese hombre."

"¿Hay comida?" le pregunto. Sólo quiero comer un poco de algo.

"Sólo queda pegao," dice Ma.

"¿Pegao?" digo, "¿por qué no?"

Agarro una cuchara grande y fuerte y empiezo a raspar el arroz quemado que quedó en el fondo de la olla. Suena el timbre y mamá va abrir.

"Hola, sé que es tarde . . ."

"No, no es tan tarde," le dice mi madre a Helen. "Entre. ¿Quiere comer algo?" le ofrece, aunque dudo que a Helen le guste el pegao.

"No, me tomaría . . ." duda un segundo, "un café. Si tiene." Sospecho que en realidad no quería café, pero juzgando por la expresión en su cara, algo la impulsó a golpear. Helen entra con timidez. Cuando camina adentro, sus zapatos hacen ese ruido metálico sobre el nuevo piso de madera que pusimos en el comedor. Fue una renovación costosa, y me pregunto, mientras sus zapatos suenan como palos golpeándose uno con otro, si arruinará el piso. Por la presencia de Helen, la cara de mi madre se ilumina como una lámpara. No le importan para nada los pisos. Mi madre me empuja hacia la cocina y la dejo.

"Mira," me dice bajando la voz, "quiero hijos con pelo bello."

Le presento mi madre a Helen, pero ellas ya se han visto antes. Mamá sonríe como una atolondrada, pues está feliz de tener una persona blanca en la casa. Entonces nos deja solos en la cocina inmediatamente después de poner la olla para el café en la estufa. Me vuelve a susurrar que quiere tener nietos con pelo rubio, antes de retirarse.

"Siento mucho lo de las escaleras." Helen no deja de parpadear. Tiene una mancha de maquillaje debajo de los ojos.

"No hay problema," digo.

"¿Puedo preguntarle algo?"

"Claro." Empiezo a comer cuando nos sentamos a la mesa.

"¿Por qué hay gente tan mala en este barrio?"

"¿Cómo qué? ¿La asaltaron? ¿Fue eso? Oye, lo siento." Me encojo de hombros. "Suele pasar."

"No," contesta, "estaba en el puesto de la fruta y una mujer me mira de arriba abajo y cuando le sonrío amablemente me dice, sin ninguna razón, '¿Sí? Puta blanca vete de Spanish Harlem.'" Helen esconde la cara en las manos y su pelo rubio le cae por encima.

"Oye, no pasa nada. No llores, no pasa nada." Le acaricio el pelo para reconfortarla.

Cuando se descubre la cara, ya no está llorando. Nada. Alcanzo a ver un trozo de su brasier cuando le miro la blusa.

"Estoy furiosa," dice, "conmigo misma, con esa mujer. Furiosa de no saber qué estoy haciendo aquí." Se aclara la garganta reseca. "Furiosa de lo que le estoy haciendo a este lugar. ¿Qué es lo que tengo?"

"¿Tú de dónde eres, Helen?" le pregunto, sólo para hablar de otra cosa, porque entiendo a lo que se refiere la mujer. Conozco la causa de sus recelos. Ha sido difícil para nosotros en Spanish Harlem negociar toda una nueva serie de relaciones entre las barreras de raza y aún de clase. Por décadas hemos vivido entre nosotros mismos, aquí en El Barrio, y muy pocos hemos tenido que vivir con gente blanca en la puerta de al lado. Y ahora, en el nuevo milenio, el *melting pot* se ha derretido, y no somos sólo nosotros los que no tenemos ninguna pista, Helen y su gente se encuentran en el mismo bote.

"Nací en Howard City, Wisconsin," dice, "presume de tener la bola de trapo más grande del mundo."

La cafetera pita y me levanto para servir algo de café para los dos.

"De donde vengo," continua Helen, "no queman cruces, pero si no eres de por ahí, no te miran con los mismos ojos. Puedes ser tan blanco como el Grand Dragon, amigo, pero eso no importa, un extraño en mi pueblo es un extraño. Así que sí, entiendo pero . . ."

"Entonces si entiendes a esa mujer," la interrumpo, "¿por qué estás molesta?"

"Porque," y sacude la cabeza repetidamente, "aún así, no quiere decir que esté bien, Julio, ¿cierto?"

"No estoy diciendo que esté bien, Helen," trato de conciliar, "lo único que digo es que tú debes entender."

"Sí, yo entiendo. No soy tan tonta. Mi socio compró una casa en Harlem y le llegaron amenazas de muerte al buzón. ¿Eso no es horrible, o qué?" Mira alrededor, sospecho que quiere algo de beber.

"Sí," respondo, "pero sigue siendo mejor que cuando un negro compra un edificio en un vecindario blanco."

Vuelve a parpadear con rapidez.

"No quería molestarte Julio," me dice.

"Está bien." Sé que quiere hablar, así que la dejo. Y la verdad es, quiero escuchar lo que tiene que decir.

"¿Te puedo preguntar algo?"

"Claro," me quedo mirando la cucaracha en la pared. Es la primera vez que veo una cucaracha desde que compré este lugar. El edificio necesitaba reparaciones pero estaba limpio.

"Voy a abrir una galería de arte en la 118 con Second Avenue. ¿Qué piensas?"

"Pienso que es perfecto. Espero que vendas muchos cuadros." Vuelvo a mirar la cucaracha. ¿Debería matarla? Así no tendrá oportunidad de reproducirse.

Helen levanta los brazos y sacude la cabeza.

"No lo es. No es muy buena cosa."

"Es una galería de arte," comento, "no es otro Starbucks."

"Sí, pero no lo ves Julio, estoy trayendo arte a un vecindario que ya tiene arte. Su arte propio. Mi socio dice, 'La gente blanca no necesita una galería, tienen SoHo. Este vecindario, por otra parte, necesita galerías. La exposición de por sí no tiene precio." Pero yo sé que todo eso es basura y aún así sigo adelante con el negocio. Mi socio siempre ha pensado que," comenta, como si estuviera conversando con su socio, "este vecindario tiene arte. Toneladas de arte. La galería De la Vega, La Mixta, Taller Boricua, el Museo del Barrio. Ahí hay mucho arte. Pero si quieres saberlo, la verdadera razón por la que estamos abriendo una galería aquí es porque resulta muchísimo más barato que abrir una en SoHo."

"Wow," estoy impresionado. "¿Conoces todos esos sitios? Taller Boricua, Mixta. Mucha gente ha vivido aquí toda la vida y no sabe nada de esos sitios, wow."

"Bueno, hice mis pesquisas en el barrio antes de invertir. ¿Tú no?"

"No. Siempre he vivido aqui."

"Dios," dice.

"Escucha, Helen, todo lo que te puedo decir es que estás aquí, y existen ciertas reglas tácitas, una manera de vivir. Tienes que reclamar tu territorio. Si pretendes convertir este barrio en tu residencia, tienes que reclamarla. No es simplemente que pagues un alquiler o inviertas dinero, a la gente en el barrio eso la tiene sin cuidado, y te van a fastidiar hasta que te vean las agallas . . ."

"Pero ¿qué hay con el Dalai Lama y la compasión?"

¿De dónde sacas eso?

"¿Qué?" digo, cogido totalmente por sorpresa. "¿Qué tiene que ver eso con lo que estamos hablando?"

"¿Qué hay con la comprensión?"

"Mira, cuando nosotros llegamos a Spanish Harlem los italianos nos patearon el culo. Pero devolvimos el golpe, reclamamos. Ahora si tú vas a vivir aquí, tendrás que sangrar una que otra vez. No digo derramar sangre pero te van a herir, así como hoy, lo que quiero decir es que no dejes que esas mujeres te jodan. Consigue aliados y devuelve el golpe. Eso es lo que debes aprender. Aprenderás que al golpear verbalmente; el humor es clave. Hacer que alguien se sienta un estúpido. Pero de la misma forma harás amigos. Te reivindicas también yendo no sólo a Starbucks o a Old Navy sino también a las tiendas latinas . . ." Dejo de hablar, pues ella me observa fijamente como si hubiera dicho cosas que no se deberían decir. Como si acabara de pegarle un tiro a su perro. Justo en este momento caigo en cuenta de que en mi vida están pasando demasiadas cosas como para ponerme a juzgar quién tiene la razón y quién no. He trabajado duro e incluso he tomado algunos atajos para conseguir lo que tengo ahora. Siento que Helen no ha estado en Spanish Harlem el tiempo suficiente para que me esté hablando sobre lo que está bien o lo que está mal. No ha tenido que vender un pedazo de su alma para comprar algo, de nuevo, entiendo que no la conozco. No quería hablar de lo que la gente blanca nos ha causado a nosotros o de lo que nosotros les hemos causado a ellos. Tal vez en la clase, pero no aquí. No ahora.

"Eres tan malo," dice casi en un débil susurro. Le tiembla el borde de los ojos, como si se hubieran confirmado sus peores sospechas. "Tú crees entonces que hay que tomar venganza contra los demás."

Sé más o menos por qué se pone a la defensiva, pero ¿qué quiere que le diga?

Pone la taza a un lado. Espera un segundo a que yo la acompañe hasta la salida del apartamento. Sigo sentado y entonces se va.

Termino de comer y guardo los libros.

Arreglo una ventana que necesita un ajuste. Un par de tornillos que siempre andan sueltos. Termino en unos cuantos minutos, y después, abro y cierro la ventana para probarla, entonces salgo a la escalera de incendios.

Miro hacia el cielo vacío y azul oscuro que parece un océano con nubes. Hay luna llena, y la brillante silueta de un avión choca contra su blancura redonda.

Mirando hacia abajo, hago ruidos de gato, con la esperanza de que Kaiser me responda.

Busco alrededor en la oscuridad pero no lo veo.

Nada.

Miro al otro lado de la calle y no veo a nadie sentado frente a los edificios. No siempre era así. Antes de que llegara la gente cómo Helen, los edificios no tenían clavos en los bordes los escalones. La gente se sentaba en los umbrales y conversaba toda la noche mientras miraba jugar a sus hijos. Los clavos son ofensivos. Es como si dijeran "No queremos que ustedes se sienten ahí. No nos importa que se hayan sentado ahí durante décadas, trayendo esas costumbres tropicales de sus antiguos países, este es ahora un vecindario nuevo."

Ya sé, todos los barrios deben cambiar, pero si uno es puertorriqueño y necesita aprender de dónde viene y quién es, debe empezar por Spanish Harlem. Las señales espirituales aún están aquí, en El Barrio. La gente como Helen no parece tener lugares místicos como nosotros. No tienen un Harlem sagrado, un East L.A., un South Central. No cuentan con lugares pobres y sagrados que se comunican con el alma, vibrantes calles que le hablan a uno de aquellos que vinieron antes. Todo lo que poseen son pequeños pueblos que mueren o se mantienen iguales. Pequeños pueblos que no les interesa romantizar. Pequeños pueblos que intentan matar dentro de ellos mismos cuando se van para Nueva York o donde quiera que sea y no voltean a mirar más. No hay mejor sitio que el hogar, decía Dorothy hablando de Wisconsin, ¿o era Kansas? Nunca me interesó la película ni el libro. Todo lo que sé es que muchos se quieren ir. Lo que en realidad desea Dorothy es venir a Oz. Y Oz se está quedando sin espacio.

Queja #6

En el trabajo el jefe protesta porque los ladrones habían llegado en la noche y se habían robado las costosas tuberías de los edificios que estábamos limpiando. Nos puso en una fila como si estuviéramos en cuarto grado.

"Tiene que ser alguno de ustedes," dijo sin ofrecer ninguna explicación. "Ustedes tienen un hueso en el cuerpo que los hace robarse las cosas."

Por años las ventanas y las entradas estuvieron taponadas con bloques de concreto. No tanto para que los drogadictos no usaran estas paredes como galerias para inyectarse, sino más para que los ladrones no se llevaran los tubos metálicos y los costosos cables escondidos detrás de las paredes. Los dueños sabían que con el tiempo el vecindario se recuperaría y que de alguna forma ellos empezarían a reconstruir. Pero si se robaban las tuberías la renovación sería mucho más costosa.

Mientras el capataz insiste sin parar en sus acusaciones, se me ocurrió algo.

Le pediría a Maritza que el diera un trabajo a Trompo Loco en su iglesia, algo como conseguir abrigos para los indigentes o algo por el estilo. Yo le pagaría a ella y ella le pagaría a Trompo Loco como si se tratara de un empleo de verdad. Trompo Loco nunca se enteraría. Si Maritza no lo podía hacer, tal vez Papelito sí, pero no quiero pedirle más cosas, pues ya me está ayudando bastante al afrontar la hipoteca en mi nombre.

"¿Quién de ustedes vino en la noche y se robó esas tuberías?"

Todos los obreros permanecen en silencio, mirando al piso. Mario sonríe desdeñosamente, asintiendo con la cabeza como si supiera quién fue. Pero ninguno le presta atención.

El capataz empieza a pasearse de un lado a otro.

"Está bien. Sólo quiero que me regresen los tubos. No me importa quién se los llevó."

"Yo se las devuelvo," Antonio dice en español. "Yo se las devuelvo cuando ustedes nos devuelvan Texas." Todos se ríen menos Mario.

El jefe está furioso. Me mira.

"¿Qué dijo, Julio? ¿Qué fue lo que dijo?" me pregunta, y me doy cuenta de que en todo este tiempo no se ha preocupado por aprenderse los nombres de ninguno de los trabajadores, sólo el mío y el de Mario.

"La verdad, ¿tal vez?" digo.

"¿Tú también, Julio?" Se muestra sorprendido por mi respuesta, como si él y yo fuéramos amigos.

"Mire, creo que lo único que queremos todos aquí es volver al trabajo," digo.

El hombre escupe en el piso.

"Yo sé quién lo hizo," dice Mario.

"¿Sí, quién?" el capataz se acerca donde está Mario, "dime."

"Sólo escoja a cualquiera de esos," dice Mario, "no se equivocara."

Mario se ríe como un idiota. El jefe no se molesta en contestarle. En cambio sus ojos buscan a Antonio. Antonio también lo mira fijamente, como si lo desafiara a que lo despidiera o a una pelea.

"Yo sé que me entiendes," le dice el jefe a Antonio. "Yo entiendo lo que dices. Así que no creas que no comprendí tu chiste. No tengo que entender español para saber de qué se trata."

Un medio gesto de burla se le forma al borde de la boca.

"Tienes un pickup viejo," le dice el jefe a Antonio. "Lo he visto, de seguro viniste anoche y lo cargaste todo. ¿No es así?"

"No jefe," responde Antonio en un inglés con mucho acento, "por la noche, soy un mexicano borracho. No puedo robar nada."

Me río.

El jefe no se ríe.

Antonio sigue ahí, desafiante.

"Con que es así," dice el jefe, "entonces debería reportar tu problema con la bebida al INS. ¿Qué piensas?"

Los ojos de Antonio finalmente miran hacia el piso.

"Quiero esos tubos para el final de la semana. Además, hay muchos otros mexicanos que matarían por tener sus empleos." Se retira mientras todos regresamos al trabajo.

Le doy un golpecito en la espalda a Antonio.

"Bien hecho," le digo en español, "no te preocupes, es un hijo de puta pero sabe que si el INS hace una redada en este lugar también peligra su trasero. Hay ciertas reglas sobre contratar trabajadores ilegales."

"Ya lo sé, Julio," responde, "pero yo sé quién se robó esos tubos."

Antonio regresa al trabajo sin agregar nada más. Dejo las cosas

así. No hago preguntas. Justo en ese momento miro hacia el frente y
veo con nitidez la figura de Trompo Loco. Me ve y sonríe y señala su
casco de obrero. Me siento furioso con él. No quiero que me aver-
güence, y eso es exactamente lo que va hacer Trompo Loco. Espero
que el jefe no me vea hablando con Trompo y le comente a Eddie que
Trompo Loco estuvo por aquí.

"Oye Julio, sabes, tuve esta gran idea que yo puedo simplemente
ayudarte. Puedo trabajar al lado tuyo," dice con la más alegre de las
sonrisas.

"Trompo," suspiro, "tienes que irte a la casa, vamos."

"Pero te puedo ayudar, mira," saca un sándwich empacado de
uno de los bolsillos del overol, "hasta traje almuerzo, ves. La mitad es
tuya, pero yo quiero la más grande."

"Trompo vete a la casa," levanto la voz y el aprieta la boca con
fuerza. Volteo a mirar a ver si el jefe se ha dado cuenta de que no
estoy trabajando. Veo que Antonio se burla de Trompo. Miro de
nuevo a Trompo Loco y no puedo adivinar si está a punto de ponerse
a llorar o a dar vueltas.

"No puedes trabajar aquí, pues ya te consequí trabajo en otra
parte," miento, pues sé que está a punto de ponerse a dar vueltas. Si
empieza, no hay nada que lo detenga, por lo menos sin tumbarlo al
piso de un golpe y tal vez hacerle daño.

"¿De verdad?" se me acerca, "¿un trabajo de verdad?"

"Sí, te cuento más tarde."

"¿Qué tengo que hacer?"

"Irte a la casa."

"Ese no es un trabajo, Julio."

"Quiero decir que te vayas ahora mismo a la casa, hablaremos más tarde. Y después te vas a mudar con mi familia, ¿verdad?
¿Verdad?"

Trompo Loco está radiante. Se chupa los labios, como si estuviera muerto de hambre y acabaran de ponerle al frente un plato de comida.

"Okay, okay, puedes quedarte con todo el sándwich," y me lo pasa. "Voy a la casa y me preparo uno nuevo. Todavía me queda algo de Wonder Bread, y mermelada y de todo." Trompo Loco da la vuelta y se va. Me alegra que se vaya, pero entonces se voltea de nuevo. "Oye Julio, ¿por qué *fat chance* y *slim chance* significan la misma cosa? Oí que un tipo lo decía. Después otro también, y significan lo mismo . . ."

"¡Vete a la casa!" le grito, y de inmediato se tapa la boca, como si acabara de decir algo incorrecto. Se da la vuelta y empieza a alejarse silbando, feliz de tener dentro de poco un empleo. Y yo regreso al trabajo.

El jefe me toca el hombro.

"Oye, ¿no era ese el chico retardado de Eddie?" Me hace un guiño, lo ignoro y sigo trabajando. El jefe me sigue, me agarra del hombro, pues está convencido de que puede llamarle la atención a cualquiera de sus trabajadores en cualquier momento. "Déjame decirte una cosa Julio, siendo que los dos somos amigos de Eddie." Me detengo un momento para escucharlo, tal vez lo que va a decir sea breve y me deje en paz.

"Yo conocí a la madre del retrasado. Todos la conocimos. ¿Entiendes lo que quiero decir?" Me hace otro guiño.

Como si no tuviera ya suficientes problemas.

Maritza me espera abajo, a la entrada de la casa. No la veo desde hace rato. Sólo escucho los ecos de su voz en la noche, cuando empieza el servicio en su iglesia. Trocitos de sus sermones me llegan por la ventana y algunas veces, cuando la iglesia está al máximo con el Señor, todo el apartamento se sacude.

Maritza agarra con fuerza a una niña que parece muy asustada. La niña se aferra a Maritza, como si tuviera uñas de gato. No levanta en ningún instante los ojos del piso, y llora silenciosamente. Sus gruesas lágrimas le ruedan por las mejillas y le caen sobre la blusa. Es una niña bajita, y puedo adivinar por su hermoso pelo negro y largo y por su silencio que se trata de una inmigrante nueva de la iglesia de Maritza.

"Tienes que llevarnos, Julio." Así no más, sin decir por favor ni gracias.

"Un momento, ¿no se supone que deberías estar en la iglesia en este momento?"

"Salimos a escondidas. Tenemos poco tiempo, Julio. Tienes que llevarnos . . ."

"¿A dónde?" pregunto.

"A Queens. Yo no conduzco, vamos," dice. "Esto es importante, Julio. Y sólo tenemos dos horas." La miro fijamente por un par de segundos, pues Maritza es como ese estruendo sónico que se escucha segundos después de que la tormenta eléctrica cae sobre la ciudad y todas las alarmas de los autos se enloquecen. Eso es lo que hace conmigo cuando me cruzo con ella, y me toma mucho tiempo apagar la alarma. Estuve enamorado de ella por mucho tiempo, pero después la cosa se agotó. Como ese número al que uno le sigue apostando y que nunca sale, aunque uno insiste en jugarlo, pero que ya es más costumbre que amor o deseo o necesidad. En resumen, la conozco de toda la vida.

"Oye Mari, yo no soy el que está en el negocio de Dios, eres tú. Yo tengo mis propios asuntos de qué preocuparme."

Maritza suspira con fuerza. Se había cambiado la habitual bata de pastor por un vestido que le resaltaba la forma de los pechos. Con sus impacientes suspiros, el pecho le subía y bajaba al unísono.

Maritza dirige su atención hacia la niña asustada. Le susurra algo rápido y cariñoso, algo sobre Dios al final, y entonces me lleva a un lado.

"¿A dónde vas que es tan importante?" le pregunto a Maritza, que siempre ha llevado el pelo corto en una especie de pelambre sin forma. Si se tratara de una muchachita, la considerarían graciosa y linda. Pero como es una mujer alta, más alta que yo y por el metro ochenta, ese pelo lo que le transmite a uno es que Martiza está preocupada con asuntos que considera más urgentes que el aspecto de su pelo. Así que lo lleva corto y despejado.

"Simplemente déjanos en la clínica, sólo déjanos allá. Todavía tenemos dos horas antes de que termine el servicio, vamos."

Pienso que ya sé lo que sucede.

"¿Eso es todo? Pues tú siempre tienes algo más en la cabeza."

"Eso es todo, vamos. Por favor, esta pobre muchachita se va a casar la próxima semana." Me lanza una mirada de desesperación. Maritza sabe que yo no le puedo negar nada; aunque he tratado, nunca he podido. Durante años he intentado zafarla, pero como la mandíbula de un pit bull no la puedo soltar. Me ordena hacer esto y lo otro, yo me quejo, pero al final siempre cedo y hago lo que me pide.

Como ahora.

Las llevo a ella y a esta asustada niña a la clínica en Queens, y durante todo el recorrido ninguno dice nada. Silencio absoluto, excepto por los sollozos y lagrimeos de la niña. Tomo el FDR Drive hacia el Upper East Side.

En el auto silencioso, pienso que el Upper East Side siempre me recuerda la época cuando era adolescente y empezaba a darme cuenta de que me estaban mintiendo. Eran los días cuando creía en "La Verdad," y en que toda esta gente que se movía por el Upper East Side eran seres destinados a ser liquidados por Dios. Todos estos ricos eran pecadores y no amaban a sus hijos, pues no caminaban por la senda del Dios Jehová y sus ideas no eran las ideas de Él. No conocían la Biblia y no se las leían a sus hijos todos los días y tampoco pregonaban las buenas nuevas del Reino del Señor. Eran parte del mundo material. Quien gobernaba su mundo era Satanás, y todas esas vitrinas de almacenes con relojes Rolex y vestidos de seda, y todos esos penthouses, y todos esos autos y elegantes muebles eran cosas materiales para embelesarnos con este mundo. Nuestra recompensa era el Paraíso.

Entonces empecé a caminar alrededor del Upper East Side y descubrí cómo esta gente también tenía iglesias y que ellos, también creían en Dios, y, también llevaban a sus hijos a la iglesia. Llamaban a su Dios lo mismo que nosotros, y Él, también tenía un hijo llamado Jesús, que también murió por todos los pecadores. Las iglesias y las sinagogas en el Upper East Side eran grandes y opulentas. Tenían bancos de madera de verdad, no sillas plegables, como las nuestras, y las alfombras estaban limpias, sin manchas de chicle. Los fieles no llevaban siempre los mismos dos o tres vestidos buenos que se rotaban cada domingo. Les compraban a sus hijos regalos, realmente costosos, como trenes y autos que funcionaban con pilas. Esta gente era cristiana como yo, creían en el mismo Dios que yo. El Upper East Side y Spanish Harlem era dos vecindarios que vivían el uno al lado del otro y eran como el principe y el mendigo. Pero nuestro Dios Cristiano era el mismo. Y se suponía que nuestro Dios nos amaba por igual. Se suponía que nuestro Dios nos bendecía por igual. Se suponía que nosotros debíamos vivir bajo Su palabra y participar de las mismas bendiciones. Pero eso no fue lo que vi. Recuerdo cómo, cuando estábamos por los quince, un día Maritza se burló de mi diciendo que "el Dios del Upper East Side le puede ganar al Dios de Spanish Harlem."

Mi madre no paraba de decir que era sólo cuestión de tiempo, y que entre más años pasaran, más cerca nos encontrábamos de "El Fin." Podía escuchar algo sobre un terremoto en la India o sobre alguna avalancha de barro en Colombia y los veía como nuevas señales de "El Fin." Eso aún no ha cambiado. Pero yo no, estoy harto. Quiero hacer algo con mi vida distinto a esperar a que el mundo se acabe. Maritza fue a la escuela y tiene título universitario. Estudió derechos civiles, y cuando nadie en Spanish Harlem se convenció de su programa socialista, comenzó a salvar al mundo usando al mismo Dios con el que solía burlarse de mí por haber creído en él alguna vez.

"Aquí está la dirección, Julio. Rápido."

"Está bien, está bien, Dios," digo y recibo el papel que me pasa. Cruzo el puente de la 59, y no me siento para nada complacido. Había pensado que íbamos hacia algún tipo de sucursal de Planeación Familiar o un cuartucho en algún callejón que Maritza conocía. Pero esta clínica está localizada en Northern Boulevard, la arteria de Queens. La clínica está justo en el centro, donde encuentra uno de un solo golpe todo tipo de negocios: dentisterías, agentes de finca raíz, joyerías, restaurantes, bancos; no estaban intentando esconder nada.

"Tienes que venir adentro con nosotras," ordena Maritza. La muchacha no deja de temblar.

El Centro de Cirugía Plástica no es un nombre usado para disfrazar algo, no se llama así para distraer la atención, lleva ese nombre porque eso es lo que es. Cirugía. De la plástica. Estaciono el auto.

Entro y, a excepción de Maritza y esta niña asustada, la sala de es-

pera está vacía. El salón es de un rosa claro y en las paredes hay afi-
ches de hermosas mujeres enmarcados elegantemente. Un televisor
transmite MTV en Español, sin volumen. Shakira está sacudiendo
sus raíces árabes como si la hubieran lanzado a un tanque de agua
justo al final del invierno.

La puerta se abre y entra una mujer. Tiene un pelo hermoso, las
piernas largas y esbeltas, los pechos del tamaño de bolas de béisbol,
con la elevación perfecta que sólo se consigue con implantes.

"Entonces," dice la mujer con frialdad, escribiendo algo en una
tablilla, "¿ella necesita ser señorita de nuevo?"

"Sí," contesta Maritza por la muchacha, quien de repente empieza a llorar como si su madre acabara de expirar en sus brazos.

"No te preocupes dulzura," dice la mujer, poniendo la mano
sobre la rodilla de la muchacha, "es muy fácil, no tengas miedo. Lo
coseremos todo otra vez como estaba antes, como si nada hubiera
pasado."

"¿Necesitará anestesia?" Maritza acaricia el pelo de la muchacha
mientras esta llora en su hombro.

"No mucha. Sólo local. Mira dulzura," le habla la mujer a la muchacha que tiene la cabeza enterrada bajo los brazos de Maritza, "no
te apures, todo se cose. Volverás a ser virgen."

"No sé qué me hará," solloza la asustada muchacha, "él cree que
soy virgen . . ."

La muchacha no puede terminar la frase antes de ponerse a llorar
otra vez. Imagino que lo que no puede decir es que su padre la podría
matar si su marido la devuelve como si fuera mercancía estropeada.

La mujer con la tablilla no se mueve, parece haber escuchado
todo esto antes. Incluso hasta lanza una maldición cuando se equivoca al escribir algo. Empieza a borrar, hablándole con claridad a
Maritza.

"No se preocupe, el doctor tiene licencia y sabe lo que está haciendo," le dice. "Su prima estará bien. Lo hacemos todo el tiempo. Dejamos una pequeña abertura sin coser para, ya sabe, el periodo. Pero todo lo demás queda bien. El himen quedará intacto como antes. Él no se dará cuenta de nada. En su noche de bodas, habrá sangre en las sábanas. Firme aquí." Maritza firma. "Necesito la tarjeta de crédito," y ahí es cuando Maritza me señala.

Me echo ligeramente hacia atrás, como si me apuntaran con un arma. Veo a Maritza que le dice a la mujer que se lleve a "su prima" adentro para que el médico empiece la operación.

Salgo de la clínica y camino hacia el auto. Maritza me alcanza.

"Espera Julio, espera," me ruega. Por supuesto, me detengo.

"Lo sabía, lo sabía," digo, "necesitabas algo más, lo sabía. No voy a pagar para que le arreglen la cosa a esa muchacha."

"¿Entonces prefieres que la golpee el esposo o la mate el papá? Mira, esta chica me buscó para que la ayudara. Estoy tratando de ayudarla."

"¿No has pensado alguna vez Maritza que no siempre puedes ayudar a la gente? ¿Que algunas veces es mejor dejar que las cosas sucedan?"

"No, no es mejor."

"No te puedo creer, te conozco desde siempre y aún me sigues sorprendiendo. No te puedo creer."

"¡Tengo ahí adentro a una niña que cometió un error! ¡Necesito tu tarjeta de crédito!" Ya está empezando a perder la paciencia conmigo, como si fuera yo el responsable de todo esto.

"Maritza, yo no soy el tipo que le hizo esto, y estoy seguro de que el tipo con el que se va a casar también es un inmigrante reciente, pues los nuyoricans no andamos con esa mierda de la virginidad. Nos gustan las mujeres así estén empujando cochecitos o no. Mira a Zulma, tiene como cuatro hijos, pero aún se ve muy bien y están todos esos tipos que quieren casarse con ella. Así que no sólo no es mi problema sino que no es el problema de mi gente."

"Bueno, para tu información el tipo con el que se va a casar es puertorriqueño."

"¿Sí, de la isla, verdad? Eso es diferente, allá se tragan el cuento ese de mierda de casarse con una virgen. Piensan que sus esposas tienen que ser puras como el azúcar o algo, como sus madres, o . . ."

"¡Te voy a devolver la plata!" Grita molesta por mi insistencia. Durante una fracción de segundo sólo se escuchan los ruidos de las sirenas y de los autos pasando.

"Te devolveré la plata," repite con calma. "Si pudiera ponerlo en mi tarjeta, lo haría." Y me observa fijamente como si tuviera poderes hipnóticos.

"¿No estás en contra de todo esto?" le digo, calmándome un poco y sacudiendo la cabeza lentamente. "¿No hablas en contra de todo esto en tu iglesia?"

"Sí, por supuesto que sí, estúpido. Dios, eres tan estúpido, Julio," responde, "por supuesto que sí, se trata de una mutilación genital femenina. Por supuesto que estoy en contra. En realidad se trata de control sobre las mujeres. Pero en este instante, tengo una muchacha aterrorizada que si no sangra en su noche de bodas le van a sacar la mierda a golpes."

"Algunas veces no te comprendo, Mari," digo, dándome por vencido, "no te entiendo, pero bueno, ¿cuánto es?"

"Dos . . ."

"Sí, ¿dos? ¿Dos qué? ¿Doscientos?"

"Dos . . . Dos mil."

"¡Dos mil! ¡No me jodas, chica!" No puedo llenar mi tarjeta, dos mil, tengo que mantener una hipoteca, los estudios, los libros, mis padres.

"Espera, espera, espera," me agarra del brazo. "Yo tengo trescientos y ella tiene seiscientos, así que sólo tendrás que pagar mil cien. Te lo devolveré."

La miro. La luz de un poste en la esquina le ilumina la cara. Una vez soñé que me gustaría saber cómo se vería su rostro en la oscuridad. Como cuando uno apaga la luz y los ojos se empiezan a ajustar y todo adquiere sombras nuevas y diferentes matices. Solía imaginar que tal vez una noche me despertaría sin ninguna razón y ella estaría ahí a mi lado y yo podría entonces ver esa imagen en la vida real. Pero entonces ella me dejaba por ahí sin prestarme atención y yo caía en cuenta de que Maritza era más como una hermana mayor que golpea de vez en cuando a su hermano pequeño.

"¿Me vas a pagar?" pregunto consciente de que no lo hará, no puede, pues, como tantos bienhechores, Maritza siempre está quebrada.

"Sí, te voy a pagar, ahora vamos."

"Qué tal si le das un trabajo a Trompo Loco en tu iglesia," le digo. Maritza voltea a mirarme como si estuviera loco.

"Listo, pero no podré pagarle . . ."

"No, le pagas a él lo que me debes. Simplemente déjalo hacer cualquier cosa . . ."

"Lo que sea, okay. Trompo puede limpiar o algo, volvamos adentro."

Regresamos a la clínica.

Le pago a la mujer.

Maritza y yo no conversamos. Maritza vigila el reloj. Sabe que tiene que llevar a la muchacha de vuelta antes de que se termine el servicio en la iglesia. Puedo adivinar que la madre de la chica está en esto con Maritza. El padre debe ser un no creyente y no está en la iglesia, así que pueden usar el tiempo para escaparse y hacer que la muchacha vuelva a ser virgen.

Nos sentamos y esperamos sin hacer nada. En la sala de espera la hermosa mujer con tetas falsas, culo falso, nariz falsa, conversa con una futura cliente.

"Hay un problemita. Te vas a casar la semana que viene," dice en español, "no puedes casarte la semana que viene. Necesitas por lo menos uno o dos meses para que los puntos desaparezcan."

"¿Puntos?" pregunta la cliente frunciendo el ceño.

"Sí dulzura, puntos. Si tienes sexo en tu noche de bodas con los puntos intactos, ay dios mío, la posibilidad de infección es tan alta que para qué te cuento."

"Pero nos vamos a casar la semana que viene. ¿No hay otra forma?"

"No dulzura, tienes que buscar la manera de posponer la boda, de otra forma, si tienes sexo con los puntos, bueno, tal vez engañes a tu esposo pero te puedes morir."

Maritza también ha estado escuchando la conversación. Sacude la cabeza con tristeza, o con rabia o incredulidad. Fija los ojos en la mujer joven a la que ahora le cuelga la cabeza y que está a punto de ponerse a llorar. Maritza quiere ponerse de pie y hacer algo, pero la mujer la abraza y la arrulla.

"No te preocupes," dice. "No es gran cosa. Yo también me hice la mía. Me la he hecho en todo el cuerpo. Lo único auténtico que tengo son los dientes," dice y la mujer intenta sonreír. "Eso," le dice, "sonríe, nosotras las mujeres, tenemos nuestros secretitos." Entonces voltea a mirarme. "Engañamos a los hombres todo el tiempo."

Queja #7

Querido Julio,

Cuando me mudé a Spanish Harlem estaba tan preocupada con ser políticamente correcta y no ser racista, que sin darme cuenta hice cosas estúpidas que demostraban mi temor y mi ignorancia. Me sentía hiperconsciente al ser la única persona blanca caminando por la calle. Tantos hombres me decían "hola muñeca" o "Dios bendiga tus ojos" que no quise volver a mirar a la gente a la cara. Pero no resultó, pues me negué a voltear a mirar a una de mis vecinas que me dijo "Hola" tres o cuatro veces. Esa vecina era tu madre. Me doy cuenta de que aún no puedo decir "gracias" en lugar de "thank you," pues temo pronunciarlo mal y que suene ridículo; a pesar de dominar bien el francés, el italiano y el portugués.

Quisiera explicarte que ahora tengo una mezcla rara de

soberbia y culpa. La soberbia me viene por no poder olvidar los
hábitos de ese ambiente al que he estado acostumbrada, un
ambiente donde los piropos son una grosería y donde la gente
que maneja la comida lleva guantes puestos, y nadie grita en la
calle ni en ningún otro lugar público. Pero la culpa se me vuelve
frustración por el hecho de que no sé cómo reconciliar el hecho
de que yo no soy la causante de estas discrepancias, que fue
otra gente blanca, que ni siquiera tiene nada que ver conmigo.
Aún así, en este vecindario sigo siendo considerada culpable por
algunos individuos que reaccionan ante mí como si fuera la
encarnación del Imperio Blanco del Mal. De la misma forma, yo
reacciono ante algunos otros como si fueran el típico esteriotipo
que he visto en la TV.

Por supuesto, podría tomar clases de español y sería tan, tan
fácil para mí aprender el idioma. Pero oír hablar español sin
entender nada es como estar al frente de una gran obra de arte
abstracto. Me siento avasallada, pero siempre encuentro cosas
nuevas cada vez que lo escucho, así como encuentro cosas
nuevas cada vez que miro un cuadro de Pollock. A una parte de
mí le gusta sentirse rodeada por mi propia incomprensión, pues
parece más real y mucho más interesante que el mundo mío
donde todo el mundo asume la autoridad, la destreza y, por lo
tanto, el control.

Mis padres se trasladaron a ese pueblo de Wisconsin
donde nací después de conocerse en Ithaca, NY. Después de
casarse, la compañía los trasladó allá. Mis padres no estaban
acostumbrados a la vida de un pueblo pequeño. Tan pronto como
llegaron conduciendo autos extranjeros y no americanos, en el
pueblo empezaron a sospechar que eran comunistas. Durante la
Guerra Fría, a mi madre la tildaron de lesbiana por protestar

contra la carrera armamentista. ¿Qué tenía que ver eso con sus preferencias sexuales? Mi padre se reía. Mi madre trabaja como bibliotecaria y luchó a capa y espada por los libros que la biblioteca había prohibido. A pesar de todo esto se ganaron al pueblo y finalmente, décadas después, se consideran a sí mismos de Wisconsin. Pero yo no, añoré siempre su pasado en Cornell y contaba los días para irme.

No planeo cambiar nada en Spanish Harlem. Pero así como mis padres, seré yo misma. Sí, Nueva York puede ser muy materialista y superficial. Los implantes de senos y el pelo rubio teñido se han convertido en armaduras que las mujeres llevan puestas para no tener que sentir nada. Yo no quiero ese NYC, quiero vivir en un sitio donde la gente se alimente de comida real y que se prepara ella misma, algo que no sale de una caja o se le hacen llegar en bandejas de poliestireno.

Entre más vivo aquí, Julio, más empiezo a comprender la profunda complejidad de lo que en un principio romanticé.

Pero ahora empieza a tener sentido. Para mí, Julio, no para ti. Es mi manera de resolverlo. Solía mirar a una mujer que vendía sopa casera en un carrito de mercado en la calle y pensaba que ella conocía el significado de la vida. Le compré sopa, imaginando que se trataba de una sopa especial, hecha por unas manos viejas y sabias. Una sopa mágica, como algo salido de una novela de Gabriel García Márquez. Qué tonta he sido. Es en realidad algo muy sencillo, es una mujer pobre. Me han dicho que soy mejor expresándome en un papel que en una conversación, y entonces sólo quise contarte estas cosas.

Helen.

Tan pronto como termino de leer la carta de Helen, pensé en sus manos. La carta está escrita en unas letras negras y claras, con unos movimientos tan elegantes como los de Papelito. Puedo visualizar sus manos deslizándose sobre una hoja blanca de papel, haciendo todo tipo de círculos y vueltas. La carta de Helen es hermosa. Nunca he recibido una carta semejante, nunca. No quiero doblarla. Se me ocurre llevarla conmigo a todas partes y releerla a la menor oportunidad, en el subway y en los paraderos de bus. Durante los descansos en el trabajo y en las clases, especialmente cuando el tema sea aburrido y mecánico. Imagino que podría descubrir cosas nuevas sobre ella. Cosas nuevas en mí, también. Pero si llevo la carta conmigo, posiblemente se estropeará y no quiero que pase eso.

Entonces la guardo entre las páginas de un libro para alisarla. Es todo lo que se me ocurre para protegerla. Soy un principiante en estas cosas. Después de guardar su carta, me siento mal por haberle dicho esas cosas la otra noche. Y desearía poder expresarme como lo, hace ella. Siento terror y alegría al mismo tiempo de que ella haya hecho una explicación por carta y siento que debo hacer algo. No sé qué. Así, me siento más tonto pero voy a hacer lo que muchos hacen cuando se encuentran en esta situación. Voy a ir a ver a Papelito. Como en todo caso tengo que pagar la hipoteca, no podrá descubrir las verdaderas razones por las que estoy ahí.

La botánica de Papelito, San Lázaro y las Siete Vueltas, resplandece bajo una gloriosa luz. Incluso los torturados santos de yeso, tamaño real parecen vivos, como plantas que por instinto giran hacia el sol. Es una botánica tan limpia y piadosa que adentro uno siente que debe hablar en voz baja.

Y siempre está llena de mujeres. El lugar expele feminidad. Las mujeres entran y salen de la botánica de Papelito como si fuera un salón de belleza. Adoran a Papelito, pues él las deja entrar en los secretos Yoruba. Les prepara pociones de amor para sus hombres, o conjuros para mujeres que odian.

Papelito lleva un vestido azul con blanco, los colores de Orisha, el dios negro que lo ha escogido a él, y de Yemayá, la diosa del mar. Entro con la cuota mensual de la hipoteca, como hago siempre. Papelito le está susurrando algo a una mujer e intento no interrumpirlo.

"Mira mi amor, envuelve una hebra de tu pelo alrededor de su buzón de correo," la mujer escucha atentamente, "derrite cera roja sobre las fotos de ella. Mételas en una caja negra de zapatos y escóndelas en el armario." La mujer asiente con la cabeza. "Reza la oración a Ochosi, el cazador, y tu hombre regresará a tu lado."

Ella le cree. Entonces supongo que dará resultado.

La mujer intenta besar la mano de Papelito.

"No, no mija. Bésale la mano a Orisha," le dice él, retirando los dedos con delicadeza, "dales las gracias a ellos, mi linda. Haz las ofrendas y rézales. Ellos te indicarán el camino, muchacha."

"¿Qué pasa si no regresa?" se lamenta la mujer.

"Ten fe en los Orishas," dice él y ella está a punto de llorar. Papelito la abraza.

"No te preocupes, confía en ellos," repite mientras la mujer se retira; Papelito sostiene en la mano una hebra del pelo de la mujer.

"Qué pelo tan lindo," le dice Papelito. "Pero Irma, tienes horquilla. Tan joven y con horquilla, tengo algo para eso."

Espero a que termine con Irma, y miro por ahí. La botánica de Papelito funciona también como tienda de empeño. Hay tantos trastos que Papelito vende cajas de leche llenas de chécheres por tres dólares. Se han regado rumores que una mujer compró una de estas cajas y encontró supuestamente en el fondo un anillo de oro. Otros dicen haber comprado otra caja donde encontraron un diamante entre un frasco medio vacío de aceite para bebés. Algunos han encontrado cosas menos apetecibles pero en todo caso más útiles, como cucharas, cajas de detergente, radios pequeños, crema de dientes, pilas nuevas, bolígrafos, enlatados, libros y juguetes (algunos rotos pero otros no). Todos estos objetos llegan como cortesía de ladrones, drogadictos, borrachines, y otros indigentes que regularmente llegan a San Lázaro y las Siete Vueltas para ofrecer su botín. Entran y le preguntan a Papelito si les recibe esto o lo otro por plata suelta. Papelito recibe todo gentilmente y después echa las cosas en una caja de leche.

Espero con paciencia a que Papelito atienda a sus clientes. Me acerco a uno de los rincones elegantes de la botánica. Hay un altar erigido para el Orisha Changó. Papelito adora a Changó, pues Changó es el dios por el que Papelito siempre quiso haber sido escogido. Muchos años atrás, cuando Papelito estaba siendo iniciado, durante el asiento, cuando se pone un Orisha sobre la cabeza del iniciado, Papelito no perdió la esperanza de que Changó lo reclamara a él. Seguiría recordándole a cualquiera que hubiera escuchado su historia una parte de la leyenda de Changó: "Ese Changó, una vez se vistió de mujer para escapar, y habita dentro de una mujer, Santa Bárbara. Así que mira. Él me va a escoger y a aceptarme como soy."

Pero durante la ceremonia santa, sería la Diosa Yemayá quien reclamó a Papelito. Su *padrino*—su maestro—se lo comunicó y entonces Papelito acogió a Yemayá con toda su alma. Azul y blanco, los colores del Orisha, son los únicos colores que usa, y hace todo en siete, pues el siete es el número de la diosa. Pero en su corazón, Papelito todavía mantiene una vela encendida para Changó.

El altar a Changó está montado sobre una sólida mesa cubierta con un mantel rojo y blanco, los colores atribuidos a Changó. En el contro hay una imagen alta de la regia santa católica Santa Bárbara, que comparte la dualidad con Changó. Hay otras representaciones simbólicas atribuidas al Orisha: un hacha de dos cabezas, varias rocas volcánicas, la imagen de un caballo, platos con caramelos, almendras, semillas, y, en el piso, un tambor batá tamaño real con una mancuerna de oro en el borde. En la pared, encima del altar a Changó de Papelito, colgando derecho y firme de una puntilla cuidadosamente clavada, hay un retrato enmarcado y autografiado de Robert F. Kennedy. Levanto la foto y la estudio con detenimiento, como si mirara los titulares de una vieja revista o escuchara una canción de los sesenta que saliera de una radio lejana. La foto me hace pensar en lo "pudo haber sido" del mundo. Maritza se mostraría orgullosa de mí por pensar en esas cosas.

Papelito se acerca por detrás y con suavidad me quita el retrato de la mano.

"Tenía que tocarlo, Julio. Apareció en El Barrio y nos le mandamos encima," dice, poniendo cuidadosamente la foto en el sitio que le corresponde. "Le agarré al brazo y fua, se le cayó una mancuerna." El rostro de Papelito se entristece. "Yo era tan joven en el 68. Ni siquiera me ponía vestidos."

Vuelve a sonar la campanilla. Una mujer entra y le susurra algo a Papelito en el oído.

Papelito asiente. Hablan brevemente.

"Hice una colecta, Papelito. Ese es el derecho para los Orishas," le pasa un rollo de billetes, "¿puedes hacer el trabajo?"

"Pero contra mami," posa suavemente la punta de los dedos en el pecho, cerca al corazón, "por supuesto que haré el trabajo." Cuando Papelito habla, todo el cuerpo se le mueve como en un balanceo, con la delicadeza del aceite saliendo lentamente por el pico de una botella.

La mujer mira hacia donde estoy y hace un gesto de desconfianza. Le comenta algo tapándose la boca, para asegurarse de que yo
no la oiga.

Papelito asiente de nuevo, le besa suavemente la mejilla, y la
acompaña hasta la salida. Cierra la puerta detrás de ella, y le da la
vuelta al cartel de CERRADO.

"Mira mi amor, tu mamá estuvo por aquí hace unos días preguntando por un gato," dice bajando la voz como si pudiera armarse un
escándalo por el simple hecho de que ella le hubiera hablado.

"Sí, ya sé. No te preocupes por eso. Ya le conseguiré otro. Mira,"
le digo, entregándole el dinero para que lo deposite y pueda hacer el
cheque para el banco como si fuera su hipoteca. Después de darle el
dinero, me quedo ahí como si esperara la llegada de un tren. Quiero
contarle a Papelito que una mujer me escribió una carta, y preguntarle lo que los Orishas tendrían reservado para mí. Quisiera una
consulta, pero me siento un poco estúpido pidiéndola. Especialmente después de haberme negado al ofrecimiento, una y otra vez,
de Papelito para hacerlo. Sigo ahí, nervioso, y no puedo pronunciar
palabra. En lugar de eso, pienso en las redes psíquicas y los horósco-
pos y en ese tipo de cosas, cosas en las que no creo. Siempre he creído
que uno puede ajustar cualquier situación de la vida en un horóscopo
y en ese tipo de interpretaciones. Por eso es que no me parecen vero-
símiles. Pero la religión de Papelito es una religión de la supervivien-
cia. Una que toma ciertas medidas para mantenerse viva. Una
religión de la astucia. La santería es una cosa diferente. Algo real.
Pero, sobre todo, lo que yo tengo es fe en Papelito.

"Tengo que hablar contigo," dice después de recibir la plata. Me
mira fijamente a los ojos como si hubiera visto algo que él sabe temo
decirle. Como si así lo hiciera más fácil para mí, como si me lanzara
un salvavidas. "Ven, ven," me toma de la mano.

"Tengo que irme Papelito," le digo, pues siento que me estoy arrepintiendo. "Tengo las clases nocturnas, después tengo que ayudarle a mamá con los azulejos de la cocina. El apartamento necesita arreglo . . ."

"No mijo miro," parpadea y hace una pausa para asegurarse de que le presto atención, "que esto es importante, mi amor," dice, y me río por dentro, no por lo que dice sino como lo dice. La manera como hace la coreografía de las manos con la conversación es como mirar un ballet. Pero estoy contento, porque esto es en realidad lo que deseaba desde un principio y no era capaz de hacer a un lado el orgullo, el miedo, y las dudas para por fin hacerlo.

Vamos al sótano.

Aquí es donde Papelito ha montado el Ile, la casa de los Orishas. Es un cuarto magnífico, lleno de flores y plantas. A los pies de cada santo hay ofrendas de frutas, platos con dulces y los símbolos atribuidos a cada Orisha. Pegados a la pared hay arcos y flechas, lanzas, y cañas de azucar enteras con banderas de distintos colores. Un elaborado altar para Ochún está armado sobre una mesita de altura hasta la rodilla. A su lado, derecha y afectuosa, hay una estatua de tamaño real de La Caridad de Cobre, la Señora de la Caridad, la santa católica con quien Ochún comparte la dualidad. Hay cinco cestas llenas de frutas—cinco pues ese es su número—y plumas de pavo real, el ave asociada a ella. Pañoletas amarillas de seda y otras telas similares decoran el altar, en celebración de los colores del Orisha.

Papelito me dice que me siente en el piso, donde hay dos cojines frente a frente, y después me pide el derecho, la cuota para el Orisha. Quiero decirle que no le he pedido una consulta, que es porque él me ha querido traer aquí. En lugar de eso meto la mano al bolsillo y saco tres de veinte. Me indica que los enrolle y haga una cruz con los billetes tocándome los hombros, la frente, y después el estómago, besando la plata al final. Hago lo que me dice, pues no quiero ofender a Papelito ni a su religión.

Le entrego la plata y Papelito toma el derecho y lo mete en una vasija de colores próxima a una figura de El Niño de Atocha, el santo con quien el Orisha Eleguá comparte la dualidad. Papelito me descubre observando a Eleguá.

"Eleguá es tanto mensajero como guardián, él tiene las llaves para que así podamos conversar con los dioses negros. Siempre se empieza y se termina con Elegua."

Entonces Papelito se sienta a mi lado en el piso.

"Veamos a ver cuál es tu letra hoy, mi negrito," me dice. Papelito toma un collar hecho de caparazones de tortuga y lo arroja entre los dos. Cada vez, escribe diferentes combinaciones, números que alcanzo a ver y palabras que sólo él puede entender. Papelito murmura cosas para sí mismo en voz baja. Me dice que agarre con fuerza ciertos objetos que me entrega. Una piedra. Un hueso. Una concha.

Escribe más combinaciones.

"Nadie les ha pedido a los Orishas que te hagan daño, mijo," me dice.

"Eso es bueno, ¿verdad?" digo, tratando de mostrarme calmado con lo de la carta. Realmente quisiera preguntarle si se ve el amor en mis naipes. O algo por el estilo.

"Pero 'pérate, dos mujeres vienen en tu camino, Julio."

"No digas," estoy emocionado.

"Una es blanca, tiene plata, la otra es morena pero te amará y te dará hijos."

Es una religión de sacerdotes poetas arrancados de su amada África y forzados no sólo a soportar la esclavitud sino a convertirse al catolicismo. Y así estos sacerdotes poetas preservaron su religión escondiendo a sus dioses dentro de los santos católicos. Los españoles se tragaron la treta, y, con el tiempo, las dos religiones se fusionaron, formando el camino de los santos, la Santería. Una religión nacida de la necesidad de sobrevivir, de la diversidad, del color y de la magia. El Continente Negro estaba en nuestras venas y las religiones de África eran parte de nuestra herencia cultural. Como la sangre de nuestra gente, la Santería se volvió una con muchas otras cosas para poder sobrevivir. Se adaptó y se transformó en una cosa nueva. Es este instinto de supervivencia lo que se respira hoy en las botánicas a lo largo de todo el país.

"Wow, dos mujeres," susurro, "¿qué tengo que hacer?"

"Tienes que tomar una decisión, papi."

"¿No me puedo quedar con las dos?" Dios, pienso, cuando llueve, llueve a cántaros.

"No, la codicia no va con los Orishas, mi amor."

"¿Estás seguro?"

"Sí mijo, estoy seguro. A los dioses les encanta comer, pero no son codiciosos. Ahora, mijo, tienes que levantarle un altar a Ochún, la diosa del amor y el matrimonio. Cinco velas amarillas, cinco pastelitos, una pluma de pavo real, que es el ave de Ochún. Después de cinco dias, tiras los pastelitos al East River como ofrenda. Me entiendes?"

"Okay."

"Julio, en el East River, no en el Hudson, las mujeres vienen del este."

"Suena bien."

"Tú sabes cuál santa comparte la dualidad con Ochún, ¿cierto?"

"La Caridad de Cobre, ¿verdad?"

"Bien, estás aprendiendo, mijo, estás aprendiendo." Papelito entonces revisa los números de nuevo. "Sí pero, aún hay una amenaza en tu letra. Se acerca una amenaza."

"¿Cómo qué?" Entrecierro los ojos y empiezo a temer que las

llamas de todos esos incendios que he hecho extiendan sus brazos para agarrarme. Para devorarme quizás.

"No sé," Papelito sacude la cabeza, estudiando atento sus cálculos. "Pero la amenaza viene de una poderosa fuerza, Julio," y mira los números como si quisiera volver a verificar.

"Oye, Papelito," hago una pausa, pues he querido hacerle esta pregunta desde hace tiempo y quiero que suene correctamente, "¿por qué crees tanto en los Orishas?"

Papelito sonríe un poco, echa la cabeza hacia atrás. Guarda los números y con el dedo golpea ligeramente un vaso con agua que está sobre la mesa. El vaso hace un bonito sonido como de cristal que resuena por un par de segundos. Papelito se levanta y se echa hacia delante para encender una vela azul a su Orisha, Yemayá. Hace una reverencia a Eleguá, pues todas las cosas empiezan y terminan con Eleguá.

"Este es un salón sagrado, ven mijo," dice, y lo sigo escaleras arriba, donde un par de mujeres lo esperan afuera al otro lado de la puerta. Las caras latinas de las mujeres confirman que pertenecen a la iglesia de Maritza. Han estado esperando con paciencia y en silencio a que Papelito vuelva a abrir la botánica.

"Momentito, momentito!" Papelito las deja seguir con amabilidad. Les entrega a cada una la imagen de San Lázaro, que comparte la dualidad con el Orisha Babaluayé, santo de los enfermos y difuntos. Las mujeres reciben las imágenes y las sostienen sobre el pecho, como si se trataran de vacunas milagrosas, algo tan vital como el agua en el desierto. Papelito les dice que le den las gracias a Maritza, y las mujeres se retiran silenciosamente. No salen por la puerta del frente sino por la de atrás. Quizás temen que sus amigos, quienes no comprenden su religión y las vean salir de la botánica, puedan juzgarlas.

Papelito me presta de nuevo atención. Pone su mano sobre la mía, como hace cuando tiene que hacer una revelación.

"Tu asunto es fácil, mi lindo," dice. "La regla Lokumí es en realidad los patakis, las historias que yo he escogido para vivir mi vida."

"¿Historias?"

"Sí, historias poderosas que me enseñan cómo experimentar la vida, mi vida. Cómo vivir mi vida entre la naturaleza y mi comunidad."

"¿Por qué tienen tanto poder estas historias?"

"Porque están más allá de las historias, Julio. Tienen poder para todos nosotros, mijo. Escucha. Estas historias significan en realidad nuestra búsqueda de la verdad, del sentido, del significado. Estas historias están ocultas en nosotros. Mira mi amor, algunos escogen vivir sus vidas según las historias cristianas, o indias, o musulmanas, o budistas, o, como yo, Yorubas, pero si tomas todas esas historias, descubrirás elementos similares, personajes similares."

"¿Cómo quién?"

"Como Eleguá antes," y señala hacia otra estatua de El Niño de Atocha. "Eleguá no es sólo el guardián sino también el bromista, un guasón. Muchas religiones tienen un guasón, Julio. En las creencias cristianas, justo cuando Dios le había dado al hombre un trabajo, una mujer, una vida eterna, la serpiente tuvo que meter la nariz. El guasón está ahí para decirte, justo cuando piensas que tienes todo bajo control, ¡Sape! Te jode la vida. Dependiendo de las historias que escojas para vivir tu vida, Ghanesa, Hanuman, Lucifer o Eleguá estarán lanzándote cosas. En realidad todos son el mismo personaje pero en historias diferentes."

"Historias, ¿ah? ¿Hay alguna historia de amor ahí?"

Papelito me muestra la sonrisa más luminosa que jamás haya visto decorar su cara.

"Todas las buenas historias son historias de amor, papi," me da con delicadeza un golpecito en el hombro. "De eso es en realidad de lo que se trata. El verdadero héroe de todas las historias es el amor."

Me siento intranquilo y un tanto incómodo de estar haciendo preguntas sobre todo esto.

Me hace sentir como una de esas mujeres que vienen a visitarlo. La verdad, quisiera seguir escuchando, pero cambio el tono.

"¿Historias? Ya veo," digo, levantando un poco la cabeza, como si comprendiera todo.

"Sí, historias que si escuchas con atención te dirán cosas sobre ti que en lo profundo tú sabes que son ciertas."

"A mí sí me gustan las historias cristianas. Lo que no me gusta es la iglesia," digo y me encojo de hombros.

"Entonces mijo, lo que a ti no te gusta son sus rituales. Estas historias vienen con los rituales. Es la única manera de que estas historias se vuelvan reales para nosotros."

"¿Entonces los seguidores de la Regla hacen que sus historias sean reales con las posesiones y las pociones y todo eso?"

"Nada distinto al Papa diciéndote que te comas el cuerpo de Cristo, ¿verdad? O de un pastor hablando en lenguas, ¿eso es posesión? ¿No? Mira, todos esos son rituales, todos tienen relación. Tal vez sea hora de que cambies tus historias. Tal vez quisieras vivir tu vida bajo los mitos y los rituales de otra cultura. Reza, Julio."

Retira su mano de la mía y me guiña un ojo y va a atender a otra clienta que ha entrado mientras conversábamos. Zarandea las caderas hacia ella, la abraza como si la conociera de décadas. Tal vez, la mujer sea tan vieja como Papelito. Empiezan a chismosear.

"¿Cuándo? ¿No? ¡Ese marido tuyo!" exclama Papelito y entonces él y la mujer se ríen al tiempo y siguen en el cuchicheo como brujas entrometidas.

Esa misma noche, compro las cosas que necesito para mi ofrenda. Regreso a la casa pensando en leer de nuevo la carta de Helen y en cambiar mis historias. ¿Por qué no? En la academia recibiré un grado en administración, pues sé que así podré conseguir un buen empleo; el problema es que la administración es realmente aburrida, como jugar Scrabble bilingüe con mis padres. En mis estudios nocturnos no aprendo ninguna historia que me guíe, sólo recibo un montón de información. Una serie de tecnologías para un mercado laboral nuevo y supuestamente mejorado. Pero las historias me interesan. Conozco algunas historias Yoruba y muchas son hermosas, animadas y encantadoras. Los dioses negros hablan desde el viento y el trueno. El espíritu de Dios se agita sobre todos los manantiales de la montaña y las extensiones de hierba. Es una religión terrenal llena de poesía. No había poesía en mi educación como pentecostal.

En cuanto a Papelito pidiéndome que orara, nunca he dudado del poder de la oración. Tanto bueno como malo. Yo mismo fui testigo de su poder cuando era niño en una oportunidad en que nuestro pastor pidió a la iglesia entera una oración en nombre de su hermano que se encontraba sin empleo. Este hermano tenía que alimentar a su esposa y cinco hijos pero no tenía trabajo. Era muy difícil encontrar trabajo durante la recesión. El desempleo se encontraba en su punto más alto. La ciudad de Nueva York se encontraba al borde de la bancarrota. Cuando las cosas se rompen, rotas se quedan. Entonces el pastor imploraba a la congregación una semana sí y otra semana no para que tuvieran a su hermano en sus oraciones. Recuerdo rezar algo tonto, algo como "Señor Jehová, tú tienes un trabajo. Por favor ayuda a este hermano a conseguir trabajo también." Algo por el estilo, algo que tendría sentido sólo para un chico de siete años. Cuando el hermano consiguió un empleo como conductor de un camión de leche, la iglesia entera se regocijó. Incluso hasta donó leche para aquellos de la congregación que les hiciera falta. Pero al tercer mes de tener el trabajo, un camión de bomberos se estrelló contra el

camión de leche que conducía el hermano, y lo mató. Me sentí traicionado. ¿Lo mataron mis oraciones? ¿Fue Dios? El pastor se puso
frente a la plataforma y dijo, "Probablemente entonaba un cántico
cuando Dios se lo llevó. Era un hermano dulce como la miel. Su
muerte fue una reconciliación entre la leche y la miel." Y entonces la
congregación se rió con este pequeño juego de palabras. Pero yo estaba triste. Después del servicio, me acerqué nerviosamente hasta
donde el pastor, quien no hizo caso a mi pregunta de "por qué" y me
ordenó que escuchara a mi madre. Yo era un niño, así que no lo volví
a molestar nunca más después de eso. Pero entonces incluso ya a esa
edad empecé a poner en duda nuestras creencias. Había otras fuerzas
actuando aquí. Mi religión no era el centro del universo, como me
enseñaron a creer. Existía otra serie de verdades a las que temía mi
religión, y que no pretendía enfrentar, ni sabía cómo abordarlas
cuando las tenía enfrente. Por nadie de ninguna edad.

Por esa razón creo en Papelito. Para él todas las religiones son
como manantiales, ríos, cuerpos de agua que se dirigen hacia el
mismo océano. A Papelito le importa poco si su religión es considerada un gran lago, un estanque o un charco; en tanto mantenga su
agua limpia, él cree que a su vida la enriquece su fe. No importa lo extraña que esa fe les parezca a los otros. Así, tal vez debería seguir el
consejo de Papelito con seriedad. Tal vez debería cambiar mi Jesús
cristiano por el Cristo de otra cultura.

Queja #8

Lo último que espero encontrarme cuando entro a la casa es a Helen sentada tan cerca de mi madre en el sofá que parece como si mamá la cargara en el regazo. Las dos miran los álbumes familiares. Mi padre está sentado al otro lado de la sala en su silla favorita. Tiene sobre las piernas sus discos favoritos de salsa. Sin duda habría estado presumiendo.

"Julio adoraba el colegio," dice mamá, lo que no es cierto. Yo odiaba el colegio.

"Y esta," Helen señala una foto que conozco muy bien.

"Esa era su casa de palos, la adoraba," dice mi madre. Helen me lanza un sonrisita furtiva, la que uno hace cuando algo es de poco valor.

"Julio adoraba la iglesia," dice mamá, señalando otra fotografía, y eso, también, es mentira. La iglesia me gustaba, pero eso estaba muy lejos de la adoración.

"Julio adora los gatos," dice mi madre. "Me trajo uno una vez."

"Julio adora muchas cosas, Señora Santana," comenta Helen, riéndose.

"Ah, sí. Es tan inteligente." Mi madre quiere ponerme en venta, como si necesitara que Helen se diera cuenta de que soy bueno. "Este es Julio en su graduación."

Como Helen es blanca, mi madre asume que necesita hablar en un inglés claro, correcto, como si eso mostrara que es civilizada. Aunque mi madre tiene un ligero acento, no hay ningún rastro de spanglish en su conversación.

"Muéstrale una foto de cuando tuve una orquesta de salsa," dice mi padre, pero mamá no le hace caso.

"Le encantaba jugar, Julio siempre estaba jugando," dice, y Helen está disfrutando. Pero en realidad no quiero que vea esas fotos. Conozco bien esas fotos. Las veo en mi mente todo el tiempo. No es mi niñez la que las hace memorables, es la época que retratan. Los edificios quemados, los lotes vacíos, los trenes con graffitis, los ascensores rotos, las montañas de basura, todos esos edificios y lugares que han dejado de existir en un vecindario que se desvanece. Y sé que Helen sólo me verá a mí riéndome o jugando y no se percatará de lo que tengo detrás. Ella ignora los destellos de las verdades en esos decorados. Ese era mi barrio, con todas sus arrugas y verrugas, antes de la cirugía.

"Por ahí hay una foto mía con Héctor Lavoe," dice Pa, y mi madre sabe que si uno lo deja tranquilo, mi padre se pondrá a soñar consigo mismo. Y eso es precisamente lo que ella quiere.

"¿Quiénes son esos dos, Señora Santana?"

"Son los amigos de Julio, crecieron juntos. Eduardo y Maritza." Por supuesto mamá no menciona que Trompo Loco es retrasado y que Maritza dirige una iglesia comunista.

"Ella es linda. Aunque el pelo corto no le queda muy bien."

Mi madre ha ido demasiado lejos. Estoy a punto de arrebatarle el álbum. Me acerco y cuando mamá se reacomoda el álbum se cae al piso. Varias de las fotos se esparcen sobre la alfombra. Helen pide disculpas como si hubiera sido culpa suya. Empieza a recoger las fotos. Helen me mira.

"Pasé sólo para disculparme por lo de la otra noche."

"Está bien," digo.

"Julio, Helen va a comer con nosotros," declara mi madre con satisfacción.

"Sólo sí no es problema, Señora Santana. Quiero decir que le devolveré la invitación y corresponderle tan pronto como pueda arreglar la cocina. Esta hecha un desastre. Pero la galería no abre sino hasta dentro de dos semanas."

"Lástima que no me pueda quedar," digo.

Mamá deletrea lentamente para sí misma en su susurro lo que ha dicho Helen, pues no conoce la palabra.

"Mira, eso no está bien," dice papá. "Tenemos una invitada y tú te tienes que ir. ¿Qué modales son esos?"

De un momento para otro mi padre se preocupa por los modales, como si nos encontráramos en la iglesia o algún otro lugar público.

Helen y mi madre terminaron de recoger las fotos y están de nuevo de pie.

"Sé que no está bien pero lo siento. Sólo pasaba para cambiarme y recoger un libro para la clase," digo. La verdad, cualquier cosa sería mejor que el lugar donde tengo que ir. Además quiero hablar con ella, por lo menos disculparme por lo de la otra noche. No quiero que ella piense que yo he llegado a la conclusión de que está loca por mí por haberme escrito esa linda carta.

Mamá me lanza su mirada más furiosa.

"Se siente avergonzado de nosotros," le dice en voz baja a Helen, "porque no somos tan americanos como él."

"No lo creo, Señora Santana. Eso no es verdad," dice Helen. Yo, por otro lado, dejo que mi madre diga todo lo que quiera. Hago todo lo posible para no discutir con ella.

"Me tengo que ir. Siento no poder quedarme, Helen." Voy a mi cuarto y me cambio. Abro el libro donde guardé la carta de Helen y la releo rápidamente. Me digo que no hay nada ahí que lo obligue a uno pensar en algo particular. Ella sólo está fijando su posición, y lo hace de una manera maravillosa y agradable, y uno debería mostrarse igual de amable. Guardo de nuevo la carta dentro del libro y lo cierro.

Cuando salgo del cuarto, los tres están en el comedor. Hago como si estuviera alistando las cosas, pero los miro y descubro que Helen parece estar cómoda. Sonríe cuando mi madre le sirve un poco de comida.

De verdad quisiera quedarme. Pero debo irme.

"Julio, espera," me llama Helen, se levanta de la mesa y se acerca de un salto, antes de que yo salga, "te pido disculpas por lo de la otra noche."

"Ah, eso, no te preocupes," respondo, sin mirarla.

"¿Fue grosero Julio contigo?" Mamá se nos une en la puerta.

"No, para nada," le contesta Helen.

"Tengo que irme," digo, listo a dar la vuelta.

"¿Recibiste mi carta?" pregunta.

"Ah, la carta, si," respondo y me doy cuenta de que mi padre sonríe con la más tímida de sus sonrisas. El hombre la leyó. ¡Dios! Me pregunto si mi madre también la habrá leído. Eso es lo que se gana uno por vivir todo este tiempo con los papás. Idiota. "Sí, yo también debería pedir disculpas," digo.

"No, no," la boquita de Helen queda abierta por un segundo, como si hubiera escuchado un comentario descortés, "no, no. No hay necesidad. Sólo intento que seamos amigos ¿okay? Eso es todo. No vine aquí a discutir. Sólo quiero estar en paz," dice Helen. "Gracias por leerla."

"¿Cuál carta?" pregunta mamá.

"Nada, Ma," le digo, para calmar sus sospechas. "No es nada."

Milagrosamente, mi madre lo deja. Pero Pa sigue con esa sonrisita en la cara.

"Pobrecita," dice mi madre, acariciando el pelo de Helen, "le dicen 'la rubia' todo el tiempo en la calle." Pero yo sé que mi mamá mataría por ese apelativo.

"Sólo quiero paz," repite Helen, "eso que me dijiste sobre reclamar mi presencia aquí es demasiado violento. Como los pioneros, esto no es el viejo oeste." Sonríe y descubro lo hermosa que es su nariz. Con esas diminutas pecas que se juntan cuando sonríe. "Aliados y todas esa cosas, sólo quiero paz. ¿Okay?" lo vuelve a decir como si la palabra tuviera poder. Tal vez sí lo tenga; a mí también me gusta la palabra. A veces he pensado que nos podría salvar a todos. Quisiera hablarle a Helen de esto, pero no lo puedo hacer ahora.

Estaciono el auto frente a la cafetería en la 118 con Primera. Entro a cobrar por el que será mi último trabajo. Eddie se encuentra sentado en su mesa favorita. Habla por su teléfono celular y ojea por encima un *New York Post* desmadejado. Con apenas una educación de tercer grado, Eddie es un mago para los números y los datos triviales. Tiene una calculadora en la cabeza, y todas las mañanas lee los cuatro periódicos de la ciudad, el *Times*, el *Daily News*, el *Post*, y *Newsday*. Si supiera español, apuesto a que leería *El Diario*.

Prácticamente todos los domingos, los dedica a leer los periódicos. Pero sé que no está haciendo apuestas.

Sin dejar de hablar por el teléfono, hace señas para que me acerque y me siente.

"¿Por qué no vas en mi auto, amor?" no baja la voz ni nada. "No. Voy a estar por aquí un rato." Hace una pausa y observa una foto en la pared. "No sé a qué hora estaré de vuelta, ¿está bien? Pero cuando regrese, arreglaré el auto," dice y hago como si no lo escuchara. Las paredes de la cafetería están desnudas, excepto por la pared detrás de la caja registradora, cubierta con empolvados trofeos de bolos y fotos de su esposa e hijos. No hay ninguna foto de Trompo Loco en esa pared. "Sí, sí, yo también te quiero," dice y me siento incómodo, pues Eddie no tiene ningún inconveniente con esas tres palabras. Por lo menos no con su esposa. Eddie puede ser el más frío de todos y aún así pronunciar esas palabras aunque haya alguien más en el local.

"Bye, yo también te quiero," repite, cuelga, y me mira como si no hubiera dicho nada embarazoso, y supongo que no.

"Hola, qué bueno verte," dice en el tono más amable mientras dobla el *Post*. Los otros tres periódicos están perfectamente apilados en el piso, esperando su turno. Entonces Eddie se levanta, me sirve un café y me entrega un sobre con la paga. Lo guardo; no necesito contar el dinero.

Le digo que ese era mi último trabajo.

"¿Estás seguro? Si fue sólo ayer que empezaste a trabajar, cómo vuela el tiempo." Se levanta, pasa por encima de sus periódicos y me abraza.

"¿Por qué renuncias?" pregunta como si no se lo hubiera dicho ya.

Le digo que no puedo seguir haciendo trabajos para él. Me hace falta mucho tiempo. Le cuento que voy a empezar a estudiar a tiempo completo. Pero que me gustaría seguir con el empleo en demolición que me consiguió en el sitio de la obra. Nunca escuché ningún nombre, no sé nada sobre el seguro, nunca vi ningún rostro, siempre trabajé solo, y ahora quiero estar afuera.

"¿Afuera? ¿Afuera dónde? ¿Qué quieres decir con afuera?" Eddie está envejeciendo, pero sigue con la misma voz joven que tenía cuando, de niño jugando stickball, gritaba, "¡*Safe!*"

"Pero, Julio, qué se supone que deba hacer, ¿llamar al sindicato, 'Oigan, mándeme otro incendiario, pues el último que tenía renunció para ir a estudiar'?"

Me sonríe y yo le sonrío y pienso en lo maravilloso que puede ser este viejo. En todo lo que ama aún a su esposa, y cree en Dios y la ropa le huele a periódicos y a café dulce. Sería un gran viejo si sólo supiera cómo hacerlo.

"No puedes renunciar así como así, Julio. Eres el mejor. ¿Qué se supone que voy a hacer?"

Le suplico. Pues sé que también es un hombre justo.

"¿Cómo vas a mantener la hipoteca, Julio? No puedes, vas a tener que regalarles dinero a los bancos."

Le contesto a Eddie que eso es asunto mío. Miro fijamente a los ojos del viejo sin otra razón que así pueda ver que no estoy ocultando nada. La hipoteca es mi problema, él no tiene nada metido ahí, es mía y sólo mía si la pierdo.

"Ven, acércate, dame un abrazo. Dame un abrazo."

Lo abrazo de nuevo. Igual, por más bueno que sea conmigo, estamos hablando de negocios y los negocios son lo más duro del mundo, más duro que los diamantes y más duro que criar hijos.

"Escucha, siempre me has gustado."

Sé que la razón por la que este viejo me quiere es porque cuido de su hijo. Es la manera como Eddie justifica sus irresponsables tropiezos, una cadena que ha creado con mi ayuda. Él me cuida, y yo le cuido a su hijo. En sus propios términos Eddie cree que así cumple con sus obligaciones paternas. No sólo eso, sino que además puede comulgar y quedar en paz con su Dios.

Eddie conoció el temor de Jesús cuando era niño, bautizado en Nuestra Señora del Carmen en la 112 con Lexington. Adora esa iglesia. Después su madre lo preparó para que se convirtiera en el cura de la familia, pero él perdió el camino, o lo encontró, no estoy seguro. Le gusta contar la historia de cuando Spanish Harlem se llamaba Little Italy, cómo cada viernes, cuando había pescado y nada de carne si uno no quería ir al infierno, su madre le daba veinticinco centavos para comprar pescado fresco en el mercado. También ese era el sitio donde los hombres jugaban a los dados y hacían apuestas. Miraba los juegos pero, más importante, las caras de los apostadores. Pronto descubría quién iba con quien para lanzar su apuesta sólo después de que el tallador cómplice hiciera la suya. En poco tiempo los viernes fueron algo más que pescado y los viernes fueron los días del joven Eddie para hacer dinero. Así fue hasta que estos jugadores de dados aprendieron sus trucos y entonces pasó a otra cosa.

Esa otra cosa resultó ser un arma vieja que Eddie se había ganado en una partida de póker. Su madre odiaba el arma, y la historia cuenta que Eddie no sabía él mismo qué hacer con el arma. Entonces alguien golpeó en su puerta.

Una mujer quería saber si Eddie podía liberar a su perro de su sufrimiento. Resultaba más barato que Eddie le pegara un tiro al perro que llevarlo hasta el hospital de animales y pedir una inyección. Ella estaba destrozada. Su perro estaba sufriendo. Eddie aceptó y en poco tiempo el barrio lo conoció como el hombre que les pegaría un tiro a los perros. Pronto, muchos golpearían en su puerta pidiendo sus servicios. Eddie lo hacía por un precio. Descubrió que era buen negocio. Una bala costaba tres centavos, y Eddie haría el trabajo por cinco dólares. Enterraba el perro en el Central Park por diez más. Con la única condición que el perro fuera viejo y estuviera sufriendo. Decían que Eddie odiaba el trabajo. Le confesaría al sacerdote que odiaba el trabajo porque los dueños llegaban a su puerta llorando, narrándole a Eddie historias de sus perros cuando eran cachorros. Los zapatos que habían despedazado. Cómo solían correr y tropezarse. Pero Eddie necesitaba la plata, así que hacía lo que tenía que hacer. Iba a misa todos los domingos para limpiar sus pecados. Eddie hizo tantos encargos que el dato se regó por todos los barrios italianos de Nueva York. Para esa época Eddie tenía diecinueve años y sacrificaba tres perros por mes.

Hasta que rompió el arma. Un día el arma se le cayó al piso y se hizo pedazos. La cacha, el gatillo y el cañón quedaron esparcidos por el piso.

Entonces pasó a otra cosa.

Durante algunos años Eddie trabajó en un supermercado mientras East Harlem seguía cambiando de tono. Gente como mis padres llegaban por montones. East Harlem pasó a ser entonces El Barrio o Spanish Harlem. Después, a finales de los sesenta el valor de la propiedad en el barrio se vino abajo. Y esa otra cosa que estaba esperando Eddie llegó bajo el nombre de Limpieza de Barrios Bajos. Dejó de ser el tiempo de los trabajos de poca monta, había una fortuna por hacer. Y Eddie se dispuso hacerla.

"Ustedes los puertorriqueños, nunca he perdido dinero con ninguno de ustedes. Una vez aposté cinco paquetes en la pelea Benítez-Sugar Ray." Eddie tiene una debilidad, le gusta apostar. Si Eddie descubre dos cucarachas una al lado de la otra se queda inmóvil y le apuesta a uno cuál de las dos llegará primero a la pared.

Le digo que Benítez perdió la pelea.

"Exactamente, y no me falló. Imagina si hubiera ganado. Hubiera perdido los cinco paquetes. Pero ustedes nunca me han hecho algo así."

Pero este viejo no cree en el apostador con buena suerte, sólo cree en ganadores y perdedores. Y los ganadores son los que controlan el juego. Así que si le apuesta a la cucaracha que está a la izquierda, es porque le ha descubierto algo, una pata menos, una antena rota o algo que la de la derecha no tiene. Esa es la razón por la que lee todos los periódicos de la ciudad. Siente que los fragmentos de trivialidades en distintos temas le dan una ventaja a la hora de apostar. Un día me dijo que, como yo no leía los periódicos, nunca jugara, pues siempre iba a perder.

"Está bien, buena suerte."

Le doy las gracias y cuando estoy a punto de levantarme, su celular vuelve a timbrar, y Eddie hace un gesto de la mano para indicarme que espere.

Miro las fotos detrás de la registradora. Veo la historia de su familia. Hay una foto de Eddie joven llevando sus hijos a la iglesia. Trompo Loco, por supuesto, no está. Trompo Loco es un pecado que Eddie niega haber cometido, un pecado que no le ha confesado a su sacerdote ni a nadie más. Y, así como le dice a su mujer "Te quiero," sin un gramo de vergüenza, trata de ignorar, con la misma naturalidad, la existencia de Trompo Loco. Pero en algún rincón del ser de Eddie se oculta una culpa católica que lo corroe, que devora su hígado cada noche mientras uno nuevo le nace al día siguiente. Lo sé, pues siempre se las arregla para preguntar por "mi amigo." Sé que por eso quiere que espere, para preguntarme sobre Trompo Loco. Hay momentos en los que quisiera responderle bruscamente "Cómo voy a saber. Es tu hijo, pregúntale tú mismo."

"Perfecto, querida," dice, "me alegra que haya encendido."

Eddie le habla a su mujer como un recién casado, le dice "Te quiero" a cada momento. Quiero decirle, ya le ha dicho "Te quiero," ¡cuelga ya! Pero no, sigue en la línea.

"No, me gusta el padre Hernández, me cae bien, sí, claro le haré llegar algo de dinero por ahí."

Eddie conversa y actúa en diferentes velocidades, como si hubiera inventado dos lenguajes, dos sentimientos, dos rostros. Uno para su esposa y el otro para el rigor de su profesión.

Finalmente Eddie le dice a su esposa en el tono más dulce posible, como tantas otras veces, "Sí, okay, bye, yo también te quiero."

"¿Ya me puedo ir?" le pregunto.

"Escuché que tu amigo estuvo por la demolición."

"Sí," le digo, "estuvo por ahí, le dije que se fuera, pero no escucha."

Entonces, ya sé que el jefe de la obra me delató. Que debería servir como argumento definitivo para Eddie, confirmándole que todo el mundo sabía la verdad. El único que aún cree que la gente no sabe que Trompo Loco es hijo de Eddie es Eddie.

"Mantén alejado a tu amigo de cualquier cosa que tenga que ver conmigo."

"Lo intento, pero no escucha," le digo a Eddie. Entonces—y no sé de dónde saco las agallas para decirlo, pero lo hago—digo, "Él piensa que tú eres su papá."

El rostro de Eddie colapsa como si hubiera recibido un golpe.

"Tú no crees eso, ¿cierto?" se pone totalmente a la defensiva.

No, digo, claro que no, pero me pregunto por qué pensará eso.

Eddie gruñe. Se echa hacia atrás en la silla.

"Escucha, te agradezco que lo cuides. Mira, te confieso una cosa, sí tuve algo con la madre. Eso no significa que sea mi hijo. Muchos hombres se metieron con esa mujer. Era un caso de locura, tú sabes. Lo confesé hace tiempo y recibí mi castigo. Pero ahora, no me voy a convertir en el imbécil que se hará cargo de ese muchacho. Por eso es que no muevo un dedo por él. Lo haría si fuera mi hijo."

Quiero decirle a Eddie que Trompo Loco ya no es un muchachito. Es un hombre. Un poco lento, pero un hombre.

"Claro que lo haría. Pero nunca moví un dedo por ese muchacho. Y tú sabes que yo no soy así para nada. También ayudo a los demás. Te ayudé cuando necesitabas un empleo ¿verdad?"

Sí, te agradezco, le digo. "No te preocupes, mantendré alejado de aquí a mi amigo."

"Bien," responde Eddie, "pero llévalo a la iglesia. Será la única forma de que encuentre algo de dirección. Algunos se salvan por la iglesia. Su madre pudo haberlo hecho. Así que llévalo. ¿Okay?"

"Sí. Le conseguí un trabajo en una iglesia." Aunque no le digo en cuál, pues la iglesia de Maritza tiene una reputación terrible.

"Bien, muy bien." Eddie levanta las cejas. Imagino que está contento. "Bien Julio, ahora, mira, toma esto."

Me entrega las llaves de un auto.

"¿Qué es?" pregunto.

"Un favor, sólo un favor. Recogerlo en la 82 y Park y dejarlo en Hunts Point, ya sabes dónde."

Le acabo de decir que ya no hacía trabajos para él. Ningún tipo de trabajo, ya no más.

"El papá de este muchacho le compra un Lexus de cumpleaños. El chico quiere la plata. Los chicos de ahora, tú no eras así. Por eso siempre me gustaste."

Sacudo la cabeza, la mano extendida para devolverle las llaves. No puedo. No quiero hacerlo. ¿No puedc conscguir otro?

"Julio, un último favor," se levanta y me toma la cara con las manos, las tiene ásperas y potentes pero me agarra como si sostuviera huevos.

Lo haré pero le repito que será el último. Le digo, se trata sólo de un favor. Me aseguro de repetírselo.

Doy la vuelta para irme.

"Buen scout, no te desaparezcas y avísame cuando te gradúes. Y recuerda, no cojas nada. Ni siquiera abras la guantera. Y mantén a ese chico lejos de aquí."

Salgo de la cafetería y me encuentro con Trompo Loco al otro lado de la calle, mirándome. Se me despierta una furia creciente al verlo. Trato de tranquilizarme, pero me siento furioso por todo ese complicado lío que tengo que manejar aunque no haya tenido nada que ver con su creación.

"¿No te había dicho que no vinieras por aquí?" Empujo a Trompo Loco para que siga caminando. Quiero que se aleje de aquí lo más pronto posible.

"¿Hablaste con él? ¿Hablaste con mi papá?"

"Cuántas malditas veces tengo que decirte que él no es tu papá." Cuando volteamos la esquina ruego que Eddie no haya visto a Trompo.

"¿Maritza habló contigo?" le pregunto y baja la cabeza. "Vas a trabajar en su iglesia, ¿verdad?" le digo, más dándole una orden que preguntándole. Trompo Loco asiente.

"Te vas a mudar, también, pues esa gente con la que vives te odia, Trompo. El juego de esa gente es hasta el final. Tú simplemente los retrasas, ¿okay?"

"Pero yo quiero ser menos necesitado. Sólo quiero un poco de ayuda y después ya no quiero ninguna ayuda. Menos ayuda," dice y observo a Trompo Loco y veo a un hombre que simplemente quiere lo que todos queremos. No hay nada extravagante en su deseo, ni autos lujosos, ni mujeres, ni fama. Trompo Loco sólo quiere una vida de verdad. Un trabajo. Una casa. Un padre. No puedo seguir desalentándolo. Es su derecho tener esas cosas. Y está trabajando para conseguirlas, también. Se está esforzando con todo, está tratando de ocupar el puesto que le corresponde, y yo sigo frenándolo. Así que le doy un abrazo y le digo que se vaya a la casa y que ya hablaremos. Que hablaremos de verdad al día siguiente y que le ayudaré con lo de ser menos necesitado. Pero la cuestión con el papá. Ahí no hay nada que yo pueda hacer.

El favor para Eddie tiene que ver con un Lexus. Este muchacho quiere que le roben el auto para así poder cobrar el seguro. El chico se pone en contacto con gente que conoce a Eddie. Le da las llaves a Eddie, le dice a Eddie dónde se encuentra el auto, y mi trabajo es robarlo. Lo llevo hasta donde me dice Eddie, lo estaciono, desatornillo las placas y dejo que los buitres se lo lleven a pedazos. La compañía de seguros hace la investigación y cuando lo encuentran es sólo un esqueleto. No tiene nada que ver con el contrabando de repuestos. Es simple fraude. Investigan al chico pero él no se lo robó, fui yo, y ellos no tienen idea de quiénes somos nosotros. Ni siquiera yo sé quién es ese "nosotros," yo sólo trabajo con Eddie. Estos trabajos son casi regalos. He hecho toneladas de estos. El único peligro es que la policía lo pare a uno por alguna infracción. Ahí está uno perdido. Le cae encima robo de autos a gran escala y Eddie ya no lo conoce a uno. Así que uno conduce con extremo cuidado. No pasarse en amarillo y usar las luces direccionales.

El auto que voy a robar supuestamente está en la 82 con Park Avenue. Un Lexus negro. Tengo la placa. Tengo las llaves.

Lo veo y me aproximo. Saco la llave del bolsillo, abro la puerta y entro como si fuera de mi propiedad. Pongo la llave en el encendido y prendo el motor. Reviso la guantera. Sólo hay CDs de Gloria Estefan. ¿Qué clase de música es esa? El auto de este tipo merece ser robado . . . sin que le devuelvan el dinero del seguro.

Cruzo el Willis Avenue Bridge. Lanzo a Gloria por la ventana y salgo al East River. Sigo hasta el Bronx. Abandono el Lexus en Hunts Point en el Bronx. Tomo la línea 6 de regreso a El Barrio, recojo mi auto, sigo hacia mis clases nocturnas contento con el dinero que llevo en el bolsillo.

Queja #9

¡Qué es eso!" grita mi madre.

"Eso es un altar, Ma," le digo.

"¿Un altar? Dios mío." Mamá abre la boca. Su religión protestante no sólo prohíbe los santos católicos, también prohíbe encender velas y ofrecerles frutas, pasteles y plumas.

"¿Qué haces abriendo y revisando mi cuarto?"

"Algo olía muy mal y tuve que abrir para ver qué era," dice, consciente de que ha hecho algo indebido así que se inventa una excusa, pues estas velas no tienen olor.

"Ma, es asunto mío si levanto un altar en mi cuarto. También es mi casa."

"No si empiezas a traer demonios en la casa donde vivimos tu papá y yo," contesta y mi padre entra al cuarto.

"Ave María, ¿una ofrenda Julio?" mi padre sabe de qué se trata.

"¿Una ofrenda para qué? Porque yo voy a tirar eso a la basura," grita mi madre.

"Mejor que no tires nada, Ma," le grito a mi vez.

"Hombre, Julio, ese es Ochún," dice mi padre. Quiero que se quede callado. "¿Quieres que el amor entre en tu vida?"

"Pa, párala ya, estás diciendo locuras," digo, pues no quiero que mamá se entere. Me siento como un tonto.

"¿Amor? ¿Quieres amor?" pregunta ella.

"Bueno, tal vez. Sí, quiero amor," digo.

"Puedes encontrar amor si regresas a las reuniones y encuentras una buena hermana en la iglesia."

"Puedo encontrar amor a mi manera, por favor," le digo. "Ma, tú dices siempre que 'la misma receta para los pasteles sale diferente en otras manos.' Así que déjame encontrarlo a mi manera, ¿okay?"

"No con Satanás ayudándote de esta manera," dice.

"Héctor Lavoe era el más grande santero," interrumpe papá, "y siempre estaba levantándole altares a Ochún. Así que yo sé. Un día, estábamos los dos . . ."

Mamá le devuelve el favor y como siempre lo corta, antes de que termine la historia.

"¡Santería, en mi casa!" Mamá empieza a implorarle a Dios que me perdone, "Dios mío, no sabe lo que hace."

"Sé lo que hago Ma, ¿okay? Lo hago para mi propia paz mental, ¿okay? Son historias . . ."

"¿Historias? . . . ¿qué tú ' 'tá' hablando?" dice papá.

"Son historias que me enseñan cómo vivir . . ." entonces me detengo, pues no sé decirlo como lo hace Papelito.

"Nada," agrego, consciente además de que ellos no lo entenderían. Los saco suavemente del cuarto, pues tengo sólo unos cuantos minutos para hacer mi ritual de amor a Ochún antes de las clases. Pasaba sólo para cambiar y recoger los pastelitos. Se han cumplido los cinco días que Papelito me dijo que los tuviera frente al altar, y ahora tengo que lanzarlos al East River para que Ochún pueda ayudarme.

Pero mamá está realmente molesta. Como si en realidad hubiera traído demonios a la casa. Y que, según su religión, lo hice. Cuando me ve recoger los pasteles resopla como una marrana. Me burlo, pues suena tonta.

"Espero no tener que echarle ahora llave a mi propio cuarto, ¿ah, Ma?" Le digo porque sé que ella es capaz de deshacerse del altar tan pronto como me vaya a trabajar. Papá, sin embargo, piensa que es chistoso cuando ve a mamá salir hacia la cocina, agarrar el trapero y empezar a trapear la casa, como si así pudiera mantener lejos a los espíritus. Me acerco para darle un beso; me ofrece la mejilla pero sé que no está contenta.

"Bendición," le pido.

"Que Dios te bendiga," contesta en un tono como si no me fuera a servir, pero ella cumple con su deber de madre y me bendice de todas maneras.

Afuera el aire está fresco y limpio. Ni un rastro de smog. Decido caminar hasta el muelle en East River. Tengo tiempo de dar una vuelta, pues las clases no empiezan hasta más tarde. Al final de la tarde El Barrio se llena de obreros que regresan de sus trabajos y de recoger a sus hijos en el colegio. El vecindario bulle con ruidos y actividad, como Midtown a la hora pico. Estoy a punto de cruzar la calle cuando descubro a Trompo Loco observando a un *homeless* tirado en la calle. El hombre tiene bolsas de plástico atadas a las muñecas, para que así nadie pueda robarle sus pertenencias mientras duerme. Aunque dentro de las bolsas no hay sino latas y periódicos viejos. Lleva zapatos sin cordones y abultados, como si los pies no le cupieran bien, y tiene varias capas de ropa encima. Trompo Loco lo mira y me pregunto si los dos se conocen. Cruzo la calle. Trompo Loco me ve, me sonríe, y vuelve a mirar al hombre en el piso.

"Me gusta mirarlo, Julio," me dice Trompo Loco. Miro el casco que sigue llevando puesto. "Tú sabes, me mantiene con vida. Podía estar ahí cualquier día, ¿verdad?"

"Nunca, eres muy inteligente," digo, dándole un golpecito en el casco. El rostro de Trompo Loco se ilumina como una vela.

"¿Te ha pagado algo ya Maritza?" le pregunto, pues ella me lo debe por lo del otro día, ese fue el trato.

"¿Pagarme qué?"

"¿Pagarte qué? Plata, qué más."

"¿Por qué? Me ayudaste a llenar esos papeles hace años."

"¿Cuáles papeles?" pregunto.

"Para conseguir plata." Se encoge de hombros. "Esas estampillas y el subsidio . . ."

"Sí, sí, okay," ya sé a qué se refiere. "Sí, pero Trompo," digo aclarándole, "esto es diferente, cuando trabajas te pagan."

"¿Por qué?"

"Porque trabajar es una mierda. Nadie lo haría de otra manera."

"Pero a mí me gusta trabajar . . ."

"¿Te pagó Maritza, Trompo?"

"¿Qué?"

"¡La plata!"

"Yo no quiero plata," dice, "quiero trabajo."

"Olvídalo," le digo, "hablaré con Maritza." Una camioneta nos pita.

"Julio, tengo que ir a trabajar," dice, emocionado, ajustándose el casco.

"¿Quién es esa?" miro a la que conduce, una mujer de mediana edad con rulos en la cabeza, mirando a hurtadillas debajo de la pañoleta.

"Es la hermana Centeno. Maritza quiere que recojamos comida enlatada y abrigos," dice orgulloso, tocándose el sombrero. "No me puedo quedar para hablar contigo. Tengo que ir a trabajar."

Camino hacia el nuevo Starbucks que acaba de abrir, me asomo a ver si Helen está adentro. Miro y me encuentro con toda esta gente blanca que se ha mudado al barrio. Hay algunos latinos adentro, sintiéndose muy a la moda pero se ven estúpidos. Los viejos residentes de Spanish Harlem aún prefieren el café preparado en las panaderías. No veo a Helen y empiezo a andar hacia el East River.

En el recorrido me encuentro con un bus lleno de turistas blancos frente al Salsa Museum en la 116 con Lexington. El guía, un tipo blanco, afirma de manera equivocada que, "Hay muchos museos de salsa a lo largo de Spanish Harlem." Quisiera preguntarle dónde, pues sólo hay uno. Observo entonces como esta gente blanca entra al museo, como si entraran a una pirámide en Egipto. Plagada de maravillas y tesoros ocultos. Sigo caminando, preguntándome quien en su sano juicio hubiera visitado Spanish Harlem en los setenta, cuando estaba todo quemado. ¿Desde cuándo se volvió de moda este barrio? ¿Es tan magnífico? Entonces pienso en Helen.

Helen, Helen, ¿por qué estoy buscando a Helen? Sácate esa mujer de la cabeza, me digo mientras camino hacia el este, en dirección al río. Como si interviniera la fortuna, veo a Helen caminando una media cuadra de distancia delante. Me doy cuenta de que cuando camina se mueve como si estuviera bailando en su cuarto, convencida de estar sola. Sus pies y sus brazos se sacuden y mueve ligeramente la cabeza. Si se viera caminar a sí misma probablemente se sentiría desconcertada, como cuando alguien es pillado bailando en su habitación y se detiene de repente y cierra la puerta.

Cuando se detiene en un semáforo en rojo, la alcanzo.

"Hola, ¿qué tal?" dice, sonriendo.

"Hola," digo, mirando al otro lado de la calle donde dos viejos juegan ajedrez.

"Siento lo de la otra noche."

"Ah, no pasa nada," digo, sin dejar de mirar hacia la pareja en la partida de ajedrez. Siempre he querido acercarme, presentarme y jugar. Pero nunca lo hago.

"¿Hacia dónde vas?"

"Hacia el East River," respondo, pero no le confieso que voy hacia allá para lanzar los pastelitos al río.

"No te creo, mi galería queda por ahí, en la 116 con First. Acabo de comprar todo este trago para la noche de inauguración. Ven, dale un vistazo a la galería. Una ojeada," dice y me da un toquecito en el hombro.

Debería ocuparme de mis propios asuntos, pero un buen trago siempre suena atractivo cuando no se tienen ganas de ir a estudiar. Especialmente a la escuela nocturna.

"Okay, vamos."

"Maravilloso," dice, "¿nos tomamos algo?" Pasamos al lado de unos hombres jugando dados. Cuando ven a Helen, recogen los dados. Mientras pasa, dicen algo y le silban.

Helen hace una mueca y sacude la cabeza, como si le pareciera infantil.

"¿No vas a defender mi honor?" dice, medio en broma, consciente de que no hay caso.

"Mientras no te toquen," le digo, "no importa."

"Supongo que no," responde, visiblemente molesta. "Qué es toda esa mierda de *mami*. Dios, no me lo aguanto. Los tipos mandando besos, *mami*, *mami*. ¿Es que ustedes ven a su mamá en mi culo?"

Tengo que reconocerle eso.

"Lo siento Julio, ¿estoy siendo grosera?"

"No," digo, "pienso que es estúpido. Además, nunca he visto a un tipo que conquiste a una mujer de esa manera. Si en realidad funcionara sería el primero en esa esquina."

"Los hombres latinos son totalmente edípicos. Llaman a las chicas *mami*, ¿es que les gusta tirarse a la mamá? ¿Sí?"

"Oye, mi mamá era cosa seria," digo, tratando de imprimir algo de humor, "¿okay? Mira, eso es lo que quería decir cuando te dije lo de reclamar tu sitio aquí. Aquí es importante hacer que alguien parezca estúpido."

"¿Por qué?"

"No sé, solía llamarse snapping o dissing. Te da respeto. Reclama tu espacio." Por la mirada en su rostro, Helen no parece convencida.

Yo había visto el lugar de la galería de Helen, está a una cuadra de la cafetería de Eddie. Nunca había entrado, pues siempre había encontrado un letrero que anunciaba PRONTA INAUGURACIÓN. El letrero llevaba ahí meses. Hasta que Helen lo habrá descolgado cuando se mudó al vecindario. Pero el sitio seguía cerrado, y había visto a Helen y a otra gente siempre tratando de arreglarlo. Nunca había tenido tiempo de quedarme, pues la única razón por la que visitaba esa parte de El Barrio, la vieja Little Italy, era para ver a Eddie.

"La escaleras en nuestro edificio," dice Helen, "son tan viejas que crujen, pero los pisos en esta galería crujen tan duro que hacen que todo el mundo parezca el padre de Hamlet."

"Leí eso el semestre pasado."

"¿Sí? ¿Qué estás estudiando?"

"Administración, pero tuve que tomar un curso de literatura. Me gustó."

La galería es pequeña pero se ve espléndida. Está muy bien iluminada, con una ventana grande frente a un poste de luz. Los cuadros están recostados contra las paredes, listos para ser colgados. Por todo el piso hay objetos de varias partes del mundo, máscaras, alfombras, vasijas, pequeñas esculturas, esperando a ser ubicados en el rincón correspondiente.

"Entonces, ¿qué cuentas?" dice Helen, como si no hubiéramos estado conversando.

Me lleva hasta su oficina. Una ventana diminuta da contra la 116 con Lexington, la arteria de Spanish Harlem. Nos sentamos, apenas cabemos en ese espacio también reducido y bonito, lleno de materiales de oficina.

Señalo la foto de un hombre parado en un campo de trigo. "¿Quién es?"

"Ah, ese es mi papá," prepara dos tragos de vodka con agua tónica, "agricultor cooperativo, ya sabes, miles de acres. Granjas de otra gente. Odio ese lugar. Nada de imaginación. A los catorce no podía esperar a poder conducir para escaparme todos los días a Concourse, el pueblo grande más cercano de donde vivía. Una oficina de correos, una librería, un restaurante-lavandería, whoopie. Cuando Concourse perdió su atractivo, y eso fue bastante rápido, no podía esperar irme a la universidad. Salud."

"Gracias. ¿Finalmente a dónde te escapaste?" pregunto.

"A Cornell, de allá es de donde son en realidad mis padres. Donde se conocieron," inclina un poco la cabeza, "¿no te conté esto antes?"

"Sí," digo, "en una carta."

Helen hace un chasquido con los dedos. "Es cierto."

"Era una carta muy linda," digo, "todavía la tengo." Dejo de hablar al ver que enrojece.

"Bueno, mi papá consiguió empleo en un banco." Regresa a la

misma esquina, dejo que siga. "No era el mejor de los trabajos. La gente lo odiaba."

"¿Por qué?"

"El banco lo enviaba para que se hiciera cargo de las granjas que la gente había perdido con el banco por incumplir con los pagos. Mi papá se aseguraba de que todo funcionara correctamente."

"Entiendo. Entonces, ¿por qué elegiste venir a Nueva York?"

"Me estás tomando el pelo, ¿cierto Julio? Capital del arte mundial, Julio. Además, cuando en tu pueblo te dicen durante toda tu vida que nunca te acerques a cierto tipo de gente, una vez que abandonas el pueblo, eso es lo primero que haces." Deja el vaso en el aire antes de tomar un trago, "lo siento, ¿te ofendí?"

"No. Olvida eso, continúa."

"Bien. Así que después de graduarme . . ."

"¿Hiciste la maestría?"

"¿Pasa algo malo?"

"No," digo, preguntándome si alguna vez lograré llegar tan lejos en mi meta de educación superior.

"¿Estás bien? ¿Qué sucede?"

"Nada, sigue."

"Perfecto, así que conozco este maravilloso tipo, Russell Running Water Means. Poco a poco me empieza a soltar datos y fragmentos de su vida. Me había dicho que era indio americano, y resultó que era mexicano-americano, y su verdadero nombre era Julio. Como el tuyo. En realidad los dos se parecen un poco. Lo siento, ¿te ofendí de nuevo?"

"¿Vas a seguir diciéndolo? Sólo habla." Termino el trago y pienso que en este preciso momento yo debería estar haciendo la ofrenda de los pastelitos dulces a Ochún en el East River. No quiero que el Orisha se enoje conmigo.

"Okay. No lo digo más. ¿Quieres otro?"

"Claro," le entrego el vaso.

"Así que Russell Running Water Means, o Julio Silver, nacido Julio Plata en California, comparte la misma pasión por el arte que yo y entonces . . . poof! No es de California sino de Utah, y tres esposas más tarde, es el chico mormón chicano . . . ," cuando regresa a entregarme el trago descubre que no la estoy escuchando, así que acorta la historia. "Pero al menos conseguimos abrir esta galería. ¿Estás bien? ¿Me quieres decir qué pasa?"

"Okay," digo, recibiendo el trago y bebiéndome casi la mitad. "Prométeme que no te reirás."

"Tal vez un poquito."

"Okay, tengo aquí en el morral unos pastelitos que se supone que debo ofrecerle a una diosa, Ochún . . ."

"Espera, el señor que está en la puerta junto a la nuestra te metió en esto, ¿cierto? La botánicah," y pronuncia la palabra como si fuera de Boston. "Es muy amable."

"Sí, se trata de historias. Historias pode . . ."

"Oye," no me deja terminar lo que estaba por decirle y se levanta de la silla y va hacia el escritorio. "Ven a la inauguración la semana entrante. De la Vega dice que vendrá, y otros también."

Me entrega una tarjeta de invitación, SPA HA GALLERY.

"Habrá mucho trago gratis."

"Trataré de venir. Tengo que irme."

"¿Me vas a dejar bebiendo sola?" Baja los ojos, como una niña abandonada a la entrada de una iglesia.

"Lo siento, tengo que irme," repito pero no me voy a ningún lado.

Ella bebe de nuevo.

"Trata de venir para la inauguración, ¿okay?" dice y deja caer los hombros.

He escuchado que a uno le pasan las cosas más extrañas cuando está borracho. Nunca lo he creído. Nunca me emborracho, sólo me pongo contento. Pienso que a uno le pasan cosas raras porque uno deja que pasen. No suceden siempre en los momentos menos afortunados, sólo que es en estos momentos cuando olvidamos lo que en realidad deberíamos estar haciendo.

Me acerco a ella.

Se levanta y me mira. Espero a que me toque, y cuando lo hace, la beso. Helen se quita el suéter. Hace una pausa y entonces, con las manos en la espalda, busca el broche del sostén, como si estuviera a punto de sorprenderme con flores o de sacar un regalo. Cuando sus pechos quedan sueltos, Helen los mira. Y después de quitarse el resto de la ropa, sospecho que se disculpa por su cuerpo.

"Esto es," murmura con un ligero estremecimiento, "esto es todo lo que tengo."

Entonces se levantan varios silencios a nuestro alrededor. Ninguno hace nada, sólo estar ahí. Estamos deambulando, vagando como atracadores, hasta que el silencio se vuelve demasiado frío, tan helado que ni siquiera varias cobijas nos podrían calentar. Y entonces sólo en ese instante Helen se da cuenta de lo tonto que es todo esto, lo absurdo que es, y suelta una risita. Y sólo entonces decidimos inyectarle algo de sentido a esta situación extraña besándonos el cuerpo.

Las contadas oportunidades que he tenido sexo en mi vida siempre he estado de afán. En circunstancias improvisadas, con chicas que apenas conocía, o que conocía del barrio pero que no me interesaban. Había tenido sexo en sitios prestados e inconvenientes, atrapado entre un nuevo edificio para quemar y el cheque de la hipoteca para Papelito. Esta vez era diferente. El sexo con Helen fue como un proceso de ajustes continuos. Como vivir en un país extranjero. Uno aprende el idioma, la moneda, el medio de transporte, los buenos almacenes y restaurantes. Intenta vivir como un nativo, como si uno perteneciera ahí, atento a no hacer el ridículo. Aún así uno nunca lograba sentirse en casa. Sigue siendo un turista en el cuerpo de ella.

El teléfono de la galería había estado timbrando sin parar todo el tiempo. Y tan pronto como nos dejamos de mover y terminamos, Helen se levanta a contestar. Habla desnuda, y observo con atención sus piernas blancas y su cintura delgada. Cómo su palidez se refleja sobre el piso de madera. Es menuda y el pelo no es tan corto como pensé. Le llega más abajo de los hombros y tiene la espalda cubierta de pecas.

Me levanto para vestirme y siento que algo ha cambiado en el cuarto. Hay una especie de fragilidad amenazante en el aire, acrecentada por el olor medicinal de los condones usados en el piso. Cuando termino de vestirme, la sensación se intensifica. Siento como si hubiera participado en un acontecimiento trascendental, y un pequeño residuo de vergüenza se agita por encima de mí. Ahora que ya es hora de regresar a la casa, sólo espero haber dicho y hecho lo correcto. Que no le haya fallado a nadie.

Digo que me tengo que ir y agarro el morral. Helen asiente, cubre el auricular y me dice algo, pero no lo capto. Pronto tendré que enfrentar esa media sonrisa, esa tímida vergüenza que siempre surge cuando uno se acuesta con alguien por primera vez. Pero no ahora, aún no.

Afuera.

La caminata por el río me hace bien. Encuentro que la luna ha enfriado el río, dándole un tono gris pesado y claro. En el cielo, sólo están las nubes blancas y un cielo azul oscuro. Me siento en una banca roja, frente al tráfico de remolcadores y cargueros que flotan entre la brisa del río. Me quedo ahí y veo las corrientes que pasan mientras las gaviotas muerden el agua. A mis pies, hay escamas de pescado muerto, sangre y condones usados. Alguien se amó mal pero se amó aquí, en este muelle.

Me pongo de pie, desenvuelvo la ofrenda a Ochún. El East River chisporrotea como sales minerales cuando dejo caer los pasteles al agua. Alcanzo a ver que algunos peces suben para probar la ofrenda a Ochún mientras el viento juega con mi pelo, mi ropa, mi cara, como diciéndome que el cambio es inevitable. Le ruego a la diosa que me haga una mejor persona. Que me ayude a descubrir cosas de mí mismo, pues un cambio se ha producido en mí. Papelito lo dijo, y el es un experto en estas cosas.

Así, antes de dirigirme a la escuela, le pregunto a la diosa qué debo hacer. Le pregunto, mientras termino de lanzar el último pastel en el río. Helen es supuestamente un espía en mi país. ¿Qué debo hacer? Pues no es sólo Spanish Harlem el que se ha aburguesado.

Queja #10

Al pasar por Modesto Gardens, en la 104 y Lexington, veo a Papelito adentro. Se encuentra al lado de un arbusto de rosas, mirando la tierra como si hubiera perdido un lente de contacto. Ruego que no me vea, pues no quiero llegar tarde al trabajo.

"Oye Julio, mi amor," me descubre.

El jardín es hermoso, con árboles importados, arena, tierra, flores, bancos y un hombrecito en forma de cascada y fuente.

"¿Qué pasa, padrino?" digo mirando alrededor del jardín. Varios años atrás este sitio era un lote vacío, lleno de cadáveres de perros, ratas y gatos. Un ex drogadicto llamado Modesto, con la ayuda de Hope Community, una organización estilo iglesia, transformaría este desierto de basura en un pequeño oasis en El Barrio. No podían darse el lujo de comprar tierra, plantas, flores y rocas, era demasiado costoso. Así que los tomaron prestados del Central Park.

"Mira hijo de Changó, ayúdame a encontrar estas piedras," Papelito me muestra las piedras que ya ha recogido.

"¿Piedras? ¿Por qué?"

"Si buscas bien," dice, agachándose delicadamente para buscar en el piso, "encontrarás lo que hace falta para los Orishas."

"¿En las piedras?"

"En algunas piedras, no en todas. Más como guijarros mijo. Mira Julio, siglos atrás los Orishas abandonaron sus casas y sus cuerpos y bajaron a la tierra, para indicarnos el camino. Ahora los restos de su presencia están en estas piedras." Descubre otra.

"Como esta," dice. La levanta, la sopla, y la limpia con la manga, " 'Tá má' linda." Miro la piedra que me muestra Papelito. Es una piedra común y corriente, pero es la historia que Papelito me acaba de contar la que hace que me agache y empiece a buscar con él más piedras en el piso. Según mi educación pentecostal, Dios vivía en el templo. Nunca entendí por qué Dios necesitaba vivir en una casa con paredes, ventanas y cerraduras. Cuando le pregunté al pastor por qué, me dijo que en realidad Dios vivía en el cielo. Así que siempre, pensé que deberíamos orar afuera, en la noche, cuando pudiéramos mirar hacia arriba y encontrar su reflejo en la luna y las estrellas. En lugar de eso le rezábamos dentro de un edificio. Manteníamos a Dios encerrado en una casa, como un anciano en una silla de ruedas. Los dioses de Papelito, por el contrario, vivían afuera, en las cosas vivientes. Los dioses negros no habían expulsado al hombre del Paraíso. La naturaleza es buena, y por lo tanto, incluso en esta jungla de concreto, Papelito aún puede encontrar vestigios de sus dioses, en las piedras.

Recojo una piedra parecida a la que Papelito tiene en la mano.

"¿Cómo esta también?" y se la muestro.

"No, baby," dice, "si aprendes a escuchar oirás el ashé de los Orishas."

"¿Ashé?"

"Sí, el poder y la fuerza vital que emiten los Orishas, para ayudar a aquellos que buscan la ayuda de los Orishas."

"Papelito," le pregunto, mientras sigo buscando piedras, "estas historias que tú has escogido para ayudarte a vivir tu vida . . ."

"Sí, mijo."

"¿Qué te están enseñando esas historias en este momento de tu vida, quiero decir, ahora?" Papelito se levanta. Yo también. Papelito tiene un puñado de piedras, mis manos están vacías. Me mira a los ojos fijamente.

"Estas historias me dicen ahora que debo prepararme para abandonar el planeta. Pero prepararme con dignidad. La historia de la muerte de Changó es trascendental para mí ahorita."

"Pero tú no te estás muriendo."

"No en este momento, pero tengo sesenta y ocho, se está acercando mijo. Lo que la historia de Changó me enseña es no mirar mi cuerpo como el fuego, porque todos los fuegos mueren. Cuando tenía tu edad, sólo pensaba en el cuerpo. Novios al por mayor, nene," y Papelito hace un guiño. "Bueno, aún sigo echándoles un vistazo a los hombres, pues uno no puede cerrar el cuerpo. Pero ahora que el cuerpo me está fallando, me identifico con la mente. Changó no era el fuego, era el calor del fuego que no se puede extinguir. Así que cuando me llegue la hora, como Changó, espero irme con la misma dignidad suya. Sin miedo. Esto es lo que me comunican los Orishas. Ahora, abre las manos, papi." Hago lo que me dice. Suelta las piedras que lleva en la mano y me llena las palmas. El peso se siente delicioso, como sostener una libra de caramelos cuando uno es niño.

"Pero," agrega, levantando en el aire un dedo meñique, "así como con cualquier otro dios, debemos estar dispuestos a dar algo de nosotros mismos para que así ellos nos puedan guiar."

"Levanté el altar que me dijiste," digo, extendiendo las manos con las piedras.

"Qué bueno, ¿te ayudó Ochún?"

"Sí, conocí a una muchacha."

Papelito me da un codazo y me guiñe el ojo.

"Ves, eso es porque crees. ¿Quién es la princesa?"

"No la conoces, sólo una persona," miento. Entonces Papelito se pone un poco serio y me mira como si supiera que estoy ocultando algo.

"Me alegro por ti," dice. "Pero mi amor, lo que de verdad tienes que hacer, Julio, es examinarte a ti mismo y decidir si quieres empezar tu sendero hacia la santidad, hacia la ruta de los santos. Para permitir que las historias Yoruba guíen tu vida."

"No sé si yo pueda cumplir ese compromiso, Papelito," le digo, pues sé que eso toma mucho dinero, tiempo y lo que menos tengo . . . fe. Sin una fe como la que tiene Papelito, sé que nunca escucharé la música que él oye. Los Orishas no cantarán para mí. Aunque parece que Ochún lo hizo.

Los labios de Papelito se separan un poco y levanta ligeramente la cabeza.

" 'Tá bien. Entonces, ¿qué es lo que sostienen tus manos?" pregunta.

"El ashé, la fuerza vital que los Orishas usan para ayudar aquellos que necesitan de su ayuda," respondo con satisfacción.

"No," dice.

"¿Lo que los Orishas dejaron aquí en la tierra?"

"No."

"¿Entonces qué?"

"Piedras, Julio. Nunca les diste a los Orishas nada de ti mismo, nada. Así esas son sólo piedras, Julio. Así como las historias sin rituales son sólo historias, esas son sólo piedras, mi lindo."

• • •

En el trabajo, es la misma historia. Casi nada ha cambiado.

"Este tipo Mario es el primer blanco con el que he trabajado," me dice Antonio en español.

"¿De verdad?" digo.

Estamos en el descanso del almuerzo después de haber bajado con una grúa, durante toda la mañana, el alquitrán del techo. Tuvimos que hacer un hueco para poder bajar los trozos grandes de techo.

"Sabes, cuando lo vi por primera vez pensé que iba a ser buen trabajador, inteligente. Ahora pienso que es el más perezoso de todos," comenta Antonio en un español hostil y molesto. Señala hacia donde está Mario, que se ha quedado dormido al lado de un auto estacionado mientras el sándwich se le llena de moscas.

"Sabes, Julio, cuando llegó intenté mostrarle cómo trabajar con todas las herramientas y lo único que quería saber era cómo salirse con la suya."

"Mira Antonio," le digo, "fue en la cárcel donde alguien conectó a Mario con este trabajo y le dijo que era algo fácil."

"No."

"Sí."

"Pero aún así es blanco, es americano. Podría encontrar otro empleo ¿no?"

"A menos que sea rico, pero si lo fuera, no hubiera estado encerrado en primer lugar."

"Aún así no me gusta."

"Okay."

"Julio, te pido disculpas por lo del otro día, por llamarte homosexual."

"No te preocupes. Algunas veces también me pregunto por qué no me he casado."

"Hay muchas mujeres, Julio. ¿Cuál es el problema? En México, podrías escogerlas como si fueras estrella de fútbol."

"Esto no es México, Antonio."

"Sí, ya sé. Esto es América."

"Bueno, tiene su lado bueno y su lado malo," digo en español.

"Sí, pero es un país loco. Es el único país que conozco donde lo meten a uno a la cárcel por pegarle a la mujer. Eso es una locura."

"¿Por qué?"

"Pues porque ella es tu mujer, es de tu propiedad. Después de que te casas, claro."

"¿Así que te gustaría que el esposo de tu hija le pegara?"

"No, pero esa es la tradición. No me meto. Lo mismo que no me gustaría que el padre de mi esposa me dijera lo que tengo que hacer con su hija."

"Wow," digo en inglés, "eso es salvaje."

"¿Qué?"

"Lo que acabas de decir," vuelvo a hablar en español.

"Pero sabes una cosa, algunas veces pienso que no me importa nada. Sólo vine a trabajar aquí para poder envejecer en México."

"Esa es una buena idea."

"Oye Julio," se acerca y mira hacia atrás para asegurarse de que nadie lo escucha. "Conocí a una puertorriqueña." Antonio me habla de ella y de cómo le gusta el sexo. "Me pide que le dé la vuelta y que la martille como un pájaro carpintero." Entonces aúlla como un coyote bajo la luna. Me río. "Siempre está estresada porque dirige una organización," dice, y habla de todo lo que ella hace por la gente y de nuevo Antonio me cuenta con detalle lo que ella le hace en la cama.

Me quedo escuchándolo, pues lo cuenta bien y, a juzgar por el entusiasmo, ha estado deseando contárselo a cualquiera desde hace tiempo. Pero no podía contárselo a ninguno de los otros, porque probablemente conocen a alguien que conoce a su esposa en México. Pero como yo no, entonces lo suelta todo.

"Le gusto," dice, y yo no le voy a lanzar piedras al hombre por engañar a su esposa. Está lejos de México. Pero, lo más importante, es que no es asunto mío.

"¿Vienes a mi casa un día y tomamos cerveza?" pregunta Antonio y digo ¿por qué no?

"Podemos seguir conversando."

Justo en ese instante tenemos que regresar al trabajo. Alguien golpea a Mario en las botas. Se despierta y empieza a maldecir. Imprecando que el jefe no daba suficiente tiempo para almorzar.

Yo y Antonio no dejamos de reírnos y me siento contento. Finalmente soy uno de los otros. Por una vez, no estoy encerrado en mis reducidos aquí y allá. Estoy interactuando con la gente, de cerca, y no simplemente observándola. Empiezo a silbar mientras trabajo. Antonio ha encontrado una forma de felicidad, y pienso en que no importa lo miserable que uno sea, lo lejos que se encuentre del hogar, lo rico o lo pobre, todos tenemos derecho a una cuota de felicidad. Antonio es la prueba viviente. Y por alguna razón me empiezo a sentir verdaderamente inteligente. Tengo las cosas resueltas. Tengo un empleo y cuido de mis padres. Viven conmigo y tenemos nuestro propio apartamento y he dejado de armar incendios para Eddie. Le encontré un empleo a Trompo Loco en la iglesia de Maritza, haciéndolo sentir como si fuera alguien, pues lo es y prefiero ver su rostro cuando sonríe que cuando empieza a dar vueltas. Maritza está haciendo lo que cree que es correcto, mezclando su filosofía feminista y socialista con Dios. Y me encuentro al borde de cambiar mis historias, mi religión por una nueva. Las cosas se ven despejadas. Excepto por Helen. También pienso en Helen. Lo que sucedió el otro día fue maravilloso. Pero Helen, como muchos de los neoyorquinos que se han lanzado por aquí, no tiene ni idea del pasado de mi ciudad. Cómo, cuando era niño, los restaurantes y otros establecimientos del Upper East Side y Greenwich Village nos servían pero al mismo tiempo nos querían decir "¿Por qué no se quedan uptown, donde pertenecen?" Si a nosotros nos iba mal, a los negros les iba el doble de mal. Algunos latinos tienen la piel blanca y podían pasar, pero a la gente negra siempre se les decía que se quedaran en Harlem. Lo escuché. Resonó en mis oídos de siete años como los frenos de un ruidoso y destartalado vagón de metro. Y ahora esa gente ha empezado a llegar a los dos Harlem, pero entonan ahora una canción distinta, "¿Por qué no se salen de Harlem?" Entonces, ¿cómo será la cosa?

¿Entendería esto Helen?

¿Y qué voy a hacer con ella?

No le doy más vueltas y pienso en la escuela. Me queda un año, y tengo clase esa noche, y ya preparé las lecturas asignadas e incluso tengo mis trabajos escritos, y entonces, me siento el doble de inteligente.

"Julio," me llama el jefe desde lejos, "llamó Eddie, dice que necesita verte, ahora." En ese momento, mientras hago esta evaluación, sus palabras me hacen caer en cuenta de que no importa lo inteligente que me considere, es imposible ver el panorama completo. Hay puertas de vidrio que aparecerán por sorpresa y contra las que me voy a estrellar. El mundo es demasiado grande y yo sólo soy una manchita. Una partícula de polvo entre un endiablado desorden. Un desorden habitado por gente maravillosa como Helen, como mamá, o Antonio, que tal vez no estén haciendo lo correcto, porque son sólo humanos. Y como yo, que armo incendios.

"¿Qué quiere?" grito a mi vez.

"Sólo ve, no sonaba muy contento."

"Iré después del trabajo," digo.

"No, ve ahora mismo. No sonaba muy contento."

"¿Está seguro?"

"Sí, estoy seguro. Ve, aunque debo descontarte el tiempo."

De camino a la cafeteria de Eddie, me asalta una sensación espantosa. Recuerdo lo que me decía Papelito sobre que todas las religiones tenían un guasón. Loki, Ghanesa o Lucifer, todos son el mismo personaje pero en historias diferentes, según Papelito. En su culto, aparecía el dios negro Eleguá, que le gustaba jugar con los hombres, diciéndole a cada uno que no importaba cuál sistema tomara, que no importaba lo que imaginara cada uno sobre lo que se trataba de su propia vida, él iba a estar lanzándole una cosa tras otra. Entonces se sienta, se acomoda y observa como hace uno para librarse de los problemas. Y si uno logra encontrar una salida, vuelve y le manda otra cosa.

Papelito dijo que una mujer se acercaba a mi vida, y llegó Helen. También dijo que había algunas cosas terribles en el horizonte. Cosas malas, dijo, que venían de una fuente poderosa. Estaba seguro de que esa fuerza estaba sentada, fumando, leyendo el periódico, esperando que yo entrara por la puerta de su cafetería.

Queja #11

Qué bueno verte," dice el viejo en el tono más amable, como si fuera profesor de un jardín infantil. Eddie está leyendo el *Daily News* y fuma un cigarro. De nuevo, tiene los otros tres periódicos de la ciudad apilados en el piso, cada uno esperando su turno. Su teléfono celular descansa silenciosamente sobre la mesa.

Eddie se levanta, pone el periódico a un lado y me abraza.

"Tengo algo para ti."

Le pregunto de nuevo qué sucede.

"Dentro de poco en D.C. se va a ser efectiva una nueva política. Me acaban de informar." Comprendo de qué se trata. Por qué quiere verme.

"La llaman," comenta con una sonrisa sarcástica, "Centralización Urbana. ¿Lo puedes creer, Centralización Urbana? En la capital misma del país, ¿puedes creer eso, Julio?" Eddie sabe que pueden llamarla Reducción Planificada, Negligencia Bondadosa, Ciudades

Modelo, Renovación Urbana, o lo que quieran. Significa una cosa: despejar los barrios pobres para industrias y viviendas costosas, incendiar los ghettos.

"Quiero que entres, de principio a fin."

Como la caída de los dientes, se trata de un proceso lento, pero con el tiempo, cuando todos los dientes originales se han dejado pudrir y se extraen, se pueden poner en su lugar nuevas coronas de oro. Se mantiene uno quemando el vecindario, cortando los servicios. Con toda la tristeza, el crimen aumenta. Entonces se puede culpar ahora a la gente que vive ahí por haber dejado caer el vecindario. Los dueños se sentarán sobre los edificios quemados, sobre los lotes vacíos, esperando, pues tarde o temprano el gobierno tendrá que declararla una zona empobrecida y empezará a mandar dinero en su dirección.

"Todos te conocen," dice Eddie y mira por encima del hombro hacia alguien en la distancia y como si lo que estuviera a punto de decirme fuera totalmente secreto, "todos, los peritos, los agentes inmobiliarios, la policía de incendios, los dueños, pero, sobre todo, los políticos."

Los ojos de Eddie resplandecen de luz, como si me estuviera ofreciendo la oportunidad de regresar en el tiempo y vivir un momento mágico que me había perdido por haber nacido demasiado tarde.

París en los veinte.

Berkeley en los sesenta.

"Me estoy volviendo viejo," dice. "Para decirlo de alguna forma, quiero pasar la antorcha."

La historia de todos los países es la guerra por la tierra. En la ciudad de Nueva York la guerra siempre ha sido por los barrios pobres. La propiedad inmobiliaria es para esta ciudad lo que el petróleo es para Texas. Es preciosa, pues no se puede crear más tierra de la que ya existe. Y aquellos que tienen propiedades quieren alquilarlas al mayor valor posible, con el mantenimiento mínimo que logren sacar. Ordeñan los edificios, ofrecen justo los servicios suficientes para mantener a algunos inquilinos pagando el alquiler. Pero de un momento a otro, el propietario le prende un fósforo a todo. Y cuando llega ese momento, todos se van hacia los patios de atrás. La zona de seguridad. Lejos para distanciarse de los efectos de sus políticas. Y ahí es cuando aparecen los tipos como Eddie. Y es en su cafetería donde los zares de la pobreza y los políticos locales toman las decisiones que afectan a quienes habitan en los ghettos.

Le digo, "Mira Eddie, prenderle fuego a una casa que el propietario quiere quemar y así cobrar el seguro es una cosa. El tipo sabe que yo voy a ir, así que no va a estar ahí. Pero si voy a incendiar un edificio donde hay gente viviendo, gente que no está en la jugada, eso es una cosa muy distinta. Yo no quiero ir a D.C. Te lo he dicho una y otra vez, renuncio."

"Escúchame," dice, "harás mucho dinero."

"Esa idea me gusta," digo, "pero ya no quiero armar más incendios."

"En unos quince o veinte años verás lo lindo que estará ese sector de D.C."

Le repito que estoy afuera. Nunca escuché ningún nombre, no sé nada respecto al seguro, nunca vi ninguna cara, siempre trabajé solo, y él sabe todo eso. Saco las manos de la chaqueta. Le digo que voy a estudiar tiempo completo. Pero que me gustaría seguir con el trabajo en la obra de demolición. Me interesan los beneficios que recibo del sindicato.

"¿Estás seguro de lo que dices, Julio?"

Le contesto con firmeza, "Sí, Eddie."

"Harías mucho, muchísimo dinero," repite.

"No quiero el trabajo, Eddie. ¿No se lo puedes pasar a alguien más?"

"No sería lo mismo, Julio. Éramos tú y yo. Siempre yo y tú. Cuando estuviera demasiado viejo, simplemente te lo pasaría a ti, y déjame decirte una cosa, nunca me defraudaste. Los médicos se entonan en el trabajo, los pilotos se entonan, los abogados, los profesores, los policías, los senadores, todos se entonan en el trabajo, pero tú," dice con orgullo, "no sé cuándo te entonas pero nunca lo hiciste cuando era hora de trabajar." Bajo la cabeza en señal de agradecimiento, como si se tratara de un cumplido. "Y por eso, muchacho, me gustas tú y no voy a dar fe de nadie más. Si a esas malditas profesiones respetables les cuesta trabajo conseguir buenos empleados, piensa en lo difícil que resulta para alguien como yo."

"No quiero seguir con los incendios, Eddie."

"Oye, no es mi intención insultarte, Julio, este trabajo es lo que es. No es muy lindo. Pero no creo que veas todo el alcance que tiene, Julio. Lo que está en juego."

"Sí lo veo," digo, "de verdad que sí."

"¿Lo ves?"

Sí, lo veo.

Me mira a los ojos. Me mira lo suficiente para saber que hablo en serio.

"Eddie, ahora lo que quiero es estudiar e ir al trabajo."

El viejo baja los ojos a su taza de café, bebe un sorbo.

"Muy bien. ¿Qué estás estudiando?"

"Administración, pero por ahora tengo sólo electivas."

"Nunca me habías dicho. Olvídalo. Ve," me dice, "ve a la escuela."

Le doy las gracias. Tengo el corazón en calma.

"Ustedes los puertorriqueños. Nunca he perdido plata con ninguno de ustedes. Una vez aposté cinco de los grandes en la pelea Trinidad-Mosley."

"No me digas, le apostaste a Mosley."

"Exactamente, ¿te imaginas si hubiera ganado Trinidad?" vuelve a soltar su risa áspera, "tendría cinco paquetes menos. Pero tu gente nunca me haría eso."

Estoy listo para irme. Ya he tenido suficiente.

"Pero tú," su sonrisa desaparece, "tú me has hecho perder dinero."

Un repentino espasmo me sube por el costado izquierdo de la pierna y me llega hasta la cara.

Le digo que no tengo idea de lo que está hablando pero con seguridad habrá visto mi costado izquierdo sacudiéndose, el tic en mi ojo.

Eddie apenas mueve la mano. El mesero, el único mesero que hay en la cafetería, desaparece en hacia adentro.

Escucho un maullido.

El mesero pone a Kaiser en mi regazo. Se encoge como si le hubiera hecho falta.

"¿Nunca cogiste nada? El animal ha debido quemarse con la propiedad."

"Oye, el perito no lo puede reclamar como propiedad valiosa."

"Es de pura raza," grita, "estúpido. Pero ese no es el punto."

Bajo a mirar a Kaiser, sus ojos tienen aspecto real, como si me dijera, soy de pura raza estúpido, por lo menos debo valer algo.

"Primero me fallas, después me engañas, y lo más tonto que pudiste haber hecho es dejarlo ir."

Como todos los gatos domésticos, Kaiser de alguna manera consiguió regresar a su verdadera casa. Alguien debió de haberlo encontrado parado, sentado, o echado cerca de la casa quemada, semanas después de que el perito lo había reportado como quemado con el resto de la casa. Así que ahora alguien en la compañía de seguros tiene que dar explicaciones. Sobre cómo un gato escapó de un incendio eléctrico en una casa donde el clima estaba controlado, a no ser que el incendio no hubiera sido eléctrico, para empezar. Así que ahora, para cerrar algunas bocas, Eddie ha tenido que pagar por mi error.

"¿Cuánto tienes?" Eddie me mira mitad sonriente, mitad molesto.

"¿A qué te refieres?" pregunto nerviosamente.

"¿Cómo vas a hacer para pagarme?"

Le pregunto cuánto es.

Me dice.

Le digo que no tengo ni de lejos esa cantidad.

"¿Qué tienes? Dime, vamos."

No tengo nada.

"Todo el mundo tiene algo."

Le digo que no tengo nada.

"¿Una chica fiel a la que le puedas vaciar los bolsillos?"

Sonríe ligeramente, el viejo sonríe.

"Ya quisiera," digo.

"Por supuesto que no. Tú nunca tienes una chica."

"Gracias," digo, esperando que todo esto no sea más que una broma.

"Te diré lo que tienes."

Justo ahí, sé que habla en serio, que ha estado pensado en esto, y espero con el corazón palpitando, pues Eddie es un tipo creativo. Lo castiga a uno como los dioses griegos. Lo puede poner a uno a empujar una roca colina arriba por el resto de la vida sólo para hacerla rodar abajo una y otra vez. O encadenarlo a uno a una roca inmensa y hacer que un pájaro grande le devore el hígado sólo para hacer que otro le crezca en la noche y hacer que el pájaro regrese de nuevo al amanecer.

"Tienes algo de dinero en camino."

Quedo tenso por el impacto. Tenso por su ironía.

"He estado investigando," el viejo bebe otro sorbo de su café frío.

"¿Investigando qué?" digo.

"Tu edificio está asegurado con la compañía donde tengo a mi gente."

Ya sé lo que quiere.

Mis padres viven ahí, le digo. Pienso en Helen, también en la loca iglesia de Maritza.

"No he dicho que incendiaras a tus padres." Frunce el ceño y sacude con fuerza la mano como si hubiera humo entre los dos.

"Dividimos el seguro. Me dijiste que era tuyo, correcto, el tercer piso."

"¿Qué pasa con la otra gente que vive ahí, Eddie?"

"Oye lo siento. Debiste haber pensado en eso antes de estafarme."

"No puedo hacerlo." Le digo que no puedo.

"Bueno, no te culpo. A mí nunca me gustó. Pero piénsalo o tomas el trabajo," y retoma con calma la lectura del periódico. Cuando timbra su celular, contesta con dos palabras, "Sí, querida."

Salgo de la cafetería de Eddie cargando un gato feliz en mis brazos. Kaiser es hermoso. Su pelo gris es suave y brillante, y su ronroneo es continuo y bajo. Alguien lo alimentó bien mientras estuvo perdido. Me siento aturdido. Sin darme cuenta he estado caminando hacia el oeste y termino en Central Park. Por alguna razón, ver pájaros y árboles me tranquiliza un poco. Entro a Central Park y camino alrededor del Harlem Meer. Kaiser me clava las uñas en la camisa, asustado por el agua. Lo sostengo con firmeza, asegurándole que no lo voy a lanzar al estanque. Kaiser se desprende de mi camisa y deja que lo cargue más suelto, como lo tenía antes, a fin de cuentas, sigue siendo un gatito.

Empieza a atardecer y una neblina sube del estanque como humo. Las sombras que las hojas proyectan sobre el agua parecen tatuajes sin color. La cabeza de Kaiser se transforma en una lechuza con ganas de asimilar toda esa naturaleza. Me uno a él observando con envidia las palomas y los insectos que vuelan libres alrededor del poste de luz. Sus sombras forman sobre la hierba y el agua abajo gigantescos dibujos volátiles. Intercambiaría lugar ahora mismo con cualquiera de esas figuras voladoras, pues en este minuto me siento como un furioso perro atado a un parquímetro. Un perro que sabe que no puede ir a ninguna parte hasta que no lo ordenen quienes lo ataron.

"Eddie no tiene derecho. Ningún derecho de joderme de esa manera. ¡Ningún maldito derecho para nada!" digo en voz alta, pero sé que hay algo ahí que no es cierto. Y enseguida me siento incómodo pues alguien que pasa trotando me alcanza a escuchar. Me echa una mirada y acelera el paso.

Doy la vuelta y me voy a la casa. No quiero pensar en prenderle fuego a mi casa o a la casa de nadie. Así que dejo de pensar en eso por ahora. No pienso en nada más sino en lo feliz que se pondrá mi madre. En lo mucho que quiere a este gato y en cómo la voy a complacer llevándolo de regreso. En este momento, esa es la única felicidad que debo esperar con ilusión.

Libro II

APARTAMENTOS DE INTERÉS SOCIAL.

Damas y caballeros, el Bronx se está quemando.

HOWARD COSELL, 1977. MIENTRAS LOS YANKEES JUEGAN CONTRA LOS DODGERS POR LA SERIE MUNDIAL, UNA CÁMARA ENFOCA UN INCENDIO CERCANO, MOSTRANDO LA TRISTE REALIDAD JUSTO AL LADO DE LAS COMODIDADES DEL YANKEE STADIUM.

12A

Cuando tenía nueve años, Trompo Loco y yo construimos una casa de cartón en un lote vacío en la 109 y Park Avenue. La Casa Café, para el presidente y el vicepresidente de Spanish Harlem. Por supuesto todo el mundo en la cuadra quería unirse a nuestra administración, pues lo único que hacíamos ahí era comer papas fritas y tomar gaseosa. También se había corrido la voz que yo tenía acceso a las revistas *Playboy* que sacaba de la papelería. Eso no era cierto, pero dejaba que todo el mundo lo creyera, pues así se explicaba el letrero que tenía colgado afuera:

NO SE PERMITEN NIÑAS. ESPECIALMENTE MARITZA.

Ni a Trompo Loco ni a mí nos gustaba Maritza, pues al ser criados como pentecostales, recibíamos mucha mierda de ella. Especialmente yo. Ella le tenía lástima a Trompo, porque era un poco retrasado, pero conmigo no tenía misericordia. Decía, "Estás en una religión blanca, Julio." Le replicaba que todo el mundo en la iglesia era puertorriqueño. "Sí, pero es una religión de gringos, no como los católicos, ves. Ésa sí es una religión para la gente hispana."

¿De qué estaba hablando? Maritza ni siquiera era católica, sus padres eran socialistas de tiempo completo. En el pasado, en la isla, lucharon con pasión por la independencia de Puerto Rico. Cuando llegaron a Nueva Yol, a los talones del gran Albizu Campos, tuvieron a Maritza e inculcaron en su hija un repertorio socialista casi santurrón, por el estilo de un fanático religioso.

En esa época, cuando el vecindario se estaba quemando, ella y yo éramos sólo dos niños, pero ella sabía que en mi iglesia siempre teníamos arte, manualidades, y venta de comida, así que siempre se aparecía. Todos los domingos durante el verano, nuestro templo cerraba la calle al tráfico. Entonces la cuadra se transformaba en un paraíso de tiza en las aceras, música, bailes, salto de lazo y comida. A Maritza le encantaba cuando mi padre les enseñaba a los chicos a tocar las congas. Trompo Loco y yo le ayudábamos a traer todas las congas, como unas veinte, y daba sus clases afuera en la calle. Maritza golpeaba esos cueros como si estuviera poseída por la deidad de algún río africano. Daba golpes feliz y sonriente, olvidando por un momento que la clase transcurría en un lote vacío lleno de ladrillos calcinados, pañales desechables y muebles tirados a la basura.

Mi madre se ocupaba del arte y las manualidades, y yo ayudaba a sacar esas inmensas mesas comunales. Mi madre llenaba vasijas con bolitas y alfileres y las ponía en cada mesa. Los chicos tenían que traer cada uno su barra de jabón Ivory, y mamá les ayudaba a formar unas esculturas de jabón y bolitas. Eso también le encantaba a Maritza. Clavaba los alfileres en la barra de jabón con tanta violencia que parecía que le estuviera haciendo vudú a alguien. A lo largo de todo el verano, Maritza nunca se perdía ninguno de estos festivales.

Pero llegado septiembre, Maritza me volvía a ver en la escuela y

era la misma mierda de siempre: "Tu religión sólo es show y bulla."
Sí, le decía yo, ¿y qué dices de esas clases gratis de música que recibes
todo el verano de mi papá que era uno de los mejores músicos? "¿Sí?
¿Entonces por qué tu papá no está tocando en el Palladium, si es tan
bueno?" Yo le contestaba porque el Señor le habló una noche y le comunicó que tenía que llevar a otros a la luz. Maritza se reía "¿La luz?
¡Tu papá no es Con-Ed!" Algunos chicos decían, oye si fuera tú, le
daría una patada en el culo a esa perra. Yo contestaba que eso no sería
muy cristiano y que Jesús había dicho que había que "poner la otra
mejilla." La verdad, me daba miedo pelear con las chicas, pues rasgu-
ñaban, le arrancaban a uno el pelo y algunas escupían. Además, había
visto a Maritza pelear, y en esa época, en cuarto grado, Maritza podía
ganarme. Lo sé, pues por esos mismos días recibía palizas de una
chica terrible y gorda llamada Josephine, que me golpeaba detrás del
pasamanos. Así que toda la escuela sabía que una chica me daba palizas. Y Maritza se cargaba con munición nueva, "¿Viste la luz? ¿Viste
al Señor? Es gorda ¿cierto?"

Entonces cuando Maritza se enteró de la casa de cartón, amenazó con tumbarla al piso a menos que yo permitiera la entrada a las
mujeres. Nunca tuvo la oportunidad de hacerlo. Esa misma noche,
su edificio se incendió, llevándose el resto de la manzana. Tal vez
había sido Eddie el encargado de prenderle fuego, ¿quién sabe? Pero
en esos días yo sólo lo conocía como el papá bueno para nada de
Trompo Loco. El hombre hacia quien Trompo Loco me arrastraba
hasta la 118 para observarlo a escondidas. Como si lo idolatrara
desde lejos. Pero no recuerdo mucho de Eddie, todo lo que recuerdo
fue que el incendio que dejó a la familia de Maritza en la calle fue un
incendio grandioso. Seis casas ardieron a la vez. Los rostros de los
desempleados mirando hacia el invierno gélido, el único calor que
había se levantaba de las llamas que le subieron la temperatura a la

manzana entera. La verdad fue que me sentí feliz de que Maritza se hubiera ido. Ahora vivía en el South Bronx y ya no tenía nada que ver con ella. Pero no importó, pues mi casa no duró mucho más. Una semana después, unos hombres blancos se aparecieron por East Harlem. En esa época no era común ver gente blanca por el barrio. Trompo Loco y yo estábamos dentro de nuestra casita comiendo papas fritas cuando irrumpieron de golpe: "¡Afuera!" Y los dos salimos ahuyentados como las cucarachas en la cocina cuando de repente se enciende la luz. Desde el otro lado de la calle vimos cómo los tipos blancos quemaban la casita y clavaban en el piso, en el mismo sitio donde estaba mi casa de palos, un letrero: SE VENDE. El letrero seguiría ahí durante años, y algunos residentes ni siquiera sabían qué era lo que estaba a la venta. Yo con seguridad no lo sabía, no a los nueve años.

Cuando cumplí los once, Maritza regresó. Su casa en South Bronx también se incendió. Ahora Maritza y su familia terminaron en los projects. Los projects eran sucios, descuidados y peligrosos, pero por lo menos eran a prueba de incendios. Maritza regresaría a la misma escuela pública y, con casi total seguridad, en sexto grado, estaríamos en el mismo salón de clase y Maritza seguiría metiéndose conmigo. De camino a la escuela yo rogaba, "Señor Jehová, por favor que Maritza no vaya hoy a la escuela." Pero Dios nunca escuchó mis súplicas. Y Maritza se metió conmigo durante todo el año, especialmente en ese año, pues fue el mismo en el que mi padre se convertiría en una pequeña leyenda en nuestra iglesia.

A diferencia de mi madre, mi padre se unió a la iglesia por la música. No estaba llegando a ningún lado con su orquesta, relegado a ser músico de estudio toda la vida. Además, por esos días, los pioneros de la salsa estaban siendo estafados por los promotores. Incluso a los más grandes les sacaban toneladas de dinero y los obligaban a realizar demasiadas presentaciones. Muchos se volvieron drogadictos. Mi padre fue uno de ellos. Deprimido y enganchado a cualquier cosa que pudiera preparar, después de años de tocar por centavos, empezaba a buscar a Dios o cualquier otra cosa que se le pareciera. Lo que mi padre encontró en la iglesia no fue a Dios sino un escenario nuevo. Una oportunidad para imponer su propio estilo, sus ritmos y letras. Para dirigir su propio show. Mi padre empezó a usar la iglesia para crear una nueva forma de gospel e inventó el latino espiritual.

> I went down to la bodega,
> But the Lord said not to buy anything.
> Oh, oh, oh, what can you buy when Jesus is already yours?
> Oh, oh, oh, what can you buy when Jesus is already yours?

> (Bajé a la bodega,/pero el Señor me dijo que no comprara nada./Oh, oh, oh, ¿qué puedes comprar cuando Jesús ya es tuyo?/ Oh, oh, oh, ¿qué puedes comprar cuando Jesús ya es tuyo?)

Mi padre no sólo se sintió orgulloso de escribir esa canción, decía también que "I Went Down to La Bodega" era tan ingeniosa como "Come Into the Lord's House It's Gonna Rain."

> Don't need to worry if the mailbox is empty
> The Lord's work is my welfare check and that's plenty
> Oh, oh, oh, what do you need when the Lord is already yours?
> Oh, oh, oh, what do you need when the Lord is already yours?

> (No debes preocuparte si el buzón está vacío/la obra del Señor es mi subsidio y es más que suficiente./Oh, oh, oh, ¿qué necesi-

tas cuando el Señor ya es tuyo?/Oh, oh, oh, ¿qué necesitas
cuando el Señor ya es tuyo?)

La letra había sido escrita toda por él y estaba convencido de que era brillante. En realidad, eran de los peores versos que se habían compuesto para un gospel. Aun así, mi padre compuso unos gospel latinos que nadie antes había escuchado, con letras que no aparecían en ningún cancionero circulado por ninguna iglesia.

I saw Jesus in the elevator
He asked me to press his floor
   All the way to sky
   All the way to sky
   On the elevator of the Lord.
All the way to the sky on the elevator of the Lord.

(Encontré a Jesús en el ascensor/Me dijo que pulsara el botón de
su piso/Arriba hacia el cielo/Arriba hacia el cielo/en el ascensor
del Señor/Arriba hacia el cielo en el ascensor del Señor.)

Algunas veces, los parroquianos se reían de las letras cuando las escuchaban por primera vez. Pero nadie se reía de la música. Ése era el don que había recibido mi padre, y gracias a su música nuestro templo era el templo pentecostal que tenía mayor asistencia en todo Spanish Harlem. Los tres ministros principales reconocieron el don de mi padre y dejaron que siguiera. Pronto, nuestra congregación se transformaría en un cancionero viviente. Lo que a nuestro templo le faltaba en predicación, ungimientos y sanación, lo compensaba con su música. Los servicios empezaban con un canto, después una oración, después un hermano daba un breve sermón, después más can-

tos, después una hermana relataba alguna experiencia espiritual, enseguida más cantos, un pequeño testimonio, y más cantos. Los nuevos gospel latinos que salían de las paredes de ese edificio eran tan
únicos como los susurros que hace un viento helado de invierno dentro de un edificio vacío y quemado. Un sonido que sólo se puede escuchar en el ghetto. La gente que pasaba oía la música, esta música
con letras extrañas que hablaban de un Jesús urbano que se comuni-
caba en spanglish y comprendía nuestros deseos y necesidades, pues
él también vivía en los projects y sufría las mismas injusticias. Un
Jesús que rogaba por calefacción, agua caliente y no más pintura con
plomo. Un Cristo drogadicto que le imploraba a su Padre que le ayudara a mantener sus venas limpias.

> The super won't fix the tub and my rent just went up,
> No heat for the winter, got roaches in my soup,
> I want to go to the corner, get me a bag to cook
>
> I'm taking my complaints
> Oh, I'm taking my complaints
> Oh, I'm taking my complaints

> (El portero no arreglará la tina y me subieron el alquiler,/no hay
> calefacción para el invierno, hay cucarachas en mi sopa,/quiero
> ir a la esquina, conseguir una dosis para cocinar/voy a presentar
> mis quejas/Oh, voy a presentar mis quejas/ Oh, voy a presentar
> mis quejas.)

En poco tiempo la asistencia a nuestro templo había aumentado
tanto, y los recursos subieron de tal manera, que los tres ministros al-
quilaron un espacio más grande. El templo se trasladó de ese dimi-

nuto hueco en la pared de la 110 y Madison Avenue hacia un edificio de dos pisos para almacenes en la 100 entre Lexington y tercera. Mis padres y yo vivíamos arriba de la iglesia y así ayudamos a organizar todo el sitio. Los tres ministros compraron tarros de pintura, mi madre puso las cortinas, papá compró el mejor piano de segunda que pudo encontrar, llegó toda la orquesta y finalmente se unió la congregación. Se puso un cartel afuera, LA CASA BETEL DE DIOS, y papá estuvo de vuelta al trabajo.

> Oh, I'm taking my complaints
> To the Housing Agency of the Lord
> Oh, I'm taking my complaints
> To the Housing Agency of the Lord

> (Oh, voy a presentar mis quejas/ a la agencia inmobiliaria del
> Señor,/ Oh, voy a presentar mis quejas/ a la agencia inmobiliaria
> del Señor.)

Me avergüenza decirlo, pero esos días de crianza fueron maravillosos, cada momento una tarde de domingo. Trompo Loco y yo le cantábamos al Señor y sentía como si los ángeles del cielo tocaran la pandereta justo a mi lado. Yo siempre cantaba con alegría y terror, esperando y al mismo tiempo no esperando que el Espíritu Santo me poseyera. ¿Qué haría yo con todo ese poder? El poder de Dios. Había visto muchas veces cómo algunos hermanos poseídos lloraban y gritaban, con los rostros encendidos, hablando en lenguas, lanzando profecías. Cómo esos cuerpos ya no tan jóvenes bailaban y brincaban, fortalecidos por un jugo eléctrico divino que revigorizaba su cuerpo y su alma. Cómo los demás daban paso a los que eran poseídos con más frecuencia. Y todo el mundo quería sentarse al lado de estos hermanos benditos, de estos santos, para que así tal vez, sólo tal vez, saber lo que se sentía cuando Dios entraba en el cuerpo. Vivir en la presencia de Dios. Yo esperaba con terror y alegría que me sucediera. Me preguntaba cuándo agarraría Jehová algunos rayos del cielo y los lanzaría en mi dirección. Había sido bautizado, y pasaron los años, y nunca sucedió. Igual, creía en Dios. Pero cuando cumplí los dieciséis, en lugar de las bendiciones divinas, llegó el momento de escapar.

Misteriosamente, como el mismo Dios, en la noche, la iglesia se incendió por alguna razón. Se quemó hasta los cimientos. Semanas después, el edificio adyacente también se incendió, y después el otro que le seguía. Uno por uno, los edificios de la manzana eran quemados, hasta que sólo quedó una pequeña tienda de reparación de calzado. La ciudad ubicó a todas las familias en albergues, y más tarde todos terminamos en los projects. Los días de cantos y la gloria se habían terminado. Y sería desde ese día en adelante que, para mí, la palabra Dios ya no significaba "amor" o "luz" sino "fuego."

Todos estos recuerdos me llenan la mente mientras tomo una ducha. La textura sedosa del agua tratada con cloro y que atraviesa cientos de miles de yardas de tubería siempre me transporta al pasado. También me trae buenos recuerdos, de los hidrantes de incendios abiertos en las bochornosas tardes de verano. Mojando a las muchachas y a los autos con improvisados grifos hechos con latas de aluminio. De cuclillas al frente del hidrante de incendios, como abrazándolo, y usando la lata hueca para canalizar toda la presión del agua hacia cualquiera que uno quisiera. Todos los que estuvieran secos al otro lado de la calle quedaban a merced nuestra. Los de los autos tenían que subir las ventanas bajo el calor infernal del verano para no quedar empapados. Estos recuerdos de la niñez y la tibieza de la ducha me hacen sentir seguro, como si no sólo estuviera quitándome de encima la piel muerta sino también mis problemas.

Salgo de la ducha y me paro frente al espejo empañado. Estiro el dedo y escribo, "Helen." Doy un paso hacia atrás y leo su nombre. No puede ser un nombre más blanco, me digo. Entonces escribo al lado, "Helen y Maritza, tengo que incendiar el edificio." Pero lo borro de inmediato, como si no tuviera que llevarlo a cabo. Me seco, y recuerdo el día cuando Papelito aceptó poner por mí su nombre en la escritura. Recuerdo cómo me dije que empezaba a vivir un nuevo comienzo, uno definitivo. Todas las promesas que llenaron mi apartamento, promesas resplandecientes. Como si abriera una caja y encontrara regalos. Uno era Helen.

"Mira, que Kaiser quiere entrar," mamá golpea con urgencia la puerta y miro la caja para el gato debajo del lavamanos. "Llevas mucho rato ahí y el gato necesita hacer caca." Puedo escuchar al gato rasguñando abajo de la puerta. Odio el gato. Recuerdo haber escuchado alguna vez que los ladrones no roban hasta cuando no están 99 por ciento seguros de que no los van a atrapar. Ese otro uno por ciento, bueno eso es lo desconocido, lo invisible, el policía que no está de servicio y entra al baño, el chico que graba la imagen de uno en la videocámara que le regalaron de Navidad, la trituradora de papel que no funciona. Pero tarde o temprano ese uno por ciento asomará su desagradable cara. Y ese uno por ciento, en mi caso, fue este maldito gato.

"Y qué," grito.

"Entonces limpias tú," contesta mi madre.

Agarro una toalla y abro la puerta. El gato entra velozmente al baño, como si no pudiera aguantar más. Mamá lo acompaña, como si un gato necesitara aprender a usar el papel. Voy a mi cuarto, encuentro mi altar oscuro y sin frutas. Me siento culpable. Le he fallado a la diosa Ochún. Pero espero que ella comprenda, aunque sé que también me puede castigar. Así que enciendo las velas, y limpio la pluma de pavo real. Me visto y me siento limpio, un poco más relajado, en paz.

Mamá golpea en la puerta. Le digo que pase.

"Mira Julio," dice mientras me calzo, "fui el otro día al banco para averiguar si podíamos sacar un préstamo."

"¿Un préstamo? ¿Para arreglar el apartamento?"

"¿Y pa' qué ma? Claro que para arreglar todo este sitio."

"¿Para qué hiciste eso, Ma?" le pregunto como si hubiera sido una mala idea. Era una idea maravillosa. Con un préstamo del banco podríamos arreglar el resto del piso. Tal vez poner un baño, levantar una pared y convertirlo en un pequeño estudio y alquilarlo.

"En el banco," dice mamá levantando las cejas, "no apareces como el dueño."

Ésa es exactamente la razón por la que no puedo pedir un préstamo y refaccionar el apartamento.

"¿Qué quieres decir que en el banco no aparezco como dueño? Bueno, ¿a qué banco fuiste, Ma?" me la juego.

"Al Banco Popular," dice como si fuera la cosa más obvia, pues es el único banco con el que ha tenido cuenta. Es el banco donde también tiene la cuenta Papelito. Donde las escrituras de este apartamento están archivadas bajo su nombre en algún computador.

"Mira, Ma, yo hago negocios con el Chase Bank," digo. "Consigo una mejor tasa para el pago de la hipoteca con el Chase," digo y termino de ponerme los zapatos.

"Pero le di al Banco Popular la dirección y me dijeron que alguien que vivía aquí estaba pagando un morge pero que era confidencial . . ."

"Entonces será la blanquita," le digo, interrumpiéndola. "Tal vez sea Helen. Maritza tiene arrendado abajo para su iglesia, así que tiene que ser Helen." Kaiser entra al cuarto. Empieza a oler las velas, pero lo repele el humo.

"¿Por qué iba a poner una blanquita su plata en un banco hispano?" Kaiser entonces va hasta donde mi madre y le salta a la espalda. Mamá no se mueve. Deja que se siente en su hombro, como un loro.

"Un banco es un banco, Ma." Digo mientras ella le hace carantoñas al gato.

" 'Tá bien," dice suspirando, "entonces ven conmigo al Chase, para pedir un préstamo para arreglar este sitio . . ."

"Ma, no es tan sencillo," digo. "Además he estado pensando que este apartamento tampoco es gran cosa. Tal vez deberíamos venderlo y largarnos."

"Loco, mira, a menos que me consigas algo en las Troomp Towers."

"¿En las Trump Towers? ¿Y por qué ibas a querer siquiera vivir allá, Ma?"

"No sé, sólo para vivir allá. Para ver cómo es."

"Bueno Ma, no sé sobre lo de ese préstamo," repito y ahora que ella sabe que lo del préstamo no va a pasar, mira hacia mi altar con desdén.

"Eso, Kaiser," le dice al gato, no a mí, "va a traer al diablo a esta casa."

Me observa cuando me pongo una corbata.

"¿Dónde vas?"

"Pregúntale al gato, Ma."

"Julio, ¿te estás arreglando? La blanquita, ¿cierto?"

"No, Ma, voy a la iglesia," le miento, y ella sabe que estoy mintiendo, pues sería demasiado bueno para ser verdad.

"¿A esa iglesia en el piso de abajo?"

¿Por qué no pensé en eso? me pregunto. Con eso me la hubiera quitado de encima.

"Sí, y no toques mis velas, ¿okay?" Señalo el gato. "Y mantenlo fuera de aquí, también, puede quemarse las patas o algo."

"¿Esas velas pa' demonios?" y agita con fuerza un dedo en el aire. "No me voy a acercar a esas velas. Mi gato ya sabe que no debe tocarlas," dice y sale del cuarto.

"Ma," la llamo, "un beso de adiós."

"Sólo si sales de ese cuarto."

Cierro la puerta detrás de mí y le doy un beso. El gato salta de su hombro.

"¿Y tú no vas a ir a la iglesia hoy?"

"Sí, tengo que ir a la iglesia de verdad, me' entiende," dice. "Tengo que despertar a tu padre para que se aliste," y habla despacio a propósito, "para . . . ir . . . a . . . la iglesia . . . de verdad."

"Bien," digo, "pueden llevar el gato."

"Ah tan chistoso, ¿te tragaste un payaso de almuerzo?"

13B

El salón se encuentra en la 101 con First Avenue. Es uno de los bares nuevos y en estilo moderno que abrieron desde que empezó a cambiar el aspecto del barrio. Entro y me encuentro con toda clase de gente, pero en su mayoría se trata de blancos profesionales. Los residentes de Spanish Harlem beben afuera, con sus latas de Budwieser en bolsas de papel, y juegan dominó bajo un poste de luz o un árbol. Durante el invierno, van a las casas de los otros y beben en la cocina. Estos salones son extraños para Spanish Harlem. Incluso durante los gloriosos años de El Barrio en los cincuenta, cuando parecía haber un bar en cada esquina, siempre se trataba de sitios baratos, no estos lugares con pinturas, sofás, cojines y cortinas.

Sigo hacia adentro, la música está alta, pero no tanto que uno no pueda hablar o escuchar nada más. Veo a Helen sentada al lado de un tipo blanco con aspecto de imbécil y gafas. Todo el tiempo se quita un mechón de pelo que le cae sobre los ojos. Me pregunto quién podrá ser el tipo. Estan jugando Monopolio, y miro alrededor y me doy cuenta de que este lugar es un refugio para la gente cono Helen. Es como encontrar un bar americano en París, el bar para expatriados que sólo a unos cuantos locales les interesa apoyar. Todo el mundo es joven y blanco, y cuando me acerco a Helen, me aborda un tipo joven con vestido y corbata.

"Hey, amigo," me dice, "¿sabes dónde puedo encontrar un poco?"

"Afuera," le digo, "escoge una esquina."

"¿Podrías hacerlo por mí?" pregunta y trata de pasarme un par de billetes de veinte. "Ya sabes, soy nuevo por aquí."

"Lo siento, amigo," digo, sin recibir el dinero, "no hago esas cosas."

"¿Conoces a alguien que lo puede hacer? Un amigo tuyo, ¿tal vez? Mira no es que quiera ser grosero o insinuar nada. Sabes, sólo quicro relajarme un poco," dice en el tono más amistoso posible, y le creo.

"¿Quieres un trago?" me pregunta. Le digo que no gracias. Entonces se da la vuelta y se dirige hacia el bar.

Un tipo latino, que se encontraba al lado de la mesa de billar y probablemente escuchó todo, se me acerca. Lleva puesta una guayabera, una camisa de manga corta con vistosos adornos bordados a los lados. Tiene un sombrero fedora acomodado en la cabeza, los oídos tapados con los audífonos de un walkman que debía tener con el volumen bajo.

"Amigo, te digo una cosa," habla como si acabara de darle una calada a un porro de marihuana y no quisiera exhalar. "Éstos ven a un latino entrar aquí y de inmediato creen que es traficante." Me muestro de acuerdo. "Sí amigo, pero lo peor," dice después de darle un trago a su cerveza, "es que lo quieren aquí mismo, en el bar. Como un pedido de comida china, mierda. No tienen los huevos de salir y conseguirla en la esquina como todo el mundo. A no ser que sean verdaderos adictos, no lo hacen. Quieren servicio a domicilio. ¿Cómo te llamas?"

"Julio," digo.

Helen aún no me ha visto por entre este inmenso salón bar. Pero puedo darme cuenta de que ya está un poco achispada, pues cada vez que lanza los dados, lo hace tan fuerte que se salen del tablero puesto sobre una mesita auxiliar.

"Me llamo Raúl. ¿Juegas billar?"

"La verdad no," respondo mientras observo a Helen y al otro tipo arrodillados, buscando los dados.

"Sí, bueno, lástima. Estoy buscando un compañero. Tengo el siguiente turno para la mesa y, sabes, ésa es la única razón por la que estoy aquí. Vengo aquí para jugar billar, eso es todo. Me estoy cansando de que éstos siempre me estén preguntando si llevo algo de esa mierda." Los veo reírse mientras buscan a tientas algo blanco por la alfombra verde.

"Este sitio, es una lata. Es como una maldita sala de estar. Pero tienen una mesa de billar nueva. Y te cuento que esas mesas en los clubes sociales están vueltas una nada. Todas ladeadas. Las bolas desportilladas. Los tacos más torcidos que los dientes de una puta drogada." Encuentran los dados debajo del sofá donde estaban sentados. Se acomodan de nuevo en el sofá y siguen con la partida. "Esta mesa de billar está super, hermano. La mejor del barrio. A mí me gusta el billar, ¿te gusta el billar?"

"Sí, oye hombre, un placer conocerte," le digo.

"Lo mismo digo, hermano. Si cambias de opinión, tengo el siguiente turno."

Dejo a Raúl y me acerco al sofá donde Helen y el tipo están jugando. Helen me ve. Su carita se ilumina al tiempo que deja de jugar y viene para abrazarme. Incluso en este bar el pelo aún le huele a almendras, como si acabara de salir de la ducha. Su ropa negra se siente tersa y alisada, como si acabara de comprarla.

"Tienes que ayudarme," me dice, "estoy completamente endeudada."

Nos unimos al tipo y que me saluda con el más flojo apretón de manos. Lleva pantalones caqui y una camisa blanca. Tiene suelta la corbata roja y su blazer está cuidadosamente doblado al lado suyo en el sofá. Helen me lo presenta como Greg. El tipo me habla como si nos conociéramos de hace rato.

"Entonces, Helen me dice que ustedes dos son muy buenos amigos . . ." Helen le da un codazo y yo me siento incómodo. Deben de ser muy cercanos. Como si Helen fuera su bruja maricona. No que Greg sea gay o algo por el estilo, a quién le importa, pero en ese instante, cuando Helen le da un codazo por la vergüenza, me veo a mí y a Papelito haciendo exactamente lo mismo.

"Okay," dice Helen, acomodándose un mechón de pelo detrás de la oreja, "sigamos con el juego."

"Ya se terminó, Helen," dice Greg, señalando todas sus propiedades. Reviso lo que ya es suyo. Tiene hoteles en el Mediterráneo, en el Báltico, Connecticut, Vermont, todas las avenidas más baratas. Cada vez que Helen pasa por la casilla de SALIDA y cobra sus doscientos dólares se ve obligada a caer en su barrio bajo y soltar la plata que acaba de cobrar.

"Se acaba," dice Helen, lanzando los dados, "cuando me quede sin dinero. Todavía tengo cincuenta dólares," Helen llega a Caja Nacional. Levanta la carta y lee, "Error del banco. Cobre $200 dólares." Le saca la lengua a Greg y él le pasa el dinero del banco.

"¿No vas a devolver esa plata?" le pregunto medio en broma.

"Para nada, fue culpa del banco."

"Pero aún así no es correcto. No es tu plata," le digo.

"¿Por qué la tendría que devolver, Julio?" interviene Greg, como si él fuera la autoridad, "ésas son las reglas del juego. Si el juego dice que está bien, pues está bien."

"Entonces lo que dices," respondo, "es que está bien robar si las reglas te lo permitten . . ."

"Claro que no," dice bruscamente y Helen se pone de pie.

"¿Alguien quiere otro trago?" pregunta y Greg y yo contestamos que sí, gracias. Helen se va, avanzando vacilante hacia el bar. Escucho que alguien grita el nombre de Raúl, sin duda ya es su turno para la mesa.

"Este juego," Greg se acomoda las gafas, "es maravilloso. De niño, jugaba Monopolio con mi familia todo el tiempo. ¿Tú no?"

"En mi familia somos aficionados al Scrabble," le digo.

"Claro, ése también me gusta. Pero en Monopolio mi padre me enseñó que es en los sitios baratos donde vale la pena invertir." Me doy cuenta de que Greg también está un poco achispado. Se suponía que me encontraría aquí con Helen, y sin duda ella llevaba rato aquí, bebiendo con Greg. "Cuestan poco y la gente cae ahí constantemente." Se echa hacia delante y dice, "Helen no sabe jugar. Se la pasa tratando de caer en Boardwalk y Park Place. Una pérdida de tiempo. Es tan malditamente costoso que si uno no tiene una cantidad increíble de dinero no puede construir hoteles ahí." Lo comenta con orgullo, como el maestro del juego.

"Oye, ¿eres demócrata?"

"Voto," digo, mirando las paredes alrededor. El sitio es agradable, como un nightclub donde nadie baila, solo beben y se echan al sofá.

"Bien, ¿qué tal una contribución para la próxima candidatura presidencial?" Se despeja el mechón de pelo que le cae sobre los ojos, tapándole las gafas.

"Mira, estoy en la ruina," digo. "Greg, ¿cierto? ¿Cómo se conocieron Helen y tú?"

"Fuimos juntos a la universidad," me dice Greg. "Acabé de comprar una casa en Harlem.

Ahora somos vecinos, ¿ves?" me dice.

"Ah, sí," digo, y recuerdo entonces que Helen me había hablado de este tipo antes. "Tú eres el que recibió esas amenazas de bomba en el buzón de correo."

"Mira," dice Greg, "entiendo su rabia."

Cuando Helen regresa con las bebidas, tampoco sigue con el juego.

"No he vuelto a recibir más amenazas. Pienso que la gente de Harlem nos ha aceptado.

¿No crees, Helen?"

"¿Qué?" pregunta. Está guardando el juego y pone las fichas y el tablero dentro del cajón de la mesita.

"La gente de este barrio, entiendes, que ya nos ha aceptado." Greg se acomoda las gafas, que se le han escurrido de nuevo, y el mechón de pelo le cae otra vez sobre los ojos. Lo echa para atrás, despejándose la cara.

"Sí," contesta Helen, mirándome. "Sé que hay uno que sí." Me guiña el ojo. Hablamos.

Sobre todo de tonterías. Episodios de Seinfeld que nunca he visto. Helen y Greg hablan sobre la universidad. Sobre algunos amigos que conocieron en Cornell donde los dos estudiaron.

"Escuché que ella ahora trabaja para Schumer," dice Greg.

"No puede ser," replica Helen.

"Sí, es su asistente. Aunque su cargo suena bien elegante . . ."

"¿Esa cabeza hueca?" dice Helen con incredulidad, "en Cornell siempre estaba en las drogas. La llamábamos Stoned Joan."

"Pues bien, Stoned Joan es ahora 'Stoned Joan Coordinadora Especial."

Me siento un poco aturdido y empiezo a pensar que debería contarle todo a Helen. Sobre mí y sobre el problema en el que estoy metido. Pero entonces veo su sonrisa mientras conversa, y de repente me siento embargado por la felicidad. Como si fuera a salvarme en el último minuto. Dostoyevsky en el cuerpo de incendios. En alguna parte, de alguna manera, alguien intervendría y yo no tendría que llevar a cabo lo que tenía que hacer. No había manera de poderle pagar todo el dinero a Eddie y yo estaba decidido a no ir a D.C. Verla sonreír y hablar tonterías con su amigo me da la esperanza de poder encontrar una solución a todo esto. Así que sonrío con ellos mientras siguen hablando. Helen me dice que uno de estos días me llevará a su bar preferido en Cornell. "The Chapter House, Julio," dice, y suelta un largo suspiro.

Afuera.

Greg estira su flaco brazo blanco y los taxis vuelan en su dirección. Le da un beso a Helen de despedida y me da la mano, dice algo que no alcanzo a entender pero sé que es algo amistoso. Cuando el taxi se aleja, Helen me abraza y dice que necesita entrar a una bodega para comprar agua. A la entrada de la tienda, Helen se tropieza, y la agarro para que no se caiga. Los que se paran en la esquina y que han estado observándonos se ríen. "Oye, ¿no puedes controlar a tu mujer?" gritan riéndose de nosotros, a unos metros de la puerta de la bodega.

Helen alcanza a oírlos y les hace frente.

"¿Perdón?" les dice, "controlar . . . a tu . . . mujer . . . ? "

Los cuatro no se mueven de su sitio pero le dan la espalda.

"No soy la mujer de nadie," dice, moviendo el cuerpo para que puedan verla. Los de la esquina no quieren meterse con ella ni con nadie más. Están trabajando y no quieren llamar la atención. Así que me miran a mí.

"Llévate tu mujer a la casa, ¿okay?"

Esto irrita aún más a Helen, a quien el trago parece inyectarle valor. Recuerdo la primera noche que hablamos.

"Oigan, ustedes . . ." no la dejo terminar. Por detrás, la levanto de la cintura y la llevo lejos de ahí.

"Oye ¿qué haces?"

"Estás borracha, Helen," le digo. "Déjalos tranquilos."

La llevo unos metros más adelante, la pongo en el piso y la suelto. Pero no lo puede aguantar.

"Nunca vuelvas a agarrarme de esa forma," me advierte y empieza a caminar de regreso donde los tipos de la esquina que maldicen en español cuando la ven otra vez, "Coño, esta blanca no aprende," dice uno. "Señora, váyase a la casa," le dicen pero sus ojos me enfocan a mí. "Váyanse a su casa."

"Oiga, mírenme a mí cuando digan eso," dice ella, pero ninguno le pone atención y empiezan a ponerse molestos.

"Si no te llevas a esta enana de aquí vamos a tener que golpearte," me dicen, refiriéndose a lo bajita que es Helen.

"¡Enana!" grita Helen. Por un segundo pensé que iba a patear al tipo en la espinilla.

"Oye, hombre," digo, tratando de ver si puedo reconocer a alguno. Consciente de que cualquiera de los cuatro puede terminar de un momento a otro con esta escena. "Está tomada, ¿okay? ¿Qué quieren?"

"Te voy a mandar a la puta mierda, eso es lo que voy a hacer si no te llevas a esta perra a la casa."

"¡Amenácenme a mí!" Helen está tan furiosa que habla casi a gritos. "¡No soy invisible, su problema es conmigo!"

Los tipos de la esquina piensan que la cosa ya no es divertida, les parezco patético. Como si yo no tuviera nada de autoridad. Ya no quieren una solución pacífica.

"Listo, no me importa." Entonces uno de ellos se viene contra mí, levantando los puños. Me preparo para recibirlo pero sé que no le voy a ganar.

"Conozco al hombre." Raúl aparece. Con seguridad habrá salido del bar y habrá visto lo que sucedía. "No hay problema."

"¿Lo conoces?" los puños del otro se vuelven palmas de nuevo. "Raúl, ¿lo conoces?"

"Sí, yo me hago cargo," les asegura Raúl. "Yo me hago cargo."

Helen lanza entonces su humillación y su furia contra mí. "¿Qué, ahora piensas que soy tu mujer?" me grita. "¿Ahora de un momento a otro soy de tu propiedad?"

"¿Estás seguro de que puedes hacerte cargo?" le preguntan, al ver que Helen y yo seguimos ahí, armando una escena. Raúl asiente con la cabeza.

Sacuden la cabeza y no se van a mover de ahí. Ésa es su esquina, y estoy seguro de que le estarán pagando a quien sea que controla la esquina para poder negociar desde ahí. Se trata de una economía clandestina y Helen la está obstaculizando. Pero como está tomada, piensa que está otra vez en Cornell, de regreso a su salón de clases, y que puede enfrentar cualquier comentario sexista.

"Mira, se tienen que ir a la casa," nos dice Raúl. Helen jadea y resopla como el día que estalló frente a la casa, pero ahora lo hace en la bodega.

"Okay, gracias hombre," le digo a Raúl, "deja que compre agua."

"Sabes que tuvieron suerte esta vez. No soy Super Ratón para salvarlos de nuevo. Tienes que decirle a esa novia tuya que se quede en su sitio. Ya sabes."

"Sí," agradezco que Helen no esté cerca, pues de lo contrario la pelea comenzaría de nuevo. "Ya sé."

"No puede salir y venir con esa mierda a donde mis muchachos. Y sabes hermano," dice, señalándome, "es culpa tuya, hermano. Tienes que entrenar a esa chica blanca."

"Sí, ya veré qué hago," digo, y sé que es muy tarde. Muy tarde para discutir nada más en este instante, especialmente en la calle. Los dos cerramos el puño. Nos damos un golpecito juntando los nudillos.

Helen sale de la bodega y abre la botella de agua. Bebe la mitad de un sorbo. Sus labios están húmedos y frescos cuando me besa unos momentos después y me doy cuenta de que está más borracha de lo que pensaba, pues ha olvidado todo lo sucedido.

De regreso a la casa habla de Greg y de lo buen amigo que es. De las veces que se quedaba en su dormitorio y dormía en el piso después de haber estado bebiendo toda la noche. Cuando llegamos al edificio, puedo ver que Helen se está desvaneciendo, abro la puerta y la ayudo a subir las escaleras. Busco en su bolso las llaves de su apartamento, abro la puerta y le quito los zapatos y la acomodo en la cama. Helen queda profundamente dormida, y su pequeño perfil me hace pensar en las hadas, como Campanita dormida. Le doy un beso y ella apenas si se mueve. Como un gato bostezando. Me asalta de nuevo esa arrolladora sensación de optimismo. Siento como si pudiera hacer cualquier cosa. ¿Por qué me preocupo? Sólo tengo que conseguir veinte trabajos para pagarle a Eddie. Conseguiré veinte trabajos durante veinte años si tengo que hacerlo. Pero puedo hacer esto. Soy el dueño de mi propio destino. Los Orishas me han sonreído. Puede que esté un poco borracho. Pero en este instante, todo parece posible. Beso a Helen en la mejilla una vez más y salgo mientras la puerta se cierra detrás de mí.

14C

El jefe no está de ánimo para insultar a nadie. Los tubos de cobre y latón y los cables que fueron robados semanas atrás no han aparecido. Por lo general, el jefe entrega los cheques a la hora del almuerzo, dando tiempo para que funcione el sistema de intercambio. Todo este intercambio toma tiempo, mientras los dueños de los números del seguro social llegan a recoger sus cheques y les dan algo de efectivo a los obreros, y siempre corta el tiempo del almuerzo a la mitad. Pero hoy el jefe ha retenido todos los cheques. Varios de los obreros están nerviosos, sospechando, con justa razón, que probablemente no les van a pagar.

"¿Qué crees que está esperando?" pregunta Mario.

"No sé," contesto, quitándome el casco de trabajo, "no parece nada agradable, en todo caso."

"¿Fumas?" me ofrece un cigarrillo.

"No, gracias."

"Vamos," dice, "coge uno, aquí no tenemos ninguna de esas leyes de mierda de Bloomberg."

"Ya sé, simplemente no fumo," le digo y miro hacia el trailer donde el jefe está hablando con los dueños de los verdaderos nombres, excepto Mario y yo. "Yo no tengo nada que ver con toda esta mierda. Necesito el cheque."

"Tú y yo, compañero," dice Mario, encendiendo el cigarrillo.

Compañero, me digo, ¿quién usa esa palabra hoy? ¿Cuánto tiempo habrá estado encerrado Mario?

"Oye, tú conoces a Eddie, ¿cierto?" dice, echando el humo a un lado.

"No," digo, sin dejar de mirar hacia el trailer, "sólo quiero mi cheque."

"Lo que digas, compañero," Mario sabe que estoy mintiendo, "pero dicen por ahí que le debes bastante dinero."

Por poco me tuerzo el cuello por la rapidez con la que me volteo a mirarlo.

"Oye, ¿tienes algo qué decirme?"

Mario da unos golpecitos en el aire para tranquilizarme.

"No, no compañero," dice, sin dejar de dar palmadas al aire invisible, "tengo un regla. No meterme en los asuntos de los otros."

"Bien," le digo, y vuelvo a mirar hacia el trailer.

"Pero también sé cuándo dos personas se pueden ayudar la una a la otra."

Mario se pone de cuerpo entero frente a mí. Quiere asegurarse de que lo escucho. Se da cuenta de que no lo hago.

"Oye, Julio," su cara está frente a mí, "¿has escuchado hablar de los N-50?"

Suspiro como si estuviera aburrido, sacudo la cabeza para decir que no, pues no tengo la menor idea de lo que pueden ser los N-50.

"Escucha, los N-50 son certificados de ciudadanía americanos. ¿Entiendes lo que te digo? Es el premio que recibe un ciudadano naturalizado después de pasar el examen de ciudadanía y que lo convierte en americano. Los N-50 valen más que el oro. Ahora imagínate si hubiera por ahí un cargamento de N-50 en blanco. ¿N-50 en blanco? ¿Certificados de ciudadanía en blanco y todo lo que tendrías que hacer es escribir tu nombre y pegar una foto, así de sencillo, y eres americano? ¡Te imaginas lo que pagarían!"

El jefe sale, los dueños de los nombres siguen dentro del trailer.

"¿Me estás escuchando, compañero?"

"No," digo, "sólo quiero mi cheque."

Todos los otros obreros temen lo mismo que yo. Que a todos nos van a descontar plata, o algo peor, que no nos van a pagar. "Escuchen," grita el jefe, "diles Julio, hasta que no aparezcan esos tubos, me veo forzado a descontarles a todos."

"Oye, eso no es justo," protesto.

"Maldita si no. A ti también te estoy descontando."

"¿A mí? ¿Me está descontando a mí?"

"Y a ti también," mira a Mario, que se encoge de hombros como si supiera cómo asimilar el golpe, aunque yo sé que no puede. Simplemente juega a mostrarse tranquilo, a pesar de que lo hace mal. "Cuando los de la oficina vengan a preguntar por esos tubos, ojalá ya hayan aparecido o no habrá un maldito pago."

"¿Y esos que hacen?" pregunto, señalando a los dueños de los nombres en el trailer.

"¿Ésos?" dice el jefe, "están ajustando la paga de estos tacos."

"No pueden hacer eso. No han levantado un dedo . . ."

"Si no les gusta, se pueden ir," dice, "¿y cuándo les vas a dar las buenas noticias?"

Sé que los obreros ya saben. No hablan inglés pero lo comprenden y pueden sentir las malas vibraciones en cualquier lengua. El jefe se retira y los obreros me rodean. Me preguntan en español si van a recibir la misma cantidad de dinero de siempre. Les digo que ninguno de nosotros la va a recibir. Empiezan a maldecir y a hablar entre ellos. Alcanzo a escuchar todo tipo de sugerencias, como golpear al jefe y agarrar el dinero. Se calman un poco, pero siguen molestos. Cuando los dueños de los nombres salen del trailer, todos los obreros quedan en silencio y bajan la mirada al piso. Los blancos los intimidan. Prefieren no hablarles o mirarlos directamente a los ojos. Para ellos, los blancos son desagradables y abusivos. Y cuando algún blanco se muestra cortés y amigable, se ponen recelosos, preguntándose qué será lo que pretende.

Los blancos, los dueños de los nombres, tampoco están contentos. Hablan entre sí de "deshacerse de éstos y buscar otro lote." Un grupo nuevo que no les robe. Otro de los blancos se muestra en desacuerdo. "Todos son ladrones," dice, "estos tacos no tienen honor." Otro comenta que no deberían pagarles nada. Pero al final todos transan y les dan a los obreros algo de dinero por su trabajo. Sólo se me ocurre que la inconveniencia de "buscar otro lote" excede lo que han perdido.

Los trabajadores no están contentos pero toman lo que les dan. Varios ni siquiera se preocupan por contar los billetes. Maldicen, escupen, maldicen y vuelven a escupir. Pero agarran el dinero y lo guardan en el bolsillo.

Voy hasta donde el jefe en el trailer. Golpeo y entro. Está haciendo cambios en los libros de contabilidad.

"Oye," le digo, interrumpiéndolo, "¿hasta cuándo nos va a descontar?"

"Hasta que quede todo pagado. Cada tubo," dice, "dile a Mario que venga por su dinero."

"¿Dónde está mi cheque?" pregunto. Con descuento o sin descuento, necesito la plata.

"Eddie lo tiene. Dice que le debes dinero."

"¿Qué?" protesto.

"Arréglate con Eddie. Yo sólo sé que hay que pagar por esos tubos."

"Eso no es justo."

"Mira, ve y habla con él si quieres. Pero vete. Además, tengo que descontarte un hora extra por ausencia."

Salgo del trailer. Antonio observa a Mario igual que un perro cuando odia a otro perro. No se pueden mirar un segundo el uno al otro sin gruñir. Mario lanza el humo con arrogancia, como si fuera un aristócrata. Antonio debe estar pensando en asesinar y estrangular a Mario.

"Mario, el jefe te necesita," digo.

Mario muestra una sonrisita, soltando el humo por entre los dientes.

Apaga el cigarrillo y pasa al lado de Antonio, retándolo a que lo empuje a un lado. Antonio se pone el casco de trabajo y bebe algo de agua de una botella de plástico. Los dueños de los nombres se han ido todos, no hay rastro de sus camionetas.

Antonio y los otros obreros se han reunido en un círculo cerrado. No me uno a ellos. Los escucho hablar sobre una mujer. Antonio dice que él no sabe el nombre, pero dicen que ella puede hacerlo a uno americano. Supuestamente ella cuenta con mucho poder y lo puede hacer gratis. Se entusiasman y Antonio les habla sobre el amigo de un amigo que ahora puede viajar ida y vuelta a México, o a su país de origen, gracias a esta mujer. Los obreros se animan aún más cuando Antonio les dice que él va a encontrar a esa mujer, que de alguna forma lo hará, hablará con ella, y tal vez todos serán ciudadanos, dentro de poco americanos. Pienso que Antonio sólo quiere que se sientan mejor. Contándoles este tipo de historias inverosímiles, como la segunda venida de Cristo, les está dando esperanzas.

En la cafetería, un mesero me dice que Eddie va a la misa de tarde más o menos a esta hora en Nuestra Señora del Monte Carmelo. Camino un par de cuadras hasta la iglesia y me digo que si Eddie me retiene la paga estoy perdido. Si no le puedo pagar a Papelito, Papelito pierde la botánica y yo pierdo el apartamento. Si él falla, yo fallo. Si sólo se tratara de mi casa, la quemaría. Así acabara conmigo, lo haría. Quedar sin nada por causa del fuego nunca me ha asustado. Cuando era niño en Spanish Harlem, me dormía con el arrullo de los carros de bomberos. Era un sonido al que me ajusté. Era tan natural como los ronquidos de mi padre. En la escuela, los bomberos llegaban para hacer demostraciones de lo que había que hacer en caso de un incendio en la casa. "No es el fuego," nos decían, "sino el humo lo que lo ataca a uno. Así que pónganse de rodillas." Aún así, uno sabía cuando alguien había muerto incinerado por el olor a pelo quemado. Era un poderoso olor que podía devorar una manzana entera de la ciudad.

Recuerdo un incendio, maligno y furioso, que se llevó la vida de siete mujeres solas. La madre de la prole era una mujer hermosísima recompensada con una cabellera larga y exuberante que le cubría toda la espalda hasta la cintura. Este rasgo sería heredado por sus seis hijas, que se llevaban sólo un año de diferencia entre cada una. Pero sólo llegó hasta ahí. Las hijas no resultaron muy agradables para la vista. Cuando las muchachas llegaron a los trece, cuatro ya eran completamente obesas y las otras dos sufrían de un caso serio de acné, tan grave que sus caras se veían siempre húmedas y babosas. Por esa época el padre abandonó a la familia, y la gente bromeaba cruelmente al decir que sus hijas lo habían hecho salir corriendo del susto. No eran muchachas muy populares, estaban siempre pegadas. Recuerdo verlas en la iglesia siempre sentadas juntas, cuatro de ellas comiendo chocolate a escondidas durante el sermón. Nunca hablé con ellas, pues eran mayores que yo, excepto por la menor, Aracelis. Pero me gustaba sentarme en la banca detrás de ellas, pues todo lo que uno veía al frente era esta increíble selva de pelo. La imagen era perfecta, hermosa y sutil. Era sólo cuando la congregación tenía que ponerse de pie y cantar al Señor que la cruel realidad lo golpeaba a uno. La madre guardaba la esperanza de que alguna de sus hijas encontrara un hombre y se casara. Había hablado con el pastor. Buscaba respuestas. ¿Por qué Dios les había jugado esa broma a sus hijas? ¿Por qué les había tomado del pelo de esa manera? ¿Quién querría casarse con ellas? El pastor le sugirió que invirtiera todos los ahorros en un auto usado y se lo diera a la mayor. Con seguridad un hombre se sentiría atraído, si no por la chica por lo menos por el auto. La madre hizo lo que le dijeron. Pero el auto era robado, y después vino el incendio y ninguna terminó casándose nunca. Después del incendio, el edificio de cinco pisos donde vivían quedó en ladrillos de concreto. A las ventanas y las puertas les pusieron tablas. Y así se quedó, cerrado como un baúl, como una caja ocultando sucios secretos. Pero años después se dijo, cuando el vecindario empezó a echar para arriba y el edificio quedó para renovación, que al quitar la primera tabla de la entrada, una nube gruesa y oscura se escapó gritando. Aquellos que estaban presentes dijeron que olía terrible. Los que estaban ahí dirían que olía a pelo quemado.

Nuestra Señora del Monte Carmelo en la 112 con Lexington es hermosa. Está hecha de caliza y piedra, y siempre está fresca adentro, incluso en el verano. A Eddie le gusta más esta iglesia que la de Santa Cecilia en la 106, pues se encuentra más cerca al sector de su vecindario. El sector que era italiano. Y ahora, como el resto del barrio, uno sólo encuentra residuos de ese pasado.

No estoy vestido para ir a la iglesia y llevo el casco puesto sobre el pecho, al menos para mostrar algo de respeto. Veo a Eddie hacia el altar, arrodillado, rezando y esperando que la hostia se le disuelva en la boca. A su lado hay cuatro mujeres. Probablemente las mismas cuatro que han estado viniendo aquí todos los días, año tras año, a un servicio al que nadie asiste o considera importante.

La misa acaba de terminar y me siento en una banca y espero a que Eddie me vea.

Un sacerdote joven camina hasta donde Eddie y lo abraza. Eddie me ve y se acerca.

Se sienta a mi lado. Aún tiene las cuentas del rosario en la mano.

"Crecí con su padre," Eddie apunta hacia el sacerdote con la mejilla, "ahora el hijo pone cosas en mi boca."

"¿Por qué me estás haciendo esto?" le pregunto.

"Siempre me pierdo en las piezas del altar. Crucifijos, vidrieras, trípticos, murales. Cristo agonizando entre los dos ladrones." Dejo que Eddie divague. Éste no es muy buen lugar para quejarse por dinero, especialmente cuando se lo debo yo. ¿O quizás estar en la iglesia no sería el mejor momento?

"Mira hacia allá," dice apuntando de nuevo con la mejilla hacia una vidriera que muestra un mural con las tres Marías. "Cuando niño siempre me preguntaba quién habría sido el último cliente de María Magdalena. Me volvía loco. ¿Habría sido Cristo? Me volvía loco. Así como este sitio me vuelve loco. Mira alrededor, Julio. Gente como tú y yo, aquellas tres." Miro hacia las tres mujeres rezando. Están vestidas de gris y parecen ratones. "Y además te encuentras con santos, profetas, ángeles, diablos, demonios todos bajo un mismo techo.

¿Cómo se pueden tener todos estos contrarios bajo el mismo techo?" pregunta y me doy cuenta de que tiene la voz ronca, como si estuviera resfriado.

"No lo puedo hacer," le digo. "Sé que te debo dinero, pero no puedo incendiar mi edificio."

Eddie deja la divagación.

"Entonces acepta el trabajo," dice y observa las vidrieras.

No lo puedo hacer.

Eddie deja de observar las imágenes en las vidrieras y gira la cara para mirame.

"Crees que es sencillo. Crees que todo es así de fácil."

"No," me interrumpe. "Nunca lo disfruté ni un poco. Nunca lo disfruté para nada. Ver toda esa destrucción, todas esas vidas arruinadas, esos niños quemados. Algunos propietarios enviaban flores a las familias. Pero yo sabía que sus condolencias eran falsas. Cada edificio que incendiaban les significaba dinero. Otros contrataban gente como yo, no les importaba. A la ciudad tampoco le importaba y yo dejaba de pensar en eso todo lo posible pero entonces, cuando tuve mis propios hijos, bueno, hice lo que pude. Lanzaba el rumor. Le pagaba a algún soplón para que corriera la voz del día exacto cuando venía el incendio. Deberías haber visto la cara de los bomberos, Julio, cuando se encontraban con familias enteras en la calle, con maletas empacadas como si se fueran de vacaciones." Eddie baja la cabeza. ¿Es vergüenza, culpa, lo que veo?

Pienso una vez más en lo comunes que eran los incendios cuando era niño. Un forma de vida incluso. Algunas veces se colaba la fecha del día cuando el propietario le prendería fuego a su edificio. La fecha del incendio se anunciaba con suficiente antelación para que la gente pudiera escapar. Así como lo dice Eddie. Los chicos se acercaban a los profesores y decían, "No puedo venir para el examen del martes porque ése es el día del incendio." Y los profesores quedaban tan perdidos como Oscar Lewis. Pero los otros chicos sabíamos que ése no regresaría a esta misma escuela. Perdí muchos amigos por causa de los traslados. Hasta que me llegó el turno a mí. Hasta cuando yo y mi familia fuimos expulsados por el fuego.

"Pero tu gente, ustedes se defendieron maravillosamente." Eddie levanta la cabeza de nuevo. "Las familias resistieron con tenacidad. Cuando los propietarios les cortaban la calefacción, ustedes sobrevivían inviernos enteros envueltos en ropas, con las estufas de gas encendidas toda la noche. Cuando las facturas llegaban muy altas, ustedes no las pagaban sino que se las enviaban al propietario." Eddie sonríe, como si se sintiera orgulloso. "Con-Ed, sin embargo, también estaba ahí, así que les cortaban los servicios. Entonces ustedes conectaban cables a la corriente municipal o a los postes de luz. Cuando los drogadictos se robaban la tubería costosa y la plomería dejaba de funcionar, ustedes recogían el agua de los hidrantes de incendios. Llenaban de agua los galones vacíos de leche, uno detrás de otro." La voz de Eddie se había convertido en un orgulloso susurro. "Para la ducha y las tareas sanitarias visitaban a sus familiares o a un amigo cuyo edificio no había llegado todavía a las mismas condiciones." Eddie me mira y quisiera decirle que su hijo es igual. Que Trompo Loco es extraordinario. Pero tengo la sensación de que Eddie quiere decirme algo más. "Cuando el Departamento de Sanidad dejó de recoger su basura, llegaron las ratas. Ustedes compraron gatos. Aquellos que tenían hijos asmáticos compraron trampas para ratas. Los ghettos se volvían cada vez más y más locos. Ustedes resistieron hasta donde pudieron. Pero la ciudad los atacó con algo que sabía que ustedes no podían defenderse: el fuego."

Eddie se pone de pie.

"Cuando la conocí," su mirada parece distante, como si mirara algo allá que viene del pasado y que no puede enterrar, "ella aún vivía en uno de esos miserables edificios. Era sólo cuestión de tiempo antes de que me ordenaran cargar con ese edificio."

Bajo la cabeza.

Yo había tenido mis sospechas, pero no contaba con nada, nada en absoluto para confirmar la convicción de que Eddie había incendiado la casa de su propia amante. Trompo Loco había sido quemado, pero igual lo habíamos sido todos los demás. Eso no significaba nada. Las historias sobre la inestabilidad mental de la madre de Trompo eran ciertas y algunos habían dicho que ella misma incendió la casa. Pero yo nunca lo creí del todo. Yo había visto a la mujer, y por más aterradora que fuera no paraba de conversar, aún había algo bueno en ella, una parte suya aún se podía salvar. Lo que ahora sé es que esas historias ignoraban el hecho de que Eddie la arrastró más allá de cualquier ayuda. La arrastró a una condición tan triste que ella se convirtió en el chiste del barrio, un chiste que no era muy divertido. Se convirtió en una leyenda, la señora loca que asusta a los niños. La señora cuya puerta ninguno se atrevía a golpear la noche de Halloween.

"¿La casa de quién Eddie?" pregunto. "¿Quién era esa mujer?"

Eddie da un gran trago de saliva, se limpia el paladar, como si tuviera mal sabor en la boca. Voltea la cabeza para mirarme y vuelve a mirar hacia el altar.

"Te diré quién es el verdadero villano en todo esto."

Entonces comprendo que Eddie no va a reconocer nada. Por lo menos nada que tenga que ver con él.

"El verdadero villano en todo esto fue el hombre que estaba detrás de quienes me contrataron a mí. Moses. Robert Moses. Reacomodaba a la gente como ganado."

Eddie deja de hablar—¿o está haciendo memoria?

"Pero yo no soy así. Hice lo que tenía que hacer, pero hice lo posible para que no fuera tan grave. Te revelaré un secreto, Julio. La cosa más difícil en este mundo, Julio," dice, apuntándome con un dedo, "es ser un mal tipo bueno."

"Tú no quieres ese trabajo en D.C. más que yo, Eddie." Se me acaba de ocurrir. "Ellos te ordenaron que buscaras a alguien. Alguien por quien pudieras dar fe. Alguien en quien confiaras y que no te costara más dinero."

"A menos que lo hagas en tu propio edificio, es tu única opción, Julio."

Durante un par de segundos, ninguno de los dos dice nada, y Eddie simplemente se queda ahí como un chico que jugara rojo, verde, un, dos, tres. Sigue en silencio, elevándose por encima de los bancos. Bajo la cabeza y descubro que la iglesia en silencio hace ruidos. Murmulla como motores budistas. Nuestra Señora del Monte Carmelo está en silencio, pero de alguna parte sale este rumor de fondo. Este murmullo.

"No creo que necesite confesarme." Eddie sale del trance y empieza a caminar, entonces se voltea a mirarme, "cuida a tu amigo. Asegúrate de hacerlo."

"¿Y mi cheque?" digo.

"Lo voy a retener a cambio. Me aseguraré que lo devuelvas. Lo haré."

Y Eddie regresa hasta el altar. Se arrodilla lentamente. Las viejas rodillas deben de molestarle, pues puedo oír cómo le crujen desde donde estoy sentado. Las rodillas hacen un ruido como de huesos que estuvieran siendo estirados y partidos. El sonido repercute hasta que muere y se mezcla con los sonidos sagrados que nos rodean.

Trompo Loco está sentado en el sofá, con una bolsa de hielo en la cabeza. Mi madre, mi padre, y Maritza le limpian las heridas y la nariz ensangrentada. Me encuentro afuera en la puerta, conversando con tres de los activistas que lo trajeron hasta aquí. No dejan de pedir disculpas y hasta trajeron con ellos casi todas las cosas de Trompo.

"No quisimos hacerle daño, ¿tú sabe?" dice un tipo delgado con bigote, "pero éste es un asunto serio. Sólo intentábamos sacarlo, pero empezó a dar vueltas como loco y se golpeó."

"Mi esposa y mis hijos viven allá y sabes, estoy luchando para mantenerlos," dice otro activista mientras me pasa una caja llena de ropa. "Si él quiere pasar y recoger el resto de sus cosas, puede hacerlo."

"Sí, no vamos a tirar nada," me asegura otro pretendido activista, una mujer. "¿Puedo decirle que lo sentimos?" Trata de mirar dentro de la casa.

"Déjenme preguntarle," les digo.

"Sin resentimientos," dice la mujer.

Levanto la caja con la ropa y entro. Trompo Loco respira hondo y con furia. No me importa si dejo que los activistas entren a pedirle disculpas y los golpee, pero no quiero que empiece a dar vueltas y se haga más daño.

"Trompo, ¿te sientes mejor?" le pregunta mi madre, y él no responde sino que aprieta los labios con fuerza y voltea a mirar hacia la pared.

"Julio," dice Maritza, "esta gente le hizo a él lo que ellos no quieren que el dueño del edificio les haga a ellos."

"No, yo le había dicho que esto le iba a pasar," volteo a mirar a Trompo, "¿no te dije que esto iba a pasar? Listo, ¿estás contento ahora? ¿Ves?"

Trompo se encoge, estrecha y levanta los hombros. Se escurre en el sofá como un cachorro. Un cachorro con una bolsa de hielo en la cabeza.

"Julio, bendito, el pobre muchacho . . ."

Interrumpo a papá.

"Nada de pobre muchacho, no me quiso escuchar." Vuelvo a mirar a Trompo. "No me quisiste escuchar."

"Basta ya," dice mi madre, "sin gritar."

Nadie hace caso.

"Eso no está bien," dice Maritza, "no fue justo. Tenemos que hacer algo . . ."

"¿Cómo qué, Maritza, como qué? Esta gente está haciendo sólo lo que ellos creen que es correcto. No están hiriendo a nadie, sólo quieren una casa, como todo el mundo."

"Así como Trompo también quiere una casa . . ."

"¡Trompo tiene que escucharme a mí!" le digo una vez más a Trompo.

"Aún así no es justo, Julio," dice Maritza, "¿qué vamos a hacer al respecto?"

"Nadie va a hacer nada," dice mi madre, "gracia a dio que está bien. Ahora Trompo va a vivir con nosotros . . ."

"No, no puede," digo enseguida, "nosotros también necesitamos ayuda. No creo que nos podamos quedar aquí Ma, ¿no te lo había dicho?"

"Éste es Trompo, claro que puede vivir con . . ."

Interrumpo de nuevo a papá.

"No puede, es probable que todos tengamos que irnos . . ."

Trompo entonces me interrumpe.

"Pero tú me dijiste que viniera a vivir aquí. Me dijiste que podía venir. Quiero venir aquí. Quiero venir aquí."

"Ahora sí quieres venir hijo de puta, preciso ahora . . ."

"Mira," salta mamá, "esa boca. No se dicen groserías en mi casa."

"También es mi casa," digo y siento que la rabia sigue acumulándose con todas estas cosas de las que me tengo que preocupar. "No puede venir aquí."

"Habla con mi papá," Trompo gime como un cachorrito que ha perdido a la mamá, a punto de llorar. "Habla con él, Julio."

Mis padres esperan mi respuesta. Como todos los demás, ellos saben quién es el padre de Trompo. Los miro y grito con rabia.

"No voy a hablar con tu papá, ¿está claro?"

"Creí que habías dicho que él no era mi papá," replica Trompo.

"No es tu papá . . ."

"No, no, acabas de decir que es mi papá . . ."

"Escúchame, ¡él no es tu papá! ¡Y si lo fuera él nunca va a hacer nada por ti! ¡Así que deja de llorar, deja ya esa mierda 'habla con mi papá, habla con mi papá' como un bebé quejándose, y convéncete de una vez que él no es tu papá, y empieza por hacerme caso cada vez que te digo que hagas algo!"

Suena el timbre de la puerta. Voy a abrir. Les digo a los activistas que se vayan a la casa, Trompo no quiere hablar. Cierro la puerta. Maritza tiene los brazos cruzados como si esperara a que yo le dé algo.

"¿Qué vas a hacer, Julio," dice, "al respecto?"

"¿Qué quieres que haga?"

"Algo."

"Bien, ¿por qué tú no," le contesto con una mueca de burla, "por qué tú no empiezas a hacer algo? ¿Por qué no empiezas a pagarle a Trompo por su trabajo. ¿Ah? ¿Qué tal, ah? Y déjame tranquilo."

Kaiser sale de ninguna parte, como si hubiera estado durmiendo y lo hubiéramos despertado.

"¡Perfecto!" grita Maritza, "acabamos de ver lo que le pasó y tú sólo quieres culpar a alguien más en lugar de hacer algo . . ."

"¿Cómo qué, Mari, como qué? ¿Quieres que vaya allá por la noche cuando todo el mundo esté durmiendo y encienda el edificio?"

Todos me miran incrédulos. Excepto Trompo, todos tienen la misma expresión seria, como si trataran de descifrar un enigma.

"¿Eso es lo que quieres que haga, Mari? Porque lo puedo hacer. Puedo dejarlos a todos sin casa y entonces así quedas contenta, ¡todo sería una maravilla!"

"¿De qué estás hablando?" pregunta mi padre, "¿quemar qué?"

Con todos estos alaridos y gritos, con toda esta rabia, lo dejo pasar.

Señalo el gato.

"¡Todo esto es culpa tuya!" El gato se lame los bigotes como si no le importara nada.

"¡Debí haber dejado que te quemaras!" grito.

Ninguno sabe de qué diablos estoy hablando.

Vuelve a sonar el timbre.

"¡Puta!" grito, "¡Ya les dije a esos malditos activistas que se largaran a su maldita casa!"

Para este instante he perdido a mamá, papá y Maritza. No pueden soportarme y lo sé.

No abro la puerta, y grito.

"¡Váyanse a la maldita casa!"

El timbre suena otra vez.

"¿Necesitan un maldito mapa?" grito de nuevo y una fastidiada Maritza se dirige a la puerta para abrir.

Es Helen.

"Hola," dice, un poco incómoda, pues con seguridad habrá escuchado los gritos, "hay un grupo de mujeres abajo, en la iglesia, preguntan por ti."

"¿Por mí?" dice Martiza frunciendo el ceño.

"Sí," dice Helen. Imagino que percibe que algo no está bien, no en mi sala sino afuera. "Dicen que lleves una escoba . . ." agrega Helen. "No sé por qué, pero dicen que lleves una . . . ¿escoba?"

Maritza voltea a mirarnos. Tiene la cara pálida y totalmente aterrorizada. Algo con relación a esa escoba hace que toda la casa se sacuda de miedo como si en lugar de una escoba le hubieran pedido que buscara un arma.

"Señora Santana, necesito su escoba." Mamá se retira del lado de Trompo y papá toma el puesto para atenderlo.

"Voy contigo," le digo a Maritza.

"No, no puedes, Julio," contesta nerviosamente y mira a Helen. "Tenemos que manejarlo nosotras."

Helen asiente con la cabeza varias veces y rápido, como si ya se hubiera convencido de ir, aunque está tan perdida como yo.

Mi madre le entrega la escoba a Maritza. La agarra.

"Ten cuidado, Dios lo cuide, santo Señor." Dice mamá, convencida de que algo grave está pasando, algo aún más grave de lo que le acaba de pasar a Trompo Loco, y que sólo Maritza sabe de qué se trata. La inminencia de la situación obliga también a Helen a pensar en otra cosa. Por la expresión de los ojos, ha visto algo afuera sin duda desagradable, como un linchamiento. No hemos vuelto a hablar desde la noche que estuvimos bebiendo. No me ha escrito ninguna carta pero, reconsiderándolo, no tenía por qué hacerlo. Esa noche no resultó tan terrible. Ahora mismo, hay algo que requiere atención inmediata, no puede esperar, y conociendo a Maritza, sé que es algo feo. Maritza sale disparada de la casa y Helen la sigue. Aunque Maritza me dice que no vaya, no le hago caso y salgo detrás de Helen.

Afuera, Papelito se encuentra rodeado por varias mujeres furiosas. Muchas son de la iglesia de Maritza, inmigrantes recién llegadas. Helen se les une, sobresaliendo como un pez dorado.

"Mari, Mari." Las arrugas en su cara forman canales perfectos para que baje el sudor, como agua en un acueducto.

"Papelito, ¿qué pasó?"

"Oh Dios, Mari," Papelito no puede encontrar las palabras.

"Cálmate, cálmate, ¿qué pasó?" dice Maritza.

"La volvió a tocar, Mari. Lo hizo otra vez."

La cara de Maritza se pone pálida. Se le abren los ojos. Agarra con fuerza el mango de la escoba, como si estuviera a punto de torcerle el pescuezo a una gallina.

"Está en la esquina de la 103," dice Papelito, y más o menos una docena de mujeres con escobas siguen a Maritza. Helen no lleva escoba, pero es arrastrada por la situación y sigue a las demás. Voy detrás. Llegamos a la 103, y todas las mujeres rodean a un tipo parado frente a una bodega. El tipo, de corta estatura, el pecho en forma de barril, levanta los ojos de su cerveza y mira a las mujeres. Les pregunta en español, ¿qué quieren? Ellas no le contestan. Imagino que reconoce a alguien en la multitud y empieza a alejarse, pero las mujeres lo siguen. Con Maritza y Papelito al frente, las mujeres empiezan a golpear al tipo con las escobas. En lugar de defenderse, el hombre suelta la cerveza y empieza a correr. Las mujeres lo persiguen, dándole golpes con las escobas y los traperos. El hombre cae y vuelve a levantarse, intenta correr de nuevo, pero se detiene y enfrenta a las mujeres. Respira con fuerza y podría matarlas a todas sólo con la rabia. Tiene los ojos desorbitados, y los dos grupos se observan como si se tratara de la caza de una gallina. Maritza empieza a gritar, "Pa'que nunca ma' la toque'." Las demás mujeres se unen al grito. "Pa'que nunca ma' la toque'." El hombre tiene los puños cerrados y aprieta los dientes, pero sigue inmóvil ahí, resoplando y furioso. La razón por la que el tipo no ataca a las mujeres no se debe a que lo superen en número o porque se encuentre muy cansado, sino porque varios hombres que han observado esta muestra pública de humillación también han empezado a burlarse de él. Otros de los que se paran en la esquina no dejan de reírse y decir "¡Toma!" y "¡Pa'que aprenda!" Se burlan del otro que además sabe que si golpea a alguna de estas mujeres, los hombres dejarían de burlarse y se unirían a la golpiza, y los hombres no llevan escobas o traperos sino puños.

Los de la esquina siguen burlándose del hombre que ha sido perseguido por las mujeres con sus escobas. Dicen, "Denle más duro," o "¡dale un mapaso!" La risa de los tipos aumenta al tiempo que la esposa del hombre sale por entre el grupo y le empieza a gritar. "Y nunca más vengas a casa." La mujer sigue gritándole a su marido, contándole a todo el mundo sobre su bebedera y transgresiones, lo que hace que los de la esquina se rían aún más. Pero entonces la mujer empieza a llorar y cae de rodillas al piso, quejándose, "¿Por qué? . . . ¿Por qué?" Descubro a la muchacha a quien Maritza y yo ayudamos a revirginizar. Está llorando de nuevo, y esta vez es Papelito quien la abraza con fuerza.

"El doctor le dijo que tiene el monstruo." Los hombres de la esquina se quedan en silencio. Las repulsivas palabras de la mujer llenan la calle y permanecen suspendidas en el aire, como odiosos bichos silenciosos dando vueltas alrededor. Durante ese instante terrible, todo el mundo permanece inmóvil, mirándose uno al otro sin hablar, ignorando qué pensar al respecto. Los gimientes ojos de la mujer están plagados de preguntas, de porqués, y los del hombre siguen llenos de odio. La calle está colmada de mujeres con escobas y de hombres cuyas burlas han quedado silenciadas por lo que acaba de ser revelado.

Lentamente empiezan los murmullos. Después aumentan de intensidad: "SIDA," y entonces los hombres que se habían acercado empiezan a retirarse poco a poco, murmurando entre ellos, "Un desastre. Contagió a toda su familia." Las mujeres de las escobas ayudan a la esposa a levantarse que no deja de gemir y vuelve a derrumbarse en el piso como arcilla seca. "Después que operaron a mi hija." Se lamenta la esposa, "Tú tienes que tocarla otra vez." Entonces comprendo lo que sucede. Entiendo la expresión aterrada de Maritza un rato antes. La muchacha que Maritza y yo llevamos para que le restauraran el himen se iba a casar, pero su familia temía que su marido la devolviera una vez descubriera que la mercancía estaba dañada. La operación se haría cargo, excepto que era el padre quien la había abusado y que, aún peor, tenía el monstruo. La gran enfermedad con el pequeño nombre.

Helen y otras mujeres le indican a la esposa que respire profundamente, pues la mujer ha empezado a hiperventilar. "Respira, cariño," le dice Helen. "Respira," repite Helen, mientras la mujer traga sus espasmos secos y sollozantes. "Respira, mijo." Maritza se une al grupo, pues la mujer se encuentra en peligro de hiperventilar poco a poco y desmayarse. Maritza la golpea suavemente en la espalda, "Respira." "Un poco de agua," le dice Helen a una de las mujeres, que corre hacia la peluquería. Papelito sostiene con fuerza a la hija, quien tiene la cara enterrada en el pecho de Papelito. "Respira, cariño," Helen arrulla a la mujer. "Respira, Carmen, respira," insiste Maritza, y tan pronto como los secos sollozos empiezan a llevar suficiente aire a sus pulmones, empieza a gemir de nuevo, vaciando su cuerpo de sonido.

El marido permanece inmóvil, las manos apretadas en dos puños. Entierra las uñas con fuerza en sus palmas. Tiene el rostro enrojecido, y mira fijamente a su esposa con un odio que le seca a uno la garganta. Por un segundo, intenta decir algo pero su boca simplemente se sacude nerviosamente.

Las mujeres con las escobas rodean a Carmen. La hija se retira del reconfortante lado de Papelito y abraza a la mamá. La hija sigue llorando; Carmen se ha tranquilizado. Papelito mete la mano en uno de los bolsillos de su bata. Saca un cigarro y lo enciende. Expulsa con habilidad suficiente humo como para rodearnos a todos. Papelito ha empezado a lanzar humo y a hablar en un dialecto que ninguno de los que estamos ahí comprende. Papelito vuelve a meter la mano en el bolsillo. Arroja un poco de polvo blanco al rostro del marido. Le llueve por encima de la cabeza, como rociándolo con tiza blanca. El hombre no se mueve. Respira tan fuerte que puedo escuchar cada furioso jadeo. Está tan furioso que le empiezan a rodar por la cara lágrimas silenciosas de derrota.

Lentamente, todo el mundo empieza a alejarse de su lado. Continúa inmóvil, como si tuviera las suelas hundidas en cemento.

"Tal vez creíste que estabas hecho de hierro, que el monstruo nunca te iba a atrapar," una mujer escupe a los pies del marido mientras se aleja.

Carmen toma la mano de su hija y sigue a Papelito, quien conduce a todas las mujeres de regreso a la iglesia. Por el rabillo del ojo alcanzo a ver que Antonio cruza la calle. Cuando se encuentra con Maritza, la abraza como si él hubiera sufrido con ella toda esta angustia. Maritza lo abraza como si hubiera estado esperando su llegada. Antonio le despeja el pelo de la cara y los dos, también, caminan en dirección a la iglesia.

Helen no sigue a la multitud. Está ligeramente conmocionada. Permanece inmóvil, los ojos sin mirar hacia ninguna parte en particular. La nariz le empieza a gotear y trata de controlar las lágrimas. Camino detrás de ella. Se da la vuelta y me observa con tristeza y al mismo tiempo con incredulidad. Durante un maravilloso segundo tengo la certeza de que Helen se va a lanzar a mis brazos. Sollozar en mi hombro. La abrazaré con fuerza, le despejaré el pelo y le daré un beso. Diciéndole que todo está bien, que no hay problema con lo de la otra noche. Que no hay problema con lo que sucedió hoy. En cambio, Helen se limpia las lagrimas con el dorso de la mano. Le estiro los brazos, pero me empuja a un lado, como si necesitara estar sola.

La dejo tranquila y camina en dirección a la galería.

Volteo a mirar al marido. No se ha movido ni un centímetro. Se ha puesto de rodillas y reza frente a la peluquería. Sostiene una diminuta cadena con una cruz de oro frente al rostro. Besa la figurita sujeta a la cruz y susurra una oración.

Los tres peluqueros que administran la peluquería han visto todo lo sucedido y salen. Uno lleva una jarra de agua.

"¡Pa 'fuera! ¡Fuera de aquí" dice y empapa al marido con el agua.

El hombre se retira de un salto, como si el agua estuviera hirviendo o totalmente helada.

"Si ese santero del diablo no te mata primero lo haré yo," dice otro de los peluqueros.

"Cabrón, fuera. Estás maldito." El tercer peluquero patea al humillado marido cuando empieza a alejarse. El marido camina sin quejarse como si estuviera roto, como si ya no le importara nada su vida ni su dignidad.

"¡No vuelvas por aquí nunca más!" El que lleva la jarra se la lanza al marido. El recipiente plástico golpea al hombre en la cabeza, rebotando sobre la acera, donde termina encima de un montón de basura.

"¿Rezándole a Dios?" comenta con desprecio uno de los tres mientras vuelven adentro de la peluquería. "¿Y dónde estaba Dios," dice el peluquero, "cuando se lo estaba haciendo a su hija? Pal carajo. Tú no sacas esa cruz, no enfrente de mi peluquería, no señor. Pal carajo, qué se cree."

Voy a la bodega y compro cinco mangos, cinco Snickers, cinco Hostess Sunny Doodles, y también cinco velas amarillas, de las grandes. Me detengo un momento en los chinos, y compro una bonita bufanda de seda y cinco bolitas de colores. Regreso a la casa, subo y arreglo la ofrenda. Extiendo la bufanda en una de las esquinas del piso del cuarto, como si me preparara para un picnic, y pongo con cuidado todos los dulces en platos. Enciendo cada vela rezando la oración que Papelito me enseñó. Me reprocho no tener una pluma nueva de pavo real, pues la vieja está descolorida y opaca. Le pido disculpas a la diosa Ochún, y espero que ella me ayude.

Ya estoy listo para bajar y ver a Helen.

Bajo las escaleras y golpeo en la puerta de Helen.

Cuando Helen abre la puerta, no se me ocurre otra cosa que decir excepto, "Recibí tu carta," digo, "era hermosa." Sonrío y agrego, "A mi papá también le pareció."

"Bueno, desearía no haberla enviado," dice, sin asombro, "pues estás hasta la coronilla con la carta."

"Lo siento," digo, "Lo siento." Sólo sé que después del incidente del otro día, no quiero pelear ni discutir con nadie más.

"Sabes, Julio," dice sin invitarme a seguir. "Me hiciste sentir muy mal. Muy mal."

"¿Cuándo?" pregunto, aunque estoy seguro de haberlo hecho. Lo hago tan seguido que ni siquiera me doy cuenta.

"La noche que dijiste todo eso sobre que éste era tu barrio." Cambia de postura, de tal forma que pueda sostener la puerta con una mano y su vaso con la otra. "Bueno, lo sentí así, okay. Tal vez él tenga razón. Tal vez tengo que hacerlo mío también. Tengo que reclamarlo. Quería hablarte tanto de esto pero no pude encontrarte, así que te escribí esa carta . . ."

"Era una carta hermosa . . ."

"No, espera," me interrumpe y bebe un sorbo. "Porque después de lo que me dijiste, asistí a una reunión del concejo de administración local. Estaba pensando, okay, si éste es ahora mi hogar, debo entrar en contacto con mi comunidad. También estaba convencida de que tú estarías ahí por todo ese montón de cosas que salía de tu boca. Imaginé que estarías ahí. Bien, pues había unas doce personas. Sólo doce, Julio. Entonces me dije, no paran de hablar sobre la remodelación de los edificios y en realidad les importa un pepino. Mira todas estas sillas vacías. Y no sólo eso sino que la asamblea no era para discutir sobre la gente blanca como yo mudándose al barrio, ¡sino para discutir sobre la próxima fiesta en la manzana!"

Helen abre un poco más la puerta. Su casa se ve impecable, limpia y ordenada. Había oído que las chicas blancas eran sucias, por lo menos eso era lo que me había dicho mi madre y fui lo suficientemente estúpido como para creerle. "Entra," dice finalmente. "Lo siento, déjame hablarte sobre esas reuniones," le digo, entrando.

"No, deja que yo te lo diga a ti. Fui yo la que asistí. Entonces, levanto la mano como una tonta niñita blanca y digo, ¿Y qué pasa con el arreglo de los edificios? Y una mujer antipática, una latina me dice, 'Eso no está en la agenda de hoy,' como si yo fuera idiota . . . ¿Quieres tomar algo?"

"¿Ah? Sí, claro," digo y Helen prepara un trago para ella y otro para mí. Lleva puesta una falda larga, negra, ajustada al cuerpo y que le llega hasta los tobillos, y una blusa negra ajustada. Parece una Laura Ingalls estilo gótico. La ropa resalta las curvas de su cuerpo. Su carita se ve aún más pequeña.

" '¿Pero qué puede ser más importante que eso?' pregunto a esa asamblea, y esta mujer antipática, me dice, 'Ve y te mandas arreglar las uñas, cariño, ve y que te arreglen las uñas,' y todo el mundo en el salón se ríe de mí, Julio. Todos se rieron . . . Toma." Me pasa un trago.

"Lo siento," recibo el vaso, "esas reuniones son inútiles . . ."

"Bueno, por lo menos ellos se reúnen, tú sólo hablas," y entonces hace como un títere con la mano, "hablar, hablar, hablar."

"No suenas igual que cuando escribes," le digo, tomando un sorbo largo.

"¿Y quién sí, Julio? ¿Quién? Pero lo que te dije en esa carta era sincero. Me estaba sintiendo de verdad culpable. ¿Pero después de esa reunión y después de lo que vi el otro día con esas mujeres? Estoy llegando a creer que este sitio está jodido. Este sitio es como un cuadro abstracto, puedes describirlo como quieras y no te equivocas." Helen se pone una mano en el pecho, "Yo no soy la que está mal. Todo este sitio está mal." Se sienta a mi lado y cubre el vaso con ambas manos.

Helen mira fijamente el hielo.

Puedo escuchar el hielo derritiéndose en las bebidas.

"Sabes, Julio," voltea la cara para mirarme, perdida en una nueva reflexión. "Estaba saliendo con un tipo que me llevó a ver Rent. El teatro estaba lleno de gente de clase media alta que vive en Westchester o Long Island, todos excitados porque por una noche iban a experimentar un conflicto urbano. Vamos a ver a los pobres de Nueva York luchando contra la addicción, la falta de hogar, la toma de edificios, los desalojos, la especulación inmobiliaria, el SIDA."

Y los incendios, Helen. Siempre los incendios, me digo a mí mismo.

"Yo pensaba que esa era la realidad," Helen parpadea varias veces seguidas. "¿Cómo podía yo, o cualquiera, ser tan tonta? En Bloomingdale's hay una boutique Rent, así uno puede 'vestirse a lo pobre,' " dice, soltando una risa corta, "¿como si fuera fantástico ser pobre?"

"Mencionaste algo parecido en la carta," digo. "Helen, ¿te encuentras bien? ¿Te pasó algo más?"

"Sí," contesta, "me pasó lo del otro día. Simplemente no me puedo sacar ese día de la cabeza. Si toda esa gente hubiera visto lo del otro día, sabrían que no está de moda ser pobre."

"¿Cuál gente?"

"Esa gente," dice, señalando hacia fuera, las palabras un tanto confusas. "Tú estabas ahí. Lo viste todo."

"Si," digo, "¿y?"

"Todo ese tiempo, y ni una sola patrulla de policía se acercó. ¿Qué sucede con este lugar, Julio?"

"Por eso es que esas mujeres lo resolvieron por ellas mismas," digo, "Helen, éste es un lugar donde uno confía más en sus amigos que en la policía . . ."

"Oh, cállate. Hablas como si fueras la autoridad por estos lados. Tú no tenías idea de lo que estaba sucediendo ese día. Maritza sí."

"Ah, esa es la segunda vez que la nombras," digo, molesto de que me hubiera cortado de esa manera tan displicente. "¿Ahora las dos van de compinches?"

"Me gusta lo que ella está haciendo, Julio. Me gusta que ella esté haciendo cosas de verdad. Yo pensaba que su iglesia era un chiste, pero después de lo del otro día, creo que voy a ir a verla en el púlpito . . ."

"Déjame contarte un poco sobre tu nueva ídolo. Ella no cree en Dios, su iglesia es sólo para hacer política. Ella es una persona tan obstinada que se aprovecharía de ti, de mí, de cualquier cosa, tenlo por seguro . . ."

"Y qué. Yo no lo veo así. ¿Y qué me dices de ti?" Helen se pone de pie y va a buscar otro trago. Se tropieza ligeramente. Sus pasos son un poco vacilantes. "Por qué no me hablas de ti. Pues parece que lo sabes todo."

"Muy bien, muy bien, soy un delincuente, Helen. Soy un delincuente," digo. Helen pone al vaso a un lado. "Estoy metido en el fraude de seguros."

"¿Qué quieres decir?" Entrecierra los ojos, desconcertada, formando dos arrugas paralelas justo por encima de la nariz. "¿Qué vendes seguros bajo el nombre de una compañía falsa y si algo sucede no puedes pagar, algo así?"

"No, Helen, hago incendios." Me sale de manera tan natural, como si fuera un conductor de bus, un cerrajero o un portero.

"¡Incendios!" Retira el trago a un lado, como si no quisiera agarrarlo porque desea escucharlo todo sin nada de alcohol.

"¿Qué quieres decir con incendios?"

"He hecho algunas cosas," digo, poniendo también mi trago a un lado, "hago incendios no sólo por la plata sino también por una especie de venganza, por cierta rabia que tengo. Cuando era niño, la propiedad donde estás ahora no valía nada. Muchos propietarios quemaban sus propios edificios para cobrar el seguro." Helen está escuchando atentamente, su rostro sin expresión y ya no está parpadeando tan seguido. "Un día apareció una fotógrafa en Spanish Harlem. Era una mujer blanca, muy simpática y amable. Empezó a tomar fotos de todos los edificios quemados y de los lotes vacíos. Manzanas y manzanas de edificios quemados. Yo estaba con mi padre, quien me llevaba de la mano, y cuando la vimos tomando fotos, mi padre le dijo, 'Toma fotos de este lugar para que así la ciudad pueda saber lo que está sucediendo aquí.' Sabes qué contestó," Helen sacude la cabeza, "dijo, 'La ciudad ya sabe, incluso ya le tienen un nombre, Reducción Planificada.' Y entonces nos tomó una foto a mi padre y a mí y nos pidió la dirección para que así pudiera mandarnos una copia. ¿Sabes qué sucedió?"

"¿Qué?" susurra.

"Mi madre era muy religiosa, aún sigue siéndolo, pero en esa época nos encontrábamos en la mitad de una iglesia de Pentecostés y una Casa del Reino de los Testigos de Jehová. Mi madre estaba convencida de que el fuego nunca nos tocaría, pues vivíamos al lado de gente que amaba a Dios y Él nos protegería. Mi madre cree que Spanish Harlem es un lugar espiritual, porque tiene más iglesias que hospitales y escuelas juntos. Entonces, antes de que la simpática señora pudiera revelar sus fotos, nuestro edificio se incendió, y el siguiente edificio donde nos mudamos también se incendió, y después el siguiente. Así que nos perdió el rastro."

"Julio," Helen pone la mano en mi muslo, con tanta naturalidad, como si me conociera de años.

"Pero espera, Helen. Años después, mi amigo Trompo, su padre puso un aviso en el periódico."

"¿Para qué?"

"Buscaba a alguien para que trabajara en su cafetería. Al principio, era un trabajo legal, pero yo sabía lo que sucedía en aquella cafetería. Pero pensaba que si la ciudad puede permitir que sucedan esas cosas y salirse con la suya, entonces yo también podía. Y en poco tiempo ya tenía un empleo de verdad. Estaba armando incendios. ¿Quieres escuchar una historia divertida?" pregunto, pues empiezo a sentirme triste.

"Sí, dime," aprieta la mano, como si quisiera también imprimirle cambio a la conversación.

"Cuando era niño, Ronald Reagan vino a Spanish Harlem." Helen se ríe. "No, es en serio. Reagan estaba en campaña y se paró en un montón de escombros rodeado por los edificios quemados y dio un pequeño discurso sobre cómo él iba a salvar El Barrio de todos estos incendios premeditados y toda esta negligencia."

Helen se ríe histéricamente.

"¿Y qué pasó?" Helen no puede parar.

"La gente al otro lado de la calle empezó a gritar, '¡Queremos a Kennedy, queremos a Kennedy!' "

"¿Teddy? ¿Ya estamos tan viejos?" pregunta por los dos.

"Yo tengo casi treinta," digo.

"También por estos lados," dice y me toma de la mano y me hala del sofá.

"Déjame mostrarte mi casa."

Su apartamento es como la galería. Cuadros y objetos de todas partes del mundo. Hay una figura de Pavrati y otra de Ghanesa. Tiene dibujos de máscaras africanas colgados en las paredes y tapices latinoamericanos, creo. Hay jarrones, fotos enmarcadas, estanterías de libros, elefantes de marfil y platos tallados. La casa de Helen es sólo objetos y, excepto por una grabadora en la cocina, no hay aparatos de sonido ni televisor.

De vez en cuando, Helen levanta uno de los objetos, me explica de qué se trata, y me cuenta cuándo y en qué lugar del mundo lo compró.

"Este es mi planeta," dice, "y voy a conocer cada centímetro antes de morir."

En el comedor hay un aroma a Murphy Oil Soap, que se intensifica a medida que uno camina por el apartamento. Tiene un estudio pequeño donde, dice, pinta, muy mal pero pinta. Pienso que tiene más espacio del que necesita o del que se da cuenta, para no ser de Nueva York. Pero tengo que dejar de hacer estas suposiciones sobre Helen.

Entonces se lo pregunto.

"¿Espacio?" pregunta, pero no dice nada más.

Me muestra un afiche enmarcado en el corredor que muestra a un bebé al que le están enseñando a dejar los pañales. Tiene una leyenda que dice, "¿Está usted criando bolcheviques?" Comenta que le encanta el afiche, se puede interpretar de cualquier forma, dice. Fue un regalo. Descubro un balde y un trapero acomodados en una esquina, con Murphy Oil Soap. "Si es bueno para la iglesia, es bueno para los pisos." Recita el jingle que hemos escuchado cantar tantas veces en los comerciales del día, cuando no íbamos a la escuela y nos quedábamos en la casa y tratábamos de evitar los programas de entrevistas que plagaban los canales.

Helen me conduce hasta su cuarto, donde enciende algunas velas. Se excusa y me deja solo ahí. La ventana de su cuarto da contra Jefferson Projects y algunos otros bloques remodelados. Hay una foto firmada del Dalai Lama sobre la cabecera de la cama, en el sitio donde uno, si fuera católico, colgaría una cruz. Regresa con la grabadora que estaba en la cocina. Pone algo de música y enciende otra vela.

"Tú en realidad," empieza a decir mientras enciende otro fósforo para prender la siguiente vela, "tú en realidad no haces incendios, ¿cierto?"

No digo nada. Pero le relato hechos de mi vida. Tal vez ella necesita escuchar menos, pues los hechos son engañosos. Yo mismo no creo totalmente en los hechos. Igual que la gente, los hechos necesitan de otros hechos o de lo contrario no pueden mantener su centro. Los hechos necesitan que la gente se reúna en un cuarto y se ponga de acuerdo en algo. Así es como nacen. Helen y yo nos hemos reunido en este cuarto y ahora ella quiere que lleguemos a un acuerdo sobre ciertas cosas. Pero me mantengo en silencio. No le estoy contando la historia completa. Que es lo que se supone que los hechos deben revelar; el panorama completo. Y le oculto a Helen el hecho más crucial de todos:

Voy a incendiar tu casa.

"Te creo." Sus ojos tienen un brillo particular, como si no fueran las velas las que reflejan la luz sino su certeza de que si permanezco en silencio estoy diciendo la verdad. "Te creo, Julio."

Más tarde, tengo la seguridad de que Helen se ha convertido en otro hecho en mi vida. Como mis padres, como Trompo Loco, como Maritza, como Papelito, Helen es ahora real. Que sea una intrusa en Spanish Harlem, o que no lo sea, todo depende en cómo se interprete. Como ¿quién está por encima? O ¿quién viene o quién va? Importa muy poco. El hecho es que ella está aquí. Ahora mismo. Y quiero que esté aquí, conmigo. A medida que estoy con ella, me siento cada vez menos un extraño en su cuerpo, como si la mente y el cuerpo dejaran de rebelarse. Me divierto al descubrir las constelaciones que forman sus pecas, las diminutas arrugas alrededor de sus ojos, y los ruidos que se escapan de sus pulmones.

Esta vez con Helen es como visitar una ciudad que uno ama. Con la certeza de que uno no se va a perder nunca. Con la sensación de que uno sabe exactamente hacia dónde se dirige, las calles, las esquinas, las construcciones, y los lugares donde uno es bienvenido. Una ciudad donde uno siempre desea regresar. Desde ciertos lugares, desde ciertos ángulos, Helen se siente familiar, su cuerpo ha dejado de ser desconocido para mí. El cuerpo de Helen empieza a contener de manera natural todas las formas arquitectónicas que he visto siempre en esta ciudad. Visualizo los túneles en espiral construidos bajo tierra, como si la tierra fuera la oreja de Helen. Los subways que he escuchado y cogido toda mi vida. Ruidosos túneles internos, como sistemas circulatorios que reproducen la respiración y los intercambios de jadeos míos y de Helen. Mientras beso su cuerpo, imagino puentes de doble hélice, como si ampliara el ADN de Helen. Y acueductos, por donde ella puede canalizar su sudor, avanzando velozmente, como su pulso. Todas estas estructuras orgánicas están duplicadas en las calles por donde he caminado toda mi vida. Una comprensión como ésta hace que desee contarle todo a Helen. Pero contarle todo a Helen podría significar una sobredosis de datos, y entonces cualquier cosa podría suceder. Podría perder la perspectiva y extraviarme. Podría desequilibrarme. Podría olvidar que tengo una tarea que cumplir, algo que he estado aplazando. Así que me contengo y encuentro de nuevo la orientación.

Helen se ríe. Está feliz y no me pregunta nada más. Dejo que las cosas permanezcan en calma y que sucedan como tienen que suceder. Dejo que las velas se consuman, me levanto y voy por un trago, o empiezo todo una vez más. No sé y no me importa lo que va a suceder.

Simplemente me gusta estar aquí. En su cama. Sin hacer nada.

Helen dice entonces que estuvo maravilloso, y yo no comento nada. Pero ahora por alguna razón, quisiera saber de sus padres. Quiero escuchar sobre sus orígenes, su pasado, su pueblo. Ella pregunta ¿por qué? Y yo le digo, sólo quiero saberlo. En tu carta sonaban interesantes. Sonríe y acomoda el cuerpo, apoya el codo sobre la cama y sostiene su cabeza, como un pilar sosteniendo el techo de una catedral, y entonces Helen me cuenta muchas cosas.

17F

Tan pronto como lo veo afuera del salón de clase, caminando de un lado a otro, esperando a que termine la clase, ya sé lo que es en realidad. Ha engañado a todos los demás, aunque no va vestido de manera diferente. La ropa se le ve igual de arrugada, con aspecto de usada. Ha venido a la escuela para recogerme. Sabe dónde es y la hora a la que me tiene que venir a buscar. Los policías no hacen esto a no ser que uno esté metido en serios problemas.

"¿Señor Santana?" Me llama cuando termina la clase.

"Eres tú," digo con una seguridad que es pura pantomina. Estoy perdido, pienso.

"¿Hay algún lugar donde podamos hablar?" pregunta, mientras otros estudiantes pasan rápido a nuestro lado, apresurándose para llegar a la siguiente clase.

"Hay un salón vacío, allí adelante," digo y llevo a Mario hasta allá. Entramos y él cierra la puerta, pero no se sienta. Se mantiene de pie.

"No voy a quitarle mucho tiempo. Discúlpeme por no presentarme."

La voz de Mario me suena extraña, como si se tratara de dos personas diferentes. Extiende la mano. Lo saludo. No me enseña ningún tipo de identificación, no necesita hacerlo, lo haría si se lo pidiera pero no hay necesidad. No habla como policía, pero es. "Usted trabaja para Eddie Naglioni. Ha estado siendo investigado por fraude de seguros.

¿Le suena familiar?"

No digo nada.

"Bueno, debería, pues fue usted quien hizo esos incendios para Eddie, mientras él cobraba. Hicieron su negocio. Usted compró un apartamento en un edificio en la 103 con Lexington. Le pagó a cierto Félix Camilo, dueño de una tienda religiosa, para que firmara con su nombre en las escrituras, pero es su hipoteca bajo el nombre de otra persona y le pagó a algún notario para que atrasara las fechas. Todo para poder eludir al IRS, que le preguntaría cómo había podido comprar un apartamento con un salario tan bajo." Mario no necesita notas, me tiene completamente agarrado, y recapitula mi vida como si estuviera interpretando poesía.

"Mario," digo, "si es que ese es su nombre. Tengo clase. Sólo dígame qué quiere."

"Siento tener que molestarlo." Sospecho que también lo dice en serio. "Voy directo al grano."

Afuera, oigo algunos estudiantes que aguardan para entrar a este mismo salón y así poder dormir hasta su siguiente clase.

"Escuche, en realidad no es usted quien me importa. No voy detrás de usted. Voy por su amigo."

Los estudiantes golpean en la puerta. Mario no les presta atención.

"¿Eddie?" digo inocentemente. "No he visto a ese tipo en mucho tiempo. ¿Dice que trabajo para él? Mucha gente trabaja para él, es dueño de una cafetería."

Los estudiantes siguen golpeando.

"No sé nada sobre Eddie," digo.

Me mira a los ojos de nuevo, no dice nada. Sabe que estoy mintiendo.

"Sr. Santana, usted no le haría ningún bien a nadie desde la cárcel." No me quita los ojos de encima. "Estaría dispuesto," hace una pausa y se aclara la garganta, "a no tener en cuenta sus errores."

Escucho a una estudiante afuera declamando sus palabras de graduación.

Hemos puesto en sus manos nuestros sueños y esperanzas porque hemos confiado en su generosidad.

Sabemos que aún tenemos mucho trabajo por hacer para definirnos a nosotros mismos y definir nuestra misión en la vida.

"Estará en libertad condicional durante algunos años, pero no cumplirá ninguna condena si entra a ser una fuente de información," dice Mario con amabilidad. Como si me estuviera pidiendo una moneda.

"Mire, no sé nada sobre Eddie," repito.

"¿Eddie? A la que quiero es a su amiga," aclara Mario, "usted se encontró con ella hace poco, quiero a su amiga. Maritza Lisa Sanabria."

"Espere, espere, espere ¿usted quiere a Maritza?" Mario no quiere a Eddie. ¿Quiere a Maritza?

"¿Está involucrado con esta mujer?"

"¿Involucrado? ¿Se refiere sentimentalmente?"

"Sí, correcto."

"Ah, ah, no," digo.

"Si es así, dígamelo ahora. Tal vez así pueda usted persuadirla, a que colabore. No sé, dígamelo usted."

"Bueno, ¿qué quiere de ella? ¿Qué hizo?"

Mario permanece en silencio y no habla durante un par de segundos.

"Hace más o menos un año, el INS estuvo en proceso de limpiar sus oficinas para trasladarse. Alguien cometió el error de botar un archivo lleno de certificados N-50 en blanco. ¿Conoce algo sobre estos certificados?"

"Usted los mencionó una vez, en la obra. Son certificados para naturalizarse americano," digo y no puedo aún creer el cambio en Mario. Si no estuviera metido en tantos problemas le diría que cambiara de carrera, pues iba a desperdiciar su talento.

"Correcto," dice y extrae un documento de su chaqueta. Mario me pasa el papel. Tiene un aspecto majestuoso, grueso como un diploma, los bordes verdes como un billete, sólo que lleva un recuadro para una fotografía y una línea para la firma justo a un lado del águila de los Estados Unidos de América. Se trata de un documento que muchos americanos no han visto nunca, porque no lo necesitan. Por lo tanto, estos documentos pueden estar en cualquier parte. Incluso hasta un indocumentado podría tenerlo, y como están escritos en inglés probablemente ni siquiera sabría de qué se trata. Yo de verdad no sabía cómo eran. Sabía que existían, pero no sabía cuál era su aspecto.

"Le he seguido la pista," Mario me quita el documento de las manos. "Supuestamente el archivo lleno de estos N-50 fue visto por última vez por los lados del FDR Drive. Lo habían dejado por ahí para que se pudriera, en algún rincón de la fábrica Washburn en Spanish Harlem. Tengo razones para creer que su amiga sabe dónde se encuentran estos certificados."

Quisiera echarme a reír de verdad, pero conozco muy bien a Maritza. Mario podía tener razón. Es probable que Maritza tenga esos certificados. Que los haya repartido. Podía muy bien estar naturalizando nuevos americanos. Así de sencillo. Sin dirección fija. Ningún test. Ni aprendizaje de inglés. Ningún juramento de lealtad a la "Old Glory." Nada. Su iglesia siempre estaba llena de gente indocumentada. Tal vez Maritza sepa las verdaderas razones de su asistencia a la iglesia pero es demasiado orgullosa para admitirlo. Es posible que a sus seguidores les importe poco sus motivos, y sólo vayan por los certificados. Quieren ser americanos.

"Los inmigrantes ilegales no son de mi incumbencia. Son otros los que pueden echarle mano a esos certificados y obtener pasaportes americanos," Mario gira su dedo en el aire como un propulsor, "y secuestrar un avión y hacer trucos de vuelo. ¿Entiende adónde quiero llegar?"

"Mire, hermano," digo, dejando a un lado toda mi educación y maneras sociales, y pasando a hablar como en la calle. "Mario, yo sé que me tiene agarrado ahora de las pelotas. Pero me está pidiendo que le dé información contra mi propia gente. Está bien, dejemos eso a un lado," digo cuando entrecierra un poco los ojos, "pero usted me está mencionando sólo conjeturas. Ya sabe, en la calle hay muchos rumores. Pero eso no quiere decir que sean ciertos."

Mario me muestra una mueca y una sonrisa a medias, como si ahora tuviera la certeza de quién soy yo. Como si se sintiera orgulloso de que finalmente ha sacado a la luz mi verdadero yo.

"Sólo quiero que sepa que mi trabajo es conseguir esos certificados como sea. No voy a hacer el trabajo de nadie más. A mí no me gusta la obra esa," explica Mario, sin contestar realmente a mis palabras. No tiene por qué darme una respuesta. "No me gusta lo que pasa allá pero ése no es mi trabajo. Así que no voy a compartir ninguna información sobre ninguna cosa, ¿para qué? ¿Para que otro agente reciba el crédito? Ni hablar." Suena ahora como el Mario que yo conozco. "Yo sólo hago mi trabajo. Fui asignado para encontrar esos certificados y eso es lo que voy a hacer. Sólo me interesan esos documentos. Y ahí es donde viene usted." Levanta entonces la voz. "Cuando nos veamos en la obra, usted no me habla a mí. Yo le hablo a usted."

"Okay." Bajo la cabeza, avergonzado. No pienso desafiarlo en ninguna otra cosa. Ya me ha explicado cuáles son mis opciones. No las va a explicar una vez más.

"Bien," me pasa su tarjeta. Sin levantar los ojos del piso, la recibo. Mario se prepara para abrir la puerta y salir. "Tiene mi número. Si descubre algo, me llama. No se dirija a mí en la obra en tanto yo no le hable a usted," repite.

Leo la tarjeta. Mario es su verdadero nombre. Es más que un policía. Por eso es que no necesita hablar sucio ni usar ningún artilugio, como hacen los policías. Mario es el gobierno y por eso lleva el gran garrote y habla poco.

"Podría arrestar a su amiga. Podría asaltar esa iglesia y ponerla patas arriba. Pero eso no quiere decir que vaya a encontrar esos certificados."

¿Quiere que le dé las gracias? No sé.

"Le voy a revelar un pequeño secreto. Yo robé esos tubos, fui yo."

"¿Fue usted el que robó esos tubos?" levanto bruscamente la cabeza, sorprendido. "¿Por qué?"

"Porque," dice, "tan pronto como el jefe lo descubra, hará que me arresten en la obra. Cuando suceda, significará que este montaje se habrá terminado. Con algo de suerte," dice abriendo la puerta, "para ese momento usted o yo tendremos algo ya."

Me siento furioso. Me siento culpable. Me siento solo. Y lo peor de todo, es que no puedo hacer nada al respecto. Ya no se trata sólo del edificio o de Helen, sino de mi libertad. Necesito toda la ayuda que pueda encontrar.

He escuchado que las ideas más absurdas le llegan a uno cuando se encuentra completamente contra la pared, tan acorralado que empieza uno a rezar Ave Marías. Tan acorralado que la pared empieza a tomar la forma de la espalda de uno. Estas ideas son lo que la gente religiosa llama apariciones, ángeles o visiones. Como ponerle una armadura a una niña y lanzarla a liderar las tropas, podría ser. Estos actos de desesperación nos atacan a todos. Les llegan a los beisbolistas de los barrios bajos que valen un millón de dólares, a los generales perdiendo la guerra, y a la gente común y corriente que vive para llegar a la casa y ver televisión. Son en momentos así cuando la gente vuelve a la fe.

Después de la escuela, visito a Papelito en la botánica. Acaba de cerrar pero le golpeo en el vidrio y me deja entrar.

"Necesito ayuda, Papelito," le digo, con ganas de ponerme a llorar en su hombro.

Él comprende.

Papelito ve y escucha la urgencia en mi voz. No me presiona ni nada. Me toma de la mano y me guía por entre la botánica. Me ordena cariñosamente a que compre una figura de un jefe indio americano. Es una figura alta de un hombre con los brazos abiertos como si llamara al viento para que formara un tornado. Papelito me dice que encienda siete velas de lavanda y las ponga a los pies de la imagen.

"Él comparte la dualidad con Ochosi, el cazador," dice Papelito.

Entonces señala una imagen de San Pedro. Me ordena que la compre y que le encienda siete velas negras y verdes.

"Éste es Ogún," dice Papelito. "Y ya tienes un altar para Eleguá. Estos tres juntos comen cualquier cosa. Aliméntalos con cualquier cosa."

"¿Por qué?" pregunto.

"Porque mi amor, estos tres son guerreros. Comen cualquier cosa," responde Papelito con esa delicada voz suya mientras acomoda los libros con las oraciones específicas para cada Orisha. "Y por la mirada en tus ojos, vas a necesitar la ayuda de los guerreros."

18G

Entro a la Primera Iglesia del Pueblo de Dios en Spanish Harlem, la más grande colección de inadaptados, pecadores y anormales. Cristo mismo no hubiera sido capaz de congregar este revoltijo de gente como lo hizo Maritza.

Trompo Loco está alistando el sistema de sonido para el servicio. Me ve y me saluda con la mano. Se toma el trabajo con seriedad. Tiene el casco bajo el brazo, pues estoy seguro de que Maritza le ha dicho que no lo puede llevar puesto adentro. Trabajando con Trompo Loco está Sweet Suits Pacheco, un ex drogadicto que hace de todo. Pacheco está por los cincuenta y puede arreglar, armar y construir cualquier cosa. Sweets Suits Pacheco solía vivir de los demás, y por eso podía conseguirle a uno lo que pidiera. Por un precio. Y ahora vive de porteros perezosos que lo contratan para hacer trabajos ocasionales en sus edificios. Se enamoró tarde en su vida, y se desganchó: "Sí, le pegué un tiro al caballo, Pa'. Justo en la cabeza. El caballo es la muerte, Pa'." Se sentía orgulloso de haber dejado la

adicción, entonces a su esposa le dio cáncer de seno y murió, deján-
dolo con tres hijos, así que volvió a chutarse. Fue Maritza quien lo
ayudó a salir de nuevo. Incluso le ayudó a recuperar a sus hijos del
gobierno.

La que distribuye los folletos y los libros para el servicio es Minerva "Three-Dollar Mindy" Vega. Una prostituta que estuvo en
crack y que había recibido el apodo cuando otras prostitutas se ente-
raron de que estaba jodiendo las tarifas al cobrar tres dólares por una
mamada en lugar de los cinco convenidos. Todos los tipos preferían
esperarla a ella, así que las putas organizaron una cacería y la molie-
ron a golpes. Fue Maritza quien la encontró en la calle, cubierta de
sangre, y la salvó.

Sigo mirando alrededor de la iglesia y veo a alguien que nunca
pensé encontrarme en la iglesia de Maritza. La hermana García se
me acerca y extiende la mano. Nunca me gustó. Cuando era niño y
ella era una mujer joven, aseguraba que ella nunca había conocido un
hombre. De hecho, juraba que ningún hombre ni siquiera había visto
cuál era el aspecto de su habitación. Cuando los hermanos y las hermanas iban de visita a su casa ella cerraba la puerta de su habitación y
le echaba llave. "Nadie me puede acusar nunca de mala conducta,"
decía, "mi cuerpo es p'al Señor." Y entonces, para enfatizar, guardaba
la llave del cuarto en un juguete, a salvo de la vista de los hermanos
visitantes. No sé por qué ella se creía tan sensacional. ¿Quién se la
podía aguantar? ¿Quién desearía su cuerpo gordo? Tenía más anillos
alrededor del estómago que Saturno. Incluso cuando la Hermana
García era joven no era nada como para mirar. Tal vez era por la manera de mostrarse atractiva ante los ministros jóvenes que siempre
estaban a la búsqueda de hermanas vírgenes. Ahora, bien entrada en
los cuarenta, se había transformado en una solterona amargada.

La hermana García no vive sola en todo caso. Su hermana y el esposo de su hermana murieron los dos de infarto, y ahora ella cuida de

sus dos jóvenes sobrinos a quienes mantiene bajo un riguroso camino devoto. Tienen entre diez y nueve años, y estoy seguro de que no tendrán novias. Nunca sabrán lo que significa robarle un beso a una chica, ni la seguridad ni la sensación de pertenencia que da andar con otros muchachos. Siento verdadero pesar por los dos. Cuando ella me extiende la mano, se la estrecho nerviosamente, sólo que ella me arrastra contra su inmenso cuerpo y me da un beso en la mejilla.

Entonces veo por ahí a Big Black, la persona más gorda y encantadora de todo el vecindario. Cuando Big Black sonríe, todo su rostro se ilumina, como el de un niño. Su inmensa sonrisa es radiante, y atrapado en esa hermosa luz uno le sonríe de vuelta. Es un afroamericano cuya madre era puertorriqueña, el propio Arthur Schomburg.

Chuito, que es mudo, Pabellón, que es ciego, y Sandra, que es sorda, se sientan juntos, ayudándose el uno al otro. Cada uno llenando los vacíos de los otros.

La mayoría de la congregación de Maritza la conforma gente indocumentada. Nuevos inmigrantes de México y América Central que necesitan de una comunidad amable que los reciba. No tienen nada que ofrecerle a las calles, por lo tanto las calles de Spanish Harlem les ofrecen poco, y entonces hacen contactos en la iglesia. Igual que los políticos que necesitan votantes, cualquier votante, Maritza recibe a los que otras iglesias del barrio han rechazado o ignorado. Hay montones de madres solteras. Llevan vestidos cortos y apretados, tan ajustados que la única palabra para designarlos es "escandaloso." Descubro a la "nueva virgen." La muchacha a quien protegían el otro día las mujeres cuando humillaron a su padre por lo que le había hecho. Conversa con su madre. Me ven y se dan la vuelta como si fuera a hacerles daño. Dejo que hagan lo que quieran.

El espacio mismo de la iglesia no es nada especial, lleno de sillas plegables y un sistema de sonido que suena peor que los vagones de metro de la MTA. Excepto por algunas imágenes de paisajes y textos de la Biblia, las paredes están casi desnudas. En el sitio hay dos banderas, la Old Glory y la bandera de Puerto Rico. Están una al lado de la otra, con algunas flores de plástico como decoración en el centro de la plataforma.

Ver a Maritza hablando con Papelito momentos antes de que se inicie el servicio sólo me hace sentir avergonzado. Por más que Maritza me haya puesto apodos y se haya metido conmigo, la verdad es que nunca hizo nada para herirme a mí o a mi familia.

"Mi amor, que agradable sorpresa, qué estás haciendo por aquí." Papelito me abraza sin fuerza.

"Que pasa Papelito," y entonces señalo a Maritza, "me debes plata. No le estás pagando a Trompo."

Maritza no lo puede creer. Me mira como si acabara de decirle que se muriera.

"Estamos en la iglesia, Julio," dice, llevándose las manos a los labios, con su bata de ministro, lista y preparándose para subir al púlpito. "Hablamos de eso más tarde."

"No me salgas con eso. Por favor, yo sé lo que es una iglesia. Esto no es una iglesia."

Maritza tuerce los ojos. Le echo una rápida mirada a sus pechos, que, a pesar de la holgada bata, llaman la atención.

"Julio," Papelito me golpea la mano suavemente, "eso no es amable, cara de chulo."

"Lo siento Papelito, pero sabes, estoy en la ruina," digo.

"Un hijo de Changó arruinado, ¿qué más hay de nuevo?" dice, arreglándome el cuello de la camisa.

"Déjame," le digo cuando Papelito empieza a ajustarme mejor la camisa.

"Mira papi, es por tu propio bien. Hay muchas hermanas solteras aquí, hay que verse bien, papi, verse bien."

Antonio entra. Lo veo mirar alrededor y muchos de los que están en la iglesia lo saludan. Debe venir regularmente. Sé que Maritza y él tienen algo, pero nunca hubiera creído que una iglesia como ésta lo pudiera atraer. A pesar de su infidelidad, Antonio parece un tipo chapado a la antigua. Del tipo que uno ve en esas viejas películas hispanas en blanco y negro, donde los campesinos son tan tontos que le dan todos los pesos que se han ganado con esfuerzo a la iglesia, mientras se mueren de hambre.

Trompo y Pacheco encienden la música. Todo el mundo busca asiento.

"¿Te quedas feo?" me susurra Papelito.

"Tal vez me quede un rato," le contesto también en voz baja, pues la gente se prepara para empezar a cantar. Maritza se dirige al púlpito. "Novecientos dólares es mucha plata, Papelito. Y ella no le ha pagado a Trompo Loco, como dijo que lo haría." No tengo otra excusa legítima para quedarme ahí. La verdad, me siento avergonzado.

Papelito me deja para ir a saludar a tres mujeres gordas.

"Nenas, se ven muy bien. ¿Qué ha estado haciendo?" escucho que les dice.

Entonces comienza la música y la gente empieza a cantar y me encanta. A pesar de que no me encuentro ahí para rezar, nunca voy a rezar de nuevo, escuchar y encontrarme entre estas familias me transmiten una sensación buena y cálida. Pues cuando uno ha sido criado en la creencia de Dios, alguien que lo ama y lo cuida a uno, el sueño que en realidad Él existe permanece con uno. Y cuando uno escucha los cantos evangélicos, o cualquier otra cosa que despierta esos recuerdos juveniles de cuando Él era real tanto para uno como para los papás, se llena uno de felicidad. Estoy feliz de encontrarme aquí, de escuchar a toda esta gente cantar y alabar al Señor. Por poco me suben lágrimas a los ojos cuando me dejo llevar a esos años de infancia cuando me decían que la tierra sería un paraíso y yo podía jugar con animalitos. Aquellos años devotos cuando mis padres eran jóvenes, en su máximo esplendor, y cantaban a Dios y a los ángeles por la luz y el fuego. Cuando terminan los cantos, escucho algunas toses y recuerdo de pronto las verdaderas razones por las que me encuentro aquí. Dios no tiene nada que ver con esto.

Un hermano abre el servicio con una oración en español. La pastora Maritza Sanabria sube a la plataforma.

"Si hablo en las lenguas de los hombres y de los ángeles pero no tengo amor," dice Maritza en español, todo el servicio es español, "me he convertido en una pieza sonora de metal o en un ruidoso platillo, ahá, así." Estoy impresionado, fijo en la silla. Ella se conoce bien la Biblia. "Y si doy todas mis pertenencias para alimentar a otros y si entrego mi cuerpo, con el que puedo presumir pero no tengo amor, no tendré beneficios, no así ahá." Maritza está citando Corintios, y ahora, como todo buen pastor, acelera el ritmo. "El amor no es celoso, ¿verdad?" Aprendió muy bien de todos esos años asistiendo a nuestras ventas pentecostales de tortas. La congregación asiente cada vez que hace una pausa.

"El amor aguanta todas las cosas, ¿verdad?"

Todos asienten.

"Cree en todas las cosas, ¿verdad?"

Todos asienten.

"Tiene esperanza en todas las cosas, aguanta todas las cosas, ah así, mismo."

Todos asienten.

"Y acepta todas las cosas, todas la cosas, a todo el mundo, sano o enfermo ¿no es verdad?"

Maritza es toda una pieza. Entonces ahora se aleja de los Corintios y lleva su sermón hacia otro lugar. Hacia algún tema social, estoy seguro.

"¿Entonces deberíamos rechazar, deberíamos ignorar, deberíamos expulsar a la gente de nuestra iglesia cuando todo lo que hace es seguir lo que dice la Biblia? Sí mis hermanos, hay gente que ha hecho el bien, que ha seguido la palabra de Dios, y aún así ha sido castigada."

La congregación está desconcertada, nadie asiente. Y a pesar de lo confundidos que se ven, siento que saben que su pastor los pone así cada semana. Siento que saben que Maritza tiene una revelación para manifestarles.

"Quiero llamar a la hermana García para que nos dé un testimonio, aleluya. Todos ustedes la conocen, todos ustedes la quieren, ahora todos la van a escuchar. Con el fuego de Dios ella va a hablar."

Maritza se hace a un lado y la hermana García se levanta nerviosamente de la silla. Cuando llega al púlpito, no puede hablar. Sus labios se mueven pero no sale ningún sonido. La congregación empieza a darle ánimos, murmurando, "Habla, habla, testifica, testifica." Intenta de nuevo. Es humillante para ella, sus días de estrella santa se han terminado. Le ha acontecido alguna tragedia que la hace ver ahora como cualquier ser humano y no como una criatura perfecta.

"Antes de convertirme en miembro de esta iglesia, yo era una persona arrogante," la hermana García solloza ligeramente. "Creía que el Señor podía impedir que nos sucediera algo malo a mí o a mi familia."

Atiendo al recuento que hace la hermana García de su experiencia.

"El esposo de mi hermana es positivo. No le contó a nadie."

Nadie murmura, nadie grita al Señor, nadie hace nada que hasta donde recuerdo esté asociado a lo que se supone debe ser una iglesia. Simplemente escuchan. "En el hospital, la primera vez que le dijeron a mi hermana que él estaba enfermo, mi hermana dijo, 'Pero mi esposo nunca mira a las mujeres. Él siempre viene a la casa conmigo y sólo sale con su amigo Raymundo'." La congregación entera gime al unísono. La hermana mira hacia el techo como si estuviera buscando la misericordia de Dios, "Ay Señor Santo." No llora ni está nerviosa, sólo habla desde su corazón y siente que se deben decir estas cosas. "Mi hermana murió el año pasado. Tuve que decirle a los hermanos que había sido la leucemia." Traga saliva pero no está sollozando. "Necesito . . . decir la verdad . . ." Es muy valiente de su parte estar allá arriba, sola. Dirigiéndose a unos extraños, pues aunque sean hermanos y hermanas en Cristo, no son sin embargo parte de la familia inmediata.

Maritza se acerca a la Hermana García acompañada de otro hermano, y la llevan de regreso a su silla. Maritza retoma el sermón, habla sobre la enseñanza a las mujeres de que el matrimonio es la cura. Abstinencia y matrimonio. Y sí, la Biblia dice que Dios ama un buen matrimonio y que no debemos fornicar. Cita algunos textos para reforzar su afirmación y entonces lanza ese sablazo, esa curva por la que su congregación es famosa. "La hermana de la hermana García hizo todas estas cosas buenas, sólo tuvo un hombre en su vida y ese fue su esposo, y aún así el monstruo la atrapó."

La congregación se mantiene en silencio y Maritza no profiere ninguna profecía. No hay gritos ni lamentos ni vociferaciones a Dios. Agradece de vez en cuando al Señor, pero su sermón es sutil y amable. "La iglesia es un lugar al que muchos de nosotros llega en momentos de enfermedad o muerte. Pero cuando tenemos que mentir o mantenernos en silencio, entonces no hay consuelo," dice.

Entonces la ministra Maritza Sanabria invita a un ex pastor de una iglesia rival a subir al púlpito. Este pastor cuenta cómo perdió a su único hijo por causa del monstruo y cómo él, también, tuvo que mentir para mantener en buena reputación su posición de pastor, hasta que su conciencia le impidió volver a conciliar el sueño y tuvo que decir la verdad. Entonces fue expulsado de su parroquia, "pues un hombre que no puede atender las necesidades de su familia no puede atender las necesidades de su congregación," dice. Después de que el ex pastor da su testimonio, Maritza llama al púlpito a dos conferencistas invitados de algún organismo de salud pública para que hablen a la congregación sobre asuntos concernientes al VIH. Traen con ellos gráficos, folletos, condones y jeringas gratuitos para que los hermanos y las hermanas los recojan después del servicio. Hablan en español pero dicen venir de una iglesia bautista afroamericana en Harlem. Explican cómo en su congregación también se enfrenta a altos indices de contagio. Varios ministros, dicen, solían creer que el monstruo era un castigo de Dios, y que muchos de sus hermanos estaban muriendo y nadie hacía nada porque todo era parte de Su plan divino. Hasta cuando murió alguien importante de la congregación. Uno de los miembros principales murió, y entonces ahora ellos combaten la epidemia con la palabra de Dios y con los folletos educativos que tienen para repartir. Pero lo más importante, ahora ellos hablan del tema, han decidido arremeter contra el monstruo desde la iglesia.

Después del sombrío servicio, varios se van a la casa furiosos y escandalizados, pero la mayoría se queda para socializar y chismosear. Trompo Loco empieza a guardar el equipo de sonido y reacomoda los cancioneros. Nadie se acerca a la mesa donde los hermanos de la iglesia afroamericana han puesto sus folletos. Los que se han quedado se muestran indecisos, y nadie parece querer tomar nada del material.

Entonces un indeciso y tímido Pacheco conducido por Maritza se dirige hacia la mesa. "No pa'," dice Pacheco, "ya no hago eso."

"No estoy diciendo nada, Pacheco," dice Maritza, "sólo quiero que mi hermano se mantenga con vida eso es todo." Agarra las cosas que le producen timidez a Pacheco y se las echa en el bolsillo. Pacheco no las vuelve a sacar, se limpia la nariz y les agradece a los hermanos afroamericanos de la mesa y se va. Entonces Maritza agarra una manotada de condones y los guarda en su bolso. Abro los ojos, como si efectivamente fuera a tener tanto sexo. Puro show. Entonces me doy cuenta de que todos se miran unos a otros sin saber exactamente qué hacer. Papelito sostiene la mano de Minerva Vega, la ex prostituta, y los dos toman algo de información y algunos condones y hasta firman alguna petición o algo por el estilo.

Big Black se acerca y sin tomar nada estrecha las manos de los hermanos afroamericanos. Pabellón, que es ciego, Sandra, que es sorda, y Chito, que es mudo, también se acercan, y aunque no se llevan nada, miran alrededor y, en grupo, manipulan los artículos. Hacen lo mejor posible para describirse entre todos lo que el otro no puede ver, ni oír ni hablar de qué se trata.

La muchacha revirginizada y su madre no se acercan a la mesa. Algunos otros se acercan pero lentamente, como si la mesa mordiera, y empiezan a aproximarse con cautela y haciendo preguntas. La hermana García y el ex pastor, que ofrecieron hace un rato el relato de sus experiencias con el monstruo, caminan hasta la mesa. "Por primera vez," dice la hermana, mirando parte de la información que está expuesta sobre la mesa, "fui capaz de llorar en mi propia iglesia por la muerte de mi hermana." Y el ex pastor dice, "Amén, hermana."

Justo en ese instante Helen entra a la iglesia con Greg. No todos los días entra gente blanca a la iglesia de Maritza. De inmediato los miran de arriba abajo, con la sospecha que Helen y Greg tal vez sean del INS. Para bajar la tensión, Papelito se acerca donde Helen y Greg.

"¿Sí?" Papelito se presenta, aunque estoy casi seguro de que se han visto antes.

"Espero no interrumpir," dice Helen, "vivo en el piso de arriba y siempre he querido ver este sitio por dentro. Lo digo porque puedo oírlos desde mi apartamento arriba."

"Sólo es una iglesia. Pero el servicio ya se terminó," contesta Papelito.

Helen mira alrededor, me ve.

Con un rostro feliz y tímido me dice, "Tenemos que hablar ¿okay?"

"Sí, en un rato," le digo, ella se sonroja.

Helen se acerca a la mesa donde todos los folletos están ordenadamente expuestos. Quiere saber de qué se trata.

"¿Me puedes decir dónde está la caja para las contribuciones, Julio?" me pregunta Greg como si no la pudiera ver por él mismo. Se la señalo, pero quiere que lo acompañe. La caja está sólo a unos metros, pero quiere que yo le indique dónde se encuentra exactamente. Entonces Greg echa un billete de cien dólares dentro. Sus ojos me miran por un segundo. Quiere que yo me percate de su generoso acto.

Descubro que Helen mira hacia donde está Maritza. Parece idolatrarla. Maritza, en cambio, la despacha con un amable apretón de manos y sigue donde se encuentra Antonio y le toma la mano. No es nada sorprendente. Es Maritza en el peor de los casos. Tiene uno aquí a la más feminista de todas las feministas saliendo con un tipo que se queja de que este es el único país donde uno va a la cárcel por pegarle a la esposa. No sólo eso, además está casado. Maritza, sin siquiera saberlo, o tal vez sí lo sabe, se ha vuelto como todos los pastores. No puede poner en práctica lo que predica. No la culpo. En todo caso, quién puede cumplir con todas esas malditas reglas. Es imposible ser tan santo, antes que uno se dé cuenta algo tendrá una mancha. Alguien encontrará todas esas porristas en el armario. No me importa de quién se trate, lo piadoso que sea, ellos lo descubrirán.

"Julio, ¿qué has estado haciendo, mi buen amigo?" comenta Greg. "¿Has pensado en trabajar para el partido? Hombre, cuatro años con ese imbécil de Texas es más que suficiente."

Yo sólo me limito a sonreír y ladear un poco la cabeza. Lo dejo hablar, pues pienso que disfruta haciéndolo.

"Piénsalo. ¿No sería maravilloso que empezaras a organizar campañas para que esta gente consiga sus papeles y de ahí directo a los puestos de votación?"

"¿Por qué? Si ellos aman a México."

"¿Por qué? ¿Por qué? Porque ahora están en América, deberían convertirse en ciudadanos y votar. Por los demócratas."

"Tal vez nunca vinieron aquí para convertirse en americanos," digo, y Greg sacude la cabeza como si supiera que estoy equivocado aún antes de que termine de hablar. "Tal vez vinieron aquí sólo para trabajar."

"No, no, no. Esta gente se está enterrando el cuchillo. El partido siempre ha apoyado a los pobres."

"¿Sí?"

"Claro que sí."

"¿En serio?" Decido entonces lanzarle algo. "Escucha Greg. Yo pensaba que Carter era el más dulce de los tipos, pero mi vecindario estaba en llamas mientras él estaba en el poder."

"¿Carter?" grita y enseguida se chupa los dientes. "¿Carter? Eso es historia antigua, Julio, ahora este es el Nuevo Partido Demócrata."

"Greg, yo no soy muy bueno en estas cosas, tal vez quisieras hablar mejor con Maritza."

"Está bien, Julio," pronuncia mi nombre como si me conociera, como si fuéramos amigos. Como si me conociera desde hace mucho tiempo. "Es una lástima. Hubieras podido ser un enlace importante para el Partido Demócrata," dice, como si yo acabara de renunciar al trabajo de mi vida. Como Special Liaison Stoned Joan.

Salgo para despejar la cabeza.

Una de las madres al otro lado de la calle había estudiado conmigo en junior high school. Su hija está saltando lazo, tendrá unos seis o siete años y es tan linda como había sido su mamá.

Greg y Helen salen detrás de mí. Helen sacude la cabeza, bastante encantada.

"Qué iglesia. Maritza es increíble. Esa mujer es increíble. ¿Dónde estaba este sitio cuando yo era niña? ¿Sabían que había un transexual entre los que asistieron?"

"Ah, ese es Popcorn," digo, sin dejar de mirar a la muchacha que conocí alguna vez, la misma que es ahora madre. Recuerdo que solía llamarme Eskimo. Y su familia fue la primera en la manzana en conseguir televisión por cable.

"Popcorn es un viejo amigo de Papelito," le digo a Helen.

"Necesito un trago. ¿Alguien más necesita un trago?" dice Helen.

Entonces la muchacha que conocí alguna vez, la que ahora es madre, levanta a su hija y la lleva dentro de los projects, y siento verdaderos celos. Quiero tener su vida, su alegría, madre soltera o no. Quisiera ser como ella. Quisiera señalar a la mujer y decirle a Helen, eso es lo que quiero que seamos. Así. Llevar a cabo eso.

"Mira, piénsalo," me dice Greg. "Toma, mi tarjeta."

Una tarjeta más. Se la recibo.

"¿Cuánto pagan por el trabajo?" le pregunto.

"¿Pagar?" Greg me mira incrédulo, "se trata de un trabajo voluntario. Pero es un trabajo gratificante. Piensa en la cantidad de vidas que salvarías. Convirtiéndolos en americanos para que así puedan votar. Por los demócratas, por supuesto." Greg le da un abrazo de despedida a Helen y llama un taxi sin ningún problema.

Cuando quedamos solos, Helen me besa en la mejilla.

"Helen," le digo, retirándola suavemente.

"Tomémonos algo, vamos."

"Helen," digo, retirándola de nuevo. "¿Qué hace Greg en Harlem?"

"¿Y a ti qué te interesa?" dice, decepcionada porque no le esté prestando atención. "No sé, siguiendo a Clinton. A él le encanta ese partido."

"Y tú, Helen," le pregunto, "¿qué estás haciendo aquí?" como si no quisiera que estuviera por estos lados. Lo que es cierto.

"¿Yo? ¿Qué estoy haciendo aquí? No me preguntaste eso la otra noche," dice. "Sólo estoy intentando comprender lo que sucede aquí. Conocerte." Se acerca una vez más.

"Helen," digo, echando a un lado ese maravilloso aroma de almendras. Sus manos están frías y suaves. El pelo lo tiene más liso que siempre, y la luz artificial que cae del poste de la luz le da un brillo dorado.

"Entonces, no es como si fuéramos íntimos," dice. "Fue sólo sexo."

"No lo dirás en serio," digo.

"Claro que no," estalla. "Qué les pasa a ustedes los hombres. Oye, tú me gustas, yo no me acuesto simplemente con cualquiera, ¿okay?"

"Bueno fue un error," respondo, y desearía decirle algo más.

"No pensaste eso la otra noche," repite.

"No quiero hablar de eso," digo y entro de nuevo en el edificio.

Helen me sigue.

"No, va sa hablar conmigo," dice, me sigue por las escaleras. Me agarra de la camisa y me hala. Dejo de subir las escaleras. "Oye, ¿te da vergüenza que te vean conmigo?" pregunta, entrecerrando los ojos, formando arrugas diminutas. "Porque esta es la ciudad de Nueva York, y que estemos juntos no es gran cosa." Helen estudia mi rostro de nuevo, sólo que esta vez lo hace como un joyero estudiando un diamante recién comprado, buscando imperfecciones. "¿Crees que eres el primer latino o que yo sólo voy con hombres latinos? ¿Eso es lo que piensas?"

Sigue un silencio. Helen permanece inmóvil, esperando a ver si mi cara le dice algo. Es una buena actriz, el rostro impenetrable y sabe cómo controlar el momento.

"El problema es . . ." suelto un suspiro.

"Sí, ¿qué es?"

"El problema es," hago una pausa y observo fijamente sus arrugas de bebé, "es que la pobreza lo deshonra a uno y lo obliga hacer cosas." Me controlo, aunque quisiera decirle que he hecho ciertas cosas y que ahora estoy pagando el precio. Cuando la conocí, pensaba en Helen como una intrusa en mi barrio. Y justo cuando iba a dejar ese sentimiento a un lado, cuando estaba a punto de echar para atrás y reflexionar en lo que alguna vez había pensado sobre la gente como ella mudándose a El Barrio, Eleguá tuvo que complicar aún más mi situación.

Estoy totalmente seguro de que Mario tenía razón. El servicio se llevó a cabo de buena fe, pero fue la expresión en la cara de todos esos indocumentados lo que me convenció de que Maritza tenía los formularios. Estaban completamente horrorizados con su sermón sobre el SIDA, y en la iglesia, nada menos. Los ojos llenos de desprecio y disgusto, pero lo soportaban, pues querían algo de ella.

Helen no tiene la menor idea de lo que sucede. ¿Cómo le puedo decir que voy a prenderle fuego a su casa, que estoy en líos con la ley y que su ídolo es un fraude? Son muchas cosas sucediendo a un mismo tiempo, como escuchar muchas emisoras en el dial. Lo único que puedo hacer es quedarme estático. No consigo escucharme a mí mismo pensar. "¿Cómo qué? ¿Qué es lo que te obliga hacer?"

Entonces decido volver a lo que ya habíamos estado discutiendo.

"Como un hombre que conocí que escribía poemas y enloqueció."

"¿Cuál?" cruza los brazos con impaciencia, pues presiente que me estoy alejando de lo que sucedió entre los dos la otra noche y me estoy yendo a otro lado. Pero la verdad, se trata de nosotros.

"El tipo leía sus poemas en voz alta. En la calle, para que los escuchara cualquiera, y cuando no había nadie cerca se los recitaba a sí mismo. Caminaba alrededor del barrio cargado con montones, con resmas de sus cosas. Vivía en la ruina, siempre sin un centavo. Cuando lo echaron del apartamento, vivía en la calle y aún así seguía escribiendo. Un día me lo encontré tumbado en la calle, al lado de una alcantarilla, escribiendo. ¿Sabes qué me dijo?"

"No, qué." Helen descruza los brazos, los deja colgar sueltos. No le interesa la historia.

"Me dijo que estaba escribiendo poemas del caño. Poemas verdaderos de la calle ... ."

"¿Quieres algo de tomar?" pregunta Helen, más perdida que Colón. Es mi culpa, en todo caso, debí simplemente haber salido y decirlo de una.

"Vivía donde vives tú. Aquí mismo. Justo aquí, años antes de que este edificio de mierda se volviera de propietarios. El tipo sobrevivió a los incendios, a la negligencia, a la inflación, al crimen, a todas esas cosas que tú no has enfrentado y nunca enfrentarás."

"Eso no es justo," dice casi en un débil susurro.

"Pues, toda esa historia, Helen," agrego, "es extraña para ti y para los que son como tú."

"La gente que estaba en la iglesia esta noche," dice, los ojos dos diagonales de furia, "los nuevos inmigrantes, tampoco tienen una historia aquí, Julio. Tú simplemente tienes miedo."

"¿De qué?"

Helen contesta de inmediato, "Miedo de cambiar."

"Por favor."

"Ésta es la ciudad de Nueva York, Julio. La ciudad cambia por naturaleza. El mundo cambia."

"Bueno, la Quinta avenida no cambia nunca, Helen. Siempre permanece rica y blanca. No ha cambiado nada. La Quinta avenida sólo cambia cuando ellos quieren que cambie. Pero los barrios como el mío, sin embargo," hago una pausa y busco en el bolsillo la tarjeta de Greg, "cambian todo el puto tiempo." Hago pedazos la tarjeta de Greg y subo las escaleras. Dejo a Helen observando atónita mi agresividad.

19H

Querido Julio,

Eres tan injusto. A pesar de lo que te escribí sobre mi pueblo, no
tienes idea de que ese pueblo, como muchos otros por toda
América, comparte ciertas universalidades con Spanish Harlem.
Existe un poderoso sentimiento de fraternidad entre todos
nosotros, y tal vez esto sea difícil de creer para ti, pero en mi
pueblo también hay tolerancia para las excentricidades
humanas. Así como el poeta de la alcantarilla de ustedes en
Spanish Harlem, en mi pueblo hay gente igual de loca. Como la
Señora Rana, por ejemplo, que todos los domingos durante los
meses del verano prepara galletas y las deja al borde del
estanque para que así las ranas puedan comer algo de azúcar.
Sí, es en serio. Es tan religiosa que hace ir al juez de paz hasta su
casa para que así pueda oficiar el matrimonio entre los animales

de su granja. De tal forma que ni siquiera sus animales tengan que fornicar sin la aprobación del Altísimo. Mi pueblo es un lugar donde aún votamos con lápiz en balotas de papel, donde los de preescolar cantan "Horse With No Name" en sus clases de ecología. Donde, cuando era niña, yo podía ir hasta la casa del alcalde y pedirle las llaves de la biblioteca para abrirla y así poder leer en solitario.

Julio, comprendo tu rabia (y miedo tal vez) hacia los cambios en tu barrio. Si me dejas escribir otras líneas, me gustaría contarte sobre el día que las vacas abandonaron el pueblo. Cómo se me partió el corazón. El sol no volvió a salir para mí hasta que no fui mayor. El recuerdo de las vacas de Gregory Fall marchando sobre la rampa de metal para subir al camión resultó pavoroso. Tomó cuatro horas para acomodar todo el rebaño, y entonces el camión empezaría su lento descenso por la colina hacia el centro de subasta en dirección a Concourse. Setenta vacas en ese camión, una manada pequeña para los estándares de Wisconsin, pero representaba el último hato en Howard City. Al día siguiente, cuando mi madre me llevaba al colegio, pasamos frente a las tierras de Gregory y lo alcancé a ver desarmando los comederos, sabía que después vendrían las máquinas de ordeño. Sentada en el asiento de atrás lloraba sin que me pudieran consolar. Su granero era un cementerio de autos en un lote vacío, como en los que tú jugabas cuando niño en Spanish Harlem; su granero era algo así para mí. Julio, debiste haber escuchado a Gregory hablar de sus vacas. De su pueblo, colmado y exuberante y cubierto de granjas. "Antes," decía, "todo el mundo tenía una que otra vaca," y entonces podías ver sus ojos húmedos, la aspereza en la voz. "No señor, antes, nadie tenía que ir a la tienda por leche." Ahora que lo pienso, suena como tú.

Supongo que para este momento, Julio, ya sabes que ésta no es una carta de amor. Odio pelear. Es un desperdicio. Julio, el planeta entero está cambiando. ¿Para bien o para mal? No sé. Sólo tengo certeza de dos cosas. Me gustas, mucho. Y que los cuadros en el museo Metropolitan sueñan en color cuando el museo está cerrado los lunes.

Helen

P.S. Por favor ven a la inauguración, por lo menos para recoger tu reloj. Lo dejaste el otro día. Lo hubiera echado debajo de la puerta con la carta, pero . . .

Papá me ve al lado de la estantería de los libros. Por la expresión en su cara sé que la vio antes que yo. Es la misma sonrisa que me mostró cuando recibí la primera carta. No me molesto con él, en todo caso. Debería, pero no lo hago. Me muestra su sonrisita y aguarda a que yo le hable al respecto.

"Oye," dice Pa, con una trompeta y un trapo en la mano, "perdona que haya leído tu carta, pero mejor que haya sido yo y no tu mamá."

"No hay problema, Pa."

"Lo que pasa es que estaba ahí debajo de la puerta." Pa le da brillo al instrumento como si fuera a brotar un genio. "Pensé que se trataba de una cuenta, ya sabes."

"No te preocupes, Pa."

"Leí 'Querido Julio,' y ya sabes como yo también me llamo Julio . . ."

"Está bien, Pa," le digo.

"No la leí toda; espero que sepas que . . ."

"Ya te dije que no importa."

"¿Qué vas a hacer ahora?"

"No sé."

"Hiciste ese altar pa Ochún. Y mira lo que pasa." Me señala con el dedo, "Yo no soy como tu mamá, yo respeto esa religión y sé, por Héctor Lavoe, ¡que esa mierda funciona!"

Pa me hace sentir contento cuando habla, a veces. Puede ponerle la mejor salsa a cualquier conversación.

"Tu cuarto parece ahora una botánica, Julio. Incienso y todos esos altares. Pero ese cuento es real, Héctor lo sabía muy bien. Mira, como dice la canción," entonces canta, "tú me hiciste brujería, bruja, brujo."

"Okay, papa," digo, "¿qué hubiera hecho Héctor Lavoe?"

"A Héctor no le hubiera importado. Era un genio pero no era de las mejores personas . . ."

"Wow, estás calumniando a Lavoe." Éste es un honor.

"No la verdad es la verdad, ese hombre no respetaba a nadie."

"Okay ¿entonces tú qué harías?"

"Lo primero que haría sería sacar esa carta de ese libro, porque si tu mamá la encuentra, olvídate. Te tendrá casado y con hijos . . ."

"¿Y qué hay de malo en eso?"

"Nada, mijo. Sólo quiero que tu mamá no se haga muchas esperanzas. La mataría si resulta que no es nada. ¿No es nada, Julio?"

"No sé, Pa."

"Bueno, dejaste el reloj en su casa, así que ya es algo. Mira que tu Ma es de una época cuando las muchachas no daban nada a menos que les hicieran una promesa. Así que asegúrate que tú y esa muchacha no la pongan a hacer planes y después la hagan sentir como una tonta." Me da un par de golpecitos en el hombro, para asegurarse de que he comprendido. "Tu mamá es la única persona que hay que tener en cuenta. El resto no cuenta. Yo sólo quiero que tu mamá no salga herida."

"¿De verdad? El hecho que sea una blanquita no es un factor . . ."

"¿De qué estás hablando, Julio? Mira, ustedes los chicos hoy son más blancos que algunos de los chicos blancos. Para nosotros, era un problema grave. En mi época, yo nunca podía estar con una muchacha blanca, una locura. Para ustedes, no es tan terrible. ¿Me entiendes?

"Pa," le digo, "no ha sido sólo la blanquita en lo que he estado pensando. Creo que vamos a tener que irnos de este sitio."

"¿Qué quieres decir?" Entrecierra los ojos.

"No creo que podamos seguir a flote, eso es todo."

"Pero las cosas nos están saliendo bien. Hasta pudiste renunciar a ese otro trabajo tuyo. ¿Es eso? ¿Es que ese otro trabajo ha vuelto a venir por ti?" Pa sabe cómo es la cosa, no como mamá que estaría lanzándole las preguntas a Dios. Él, por el contrario, me hace las preguntas a mí.

Aún así no puedo verme contándole a alguien lo que de verdad está sucediendo.

"No, lo que pasa es que tal vez vamos a necesitar otro préstamo, y no creo que lo consigamos. Tal vez deberíamos ir a Puerto Rico . . ."

"Yo no quiero volver a Puerto Rico," dice, haciendo un gesto en la cara como si acabara de tragarse un limón.

"¿Por qué? Creía que toda la gente de tu edad quería regresar," digo, no que yo quiera regresar pero es mejor que la otra alternativa. Porque para mí la isla es un mito. Era simplemente algo de lo que, cuando niño, oía hablar día y noche. Lo lindas que eran las cosas allá, lo maravillosa que era la isla. De cómo era un paraíso, y yo, que era un niño asmático, no podía enfermarme allá porque podía correr por las lomas y el aire era completamente limpio. Colinas verdes y libertad. Me lo decían no sólo mis padres sino todo el mundo alrededor. Cuando finalmente mi madre me llevó allá cuando tenía nueve años, aterrizamos en San Juan y me puse enfermo, verdaderamente enfermo.

"Yo no, Julio. Tu madre ¿tal vez? Pero dejé de hablar así desde hace años. Cuando llegué aquí por primera vez, odiaba el frío. Un frío peluo. Pero ahora, El Barrio es mihogar." El mío también. Cuando regresé la última vez a Puerto Rico fue cuando tenía dieciocho años, y para esa época Spanish Harlem era lo único real para mí. Había crecido entre gente que ondeaba la bandera de arriba abajo, de derecha a izquierda, desfilando cada año por una avenida que ni siquiera era nuestra. Por una avenida donde ninguno de nosotros vivía o nos podían permitir como gente. La Quinta avenida era el rostro opulento de New York City, aunque durante esa tarde era de nuestra propiedad. Pero al siguiente día, volvía a la realidad, y ahí era cuando me daba un golpe. Ser puertorriqueño era algo más que ondear una bandera la segunda semana de junio.

"Sabes, Julio, regresar a Puerto Rico sería perder todas estas cosas que hemos recreado aquí en El Barrio. Los sonidos, los olores, los sabores de la isla. Aquí mismo."

"Pero Pa," digo, "ese barrio ya no existe. Desde hace años se acabó. Sólo quedan por ahí algunos rincones y esos, también, están desapareciendo."

"Oye, todo tiene su final; nada dura para siempre," papá cita una canción de Héctor Lavoe, "tenemos que recordar que no existe eternidad. Yo sé que todas las cosas se tienen que detener, Héctor Lavoe también lo sabía. Doy alguna vuelta por aquí ahora y me encuentro con calles totalmente seguras y blancas y entonces volteo la esquina y estoy de regreso a los setenta. Ya sé eso. Pero a pesar de que este barrio ya no es lo que era antes, aún sigo vivo, y, para mí, ésta es mi casa." Se dirige al armario donde guarda sus otros instrumentos musicales. Guarda la trompeta recién brillada en un estuche.

"Pero siempre habías dicho que querías ser enterrado en Puerto Rico . . ."

"Sí. Pero no quiero vivir allá. ¿Ves la diferencia, Julio?"

"Lo que sea, Pa. Yo tampoco quiero regresar. Pero tenemos familia allá y tal vez podamos conseguir otra casa," digo y Kaiser sale debajo del sofá. "O nos podemos quedar en Nueva York y mudarnos al Bronx o algo. Sólo pienso que no nos podemos quedar aquí."

"Pero con mis cheques por incapacidad, con tu empleo y con tu madre en el hospital podemos mantener este sitio. Lo que tenemos que hacer es arreglar esos cuartos y arrendarlos."

"Sí, Pa," suspiro y levanto el gato. "Sí eso es lo que tenemos que hacer." Dejo la cosa así. A Kaiser le encanta que lo consientan. Es un gato maravilloso, sé además que mamá lo adora. Tenerlo cerca me hace sentir feliz, porque pienso en mi madre. Sostengo algo que ella ama. Es un poco tonto, la verdad, ¿tal vez sólo sea que me gustan los gatos?

"Seguro, eso es lo que tenemos que hacer. Te lo digo, a mí y a tu madre nos gusta aquí. No vamos a ir a ninguna otra parte."

"Okay, Pa," digo, mirando al gato a los ojos. No me había dado cuenta antes que un ojo era verde y el otro amarillo.

"Muy bien. Ahora con respecto a la blanquita, si no hay de verdad nada. Entonces no hay nada. Pero si hay algo, mejor le cuentas todo. Y quiero decir todo, pues ella se enterará tarde o temprano. Mira, tú nunca nos dijiste a mí o tu mamá cómo conseguiste este sitio, pero confío en que cuando estés listo lo harás. Pero con una novia es diferente, una novia quiere saberlo todo."

Suelto al gato.

Cae en las patas.

"Ya sé," digo, al tiempo que el gato se acerca donde Pa para que le dé cariño.

"Yo sé que lo sabes, Julio. Ya sabes a qué me refiero . . . vete." El gato no recibe ninguna caricia suya. "Sólo déjame decirte algo, Julio," Pa se acerca un poco a mi oído, "no leí toda la carta . . ."

"Claro que sí la leíste, sabías que había dejado el reloj allá."

"Salté hasta esa parte."

"Bien," suelto un suspiro.

"Déjame decirte sólo esto, Julio, por lo que leí, la estás culpando de algo . . ."

"Si sólo fuera ella . . ."

"No pero, déjame terminar. Veo a todos estos blanquitos llegando y sabes qué Julio, ellos sólo pueden experimentar El Barrio como El Barrio se les muestra a ellos, ¿me entiende? Creer que ellos van a ver El Barrio por primera vez de la misma manera como nosotros lo vimos por primera vez, es una tontería nuestra, ¿me entiende? Julio, a menos que pongas a tu blanquita en un avión y la lleves de regreso a El Barrio de los sesenta, de los setenta o los ochenta, y la hagas vivir eso, no puedes molestarte con ella porque no lo entienda, ¿me entiende?"

Lo entiendo. No significa que todo esté bien. Que no haya habido daño.

Pa se dirige a su sillón preferido donde siempre se acomoda para repasar las viejas carátulas de sus álbumes de salsa. A veces los escucha a bajo volumen. Deslizándose hacia el pasado, ese pasado cuando vio por primera vez un copo de nieve o escuchó la palabra "spic." Fue una de las muchas víctimas puertorriqueñas de la Operation Bootstrap. Traído a los Estados Unidos como obra de mano barata. Hasta que el trabajo se acabó. Ahora sueña con la época cuando se curó la espalda rota por empujar carros con ropa del distrito durante todo el día y por tocar en las orquestas de salsa durante toda la noche. Eran tiempo duros, y aunque cayó presa de la adicción, fue Ma y esa música las que lo salvaron.

Era muy dulce de Pa pensar en mamá. Hago lo que me dijo y saco la carta del libro. No sé donde esconderla, pues mamá revisa en mis cosas. Papá lo sabe y yo también. Pero no quiero romperla ni nada por el estilo. Veo mis altares y pienso que puede ser buen sitio para esconderla. Mamá nunca los tocaría.

Bajo la escaleras y paso a la puerta de al lado, para buscar a Papelito. Siempre he sentido que es el hombre más sabio de todos, y me voy a sincerar con él. Contarle el lío en el que estoy metido. Con suerte me dará un buen consejo y tal vez hasta pida una consulta, viendo ahora que la anterior dio justo en el blanco. ¿Será que los Orishas están cantando para mí? Tal vez Helen sea el medio para decirme que me tomara mi tiempo, que ellos esperarán por mi dedicación completa. Papelito dice que las historias están ahí para guiarnos. Tal vez él tenga también una historia para mí. Una historia donde pueda perderme en los infortunios de alguien más o tal vez sea una historia divertida.

Tan pronto como entro en la botánica, me siento contento. Toda esa oscuridad que siento cuando me encuentro con Eddie o Mario, es el opuesto exacto de la sensación que siento cuando entro a la botánica de Papelito. Como si me encontrara en la mitad de un día de primavera en el zoológico del Central Park. Me encanta la botánica de Papelito. Siempre huele a jazmín, hierbabuena o a algún aroma de incienso. Miro detrás del mostrador, donde están apilados los artículos de valor o peligrosos y que se usan para el lado más oscuro de la santería, cosas como, entre otras, azufre, ojos de rana, pezuñas de vaca. Y ahí, al lado de todos estos artículos, lotes de San Lázaro. Las imágenes son pequeñas, sólo unos centímetros más altas que muñecas para niñas.

Papelito está discutiendo con un hombre oscuro, tan oscuro como Papelito. Los dos son tan oscuros de piel que parecen casi azules. Se miran fijamente con intensidad. El hombre lleva puesto una especie de vestido azul y naranja. Habla en una lengua africana que no comprendo. Pienso en la carta de Helen y me pregunto si sigo escuchando sentiré ese ruido avasallador. Helen ha escrito cómo le gusta sentirse rodeada por la comprensión. Ésa es una de las cosas que le encantan de aquí. Pero para mí, testigo de esta conversación, una conversación que no puedo comprender, no es para nada divertido.

En cualquier idioma, puedo adivinar que se trata de una pelea. Me alisto para salir cuando, de repente, Papelito y el hombre empiezan a hablar en inglés.

"Sí, sí, Akinkuato," Papelito interrumpe al otro babalawo. "Alguna vez protegió a los esclavos de ser castigados, pero ése ya no es el caso. Vivimos en un país donde tenemos apoyo y libertad religiosa, Akinkuato." Los delicados gestos de Papelito son evidentes, pero en su conversación están ausentes sus habituales matices de coquetería. Se trata de una disputa seria entre los dos. "Lo voy a hacer," dice Papelito, "la voy a filmar."

Al otro alto sacerdote no le gusta lo que acaba de escuchar. Le gruñe a Papelito.

"En Brasil," le dice a Papelito en voz alta, agresiva, "en Cuba, tú no puedes simplemente entrar a un salón Ochá y observar los rituales . . ."

"Sí, sí, Akinkuato," Papelito parece respetuoso pero no da su brazo a torcer, "pero ver algo no es lo mismo que experimentarlo.

Cualquiera puede ver nuestros rituales pero ¿los comprende? ¿Sabrían cómo funcionan?"

El otro babalawo dice algo en africano, y sus ojos se le salen de las órbitas. Mueve la cabeza con vehemencia como si tratara de hacerle entender a Papelito que se trata de un asunto de vida o muerte. Dos mujeres entran a la botánica pero de inmediato dan la vuelta y vuelven a salir.

"No, no, Akinkuato," dice Papelito señalando hacia la calle, "en Nigeria lo que llamamos los secretos Lokumí son del conocimiento de cualquier muchacho que camina por la calle. Es un asunto de poder, Akinkuato. No quiero nada de eso. No quiero temor ni secretos pues eso alimenta el poder y sacerdotes mal preparados."

El otro babalawo está ofuscado. El rostro se le pone de un tono aún más oscuro. Habrán estado en esta intensa discusión durante tanto rato que ya no les importa quién los esté escuchando. Se trata de un debate tan candente que deben sentirse como si fueran los dos únicos seres vivientes.

"Lo que pasa es que todo este secreto," Papelito pone amablemente la mano en el hombro del otro, como señal de amistad, "corrompe y sacerdotes incompetentes han sacado mucha plata de aquéllos que sinceramente quieren aprender Lukumí. Si la gente supiera de qué se trata, entonces no la podrían engañar."

El hombre toma la mano de Papelito y la lanza con fuerza a un lado. Si la mano no estuviera unida al cuerpo de Papelito, se hubiera estrellado contra la pared.

"Tú no sabes lo que estás haciendo," el hombre puede hablar perfecto inglés cuando quiere. "Si los secretos llegan a las manos equivocadas, piensa en las cosas terribles que pueden suceder. Soy tu oluwa debes escuchar lo que te digo. ¡Así es como se hace en Cuba!"

"Por favor entiende, mi oluwo, que esto no es Cuba," dice Papelito. "Puedes hacerme a un lado," los ojos de Papelito se humedecen, "expulsarme, retirarme tu patrocinio. Pero la voy a filmar. Voy a filmar la ceremonia del Asiento."

El hombre está a punto de decir algo, algo tajante. Levanta los brazos en el aire y está en puntas de pie, como a punto de agarrar un rayo y lanzárselo a Papelito. Pero el hombre declina y en su lugar sale exhortando a San Lázaro y las Siete Vueltas, la furia de su energía aún latente en su ausencia.

Veo a Papelito con la cabeza baja, los ojos mirando con intensidad al piso, como si pudiera contar cada molécula.

"Julio," Papelito no levanta los ojos del piso, "me llamaron del banco."

No digo nada.

"Tu mamá no sabe," dice y me mira. "Tu mamá no sabe."

"Ella no tiene por qué saberlo."

"Mira, papi," suena ligeramente intranquilo. "Tengo suficientes problemas, ¿okay?

Necesito buen ashé. Por favor dile a tu mamá lo que estás haciendo."

"No tengo nueve años," le digo, pero la verdad es que sé que mi madre nunca hubiera aceptado que un santero le hiciera un favor a la familia. Es como si un musulmán le permitiera a un cabalista prepararle la comida. "No tengo por qué decirle nada."

"Pues deberías, papi." Papelito entonces me observa y saca una carta del bolsillo. Me la entrega y descubro que no se trata del aviso habitual de la hipoteca del banco que me pasa todos los meses, sino una carta real del banco. La abro. Dice que una mujer fue al banco a pedir un préstamo afirmando que su hijo era el dueño de la propiedad. El banco le estaba recordando a Papelito sobre el robo de identidad. Algo por el estilo. La carta dice al final, siempre estamos atentos para beneficio de nuestros clientes, gracias por hacer negocios con nosotros, bla, bla, bla.

Papelito está molesto y no desea entrar en otra discusión. Había venido para pedirle consejo pero no siento que sea el mejor momento.

"Papelito ¿quién era ese hombre? Ya sabes, si estás en problemas tal vez yo pueda ayudarte," digo.

Papelito no es el mismo. Nunca lo había visto tan contrariado.

"Él es mi babalawo mayor," empieza a alistar el estante para los tiquets de la lotería raspa y gana, "él es 'lider,' él es mi oluwo."

"¿Qué significa?"

"Significa," y entonces Papelito va detrás del mostrador y trae un ejemplar de El Diario La Prensa, lo abre y lo pone sobre el mostrador para que yo vea, "que tiene el poder de ver."

Empiezo a leer. La foto del hombre y sus declaraciones aparecen resaltadas. El texto dice que los Orishas más poderosos este año son Babaluayé y Ochosí. Enfermedad y guerra. Un mal año para el país, dice. Incremento en los casos de VIH y es inminente una guerra horrible y prolongada. El hombre que estaba aquí sólo hace un segundo, este "líder," predijo todas estas cosas en enero pasado.

"Cada año todos los babalawos se reúnen para descifrar el odi," dice Papelito, "el futuro y hacia dónde nos dirigimos. Él es quien habla por todos nosotros."

"Entonces ¿por qué estaba molesto contigo?"

"No me gusta toda esta conmoción, todo este secreto, causa problemas. Fue necesario alguna vez, pero ya no. Así que mira, le informé a mi olowu que voy a filmar un Asiento."

"¿Un Asiento?"

"La ceremonia cuando a alguien se le pone su Orisha en la cabeza. Cuando los dos se vuelven uno para toda la vida. La posesión y el sacrificio serán parte de la ceremonia, y también invité a los noticieros locales. Él está en contra, por supuesto. Pero pa 'mí, creo que voy a tumbar las paredes que han hecho que la gente sienta miedo de

Lokumí. Los secretos causan problemas, Julio. Por eso es que, papi,"
agrega, "tienes que decirle a tu mamá que ése es tu apartamento y
que es tu plata, pero que todo está bajo mi nombre." "No quiero, Papelito. Mi mamá, ya sabes cómo es contigo, y sabes, no creo que vaya
a cambiar nunca."

Papelito me toma de la mano.

Me lleva frente a Santa Bárbara, la santa que comparte la dualidad con Changó.

"Déjame decirte un pataki." Miro a Papelito, pero me voltea la
cara hacia la santa.

"Hubo un tiempo cuando la Nación Yoruba vivía bajo la plaga de
la guerra y los conflictos internos. Changó trajo la estabilidad y unió
al país. Pero con toda esta paz se aburrió y engañó a sus dos hermanos para que lucharan contra la muerte. Qué zángano. En todo caso,
la gente se encontraba muy triste por todo esto y entonces Changó,
por causa de su error y sufrimiento, se ahorcó colgado de un árbol."

Miro de nuevo a Papelito.

"¿Y entonces?"

"Entonces ¿qué te enseña esta historia?"

"Papelito, me tengo que ir . . ."

"No, mira, papi, si quieres andar por el camino de los santos tienes que interpretar las historias que encajan con tu vida."

"Me enseña," suspiro, "¿amar la paz?"

"Wow, yo no había visto esa posibilidad," Papelito entrecierra
los ojos, pone un dedo en la mejilla, "sí, supongo que enseña a amar
la paz. Pero en tu vida, ¿qué te enseña la historia con respecto a tu
vida, Julio?"

"No tengo hermano, Papelito," digo, sin verdadero interés.
Aunque me gustó la historia, no estoy de ánimo para interpretar
nada.

"Mira, hijo de Changó, déjame decirte lo que yo veo. Lo que me enseña a mí esta historia."

"Okay."

"Que todos nosotros cometemos errores, Julio. Incluso el dios del fuego. Pero Changó confesó sus errores. No espero que seas tan drástico, mijo," Papelito agarra un vaso con agua que estaba en un estante, "pero has cometido algunos errores, y entre más pronto los confieses mejor." Papelito mete los dedos en el vaso y empieza a esparcir agua por toda la botánica. Cuando termina, me echa un poco a mí.

"Mira, mi amor, veo grandes cosas para ti. Pero ninguna de esas cosas sucederá si no vives en la verdad. Veo terribles consecuencias que nosotros, que todos nosotros tendremos que pagar por causa de tus errores."

"Entonces ¿tengo que decirle a mi mamá de qué se trata todo esto?"

"Eso," dice Papelito, poniendo con fuerza el vaso, las manos en las caderas, "es sólo el comienzo."

Papelito se queda ahí en una de sus más graciosas poses, a la espera de que yo empiece a decirle cosas. A confesar mis errores. Errores que él no me va a sacar a la fuerza. Quiere que salgan de mí y por mí mismo únicamente. A liberarme contándole al mundo lo que he estado ocultando.

Doy la vuelta.

Lo dejo ahí inmóvil. Salgo con la esperanza de que cuando vuelva a ver a Papelito, no estará molesto conmigo. He oído lo que puede hacer cuando está furioso. Puede matar con sus rezos, pero eso no me asusta, pues sé que él nunca me haría daño de esa manera. Lo que me asusta es lo que ha dicho sobre la gente de mi vida pagando por mis errores.

No espero nada en el trabajo. Llego desesperado, molesto. Si no tuviera que hacerlo no vendría aquí para nada. Ir a esa obra me hace recordar todo lo que está mal. Una pequeña América extranjera trabajando dentro de una botella, justo aquí en mi barrio. Con estos trabajadores indocumentados que suministran todo y no demandan nada. Simplemente trabajan y mantienen la boca cerrada. No cuentan con ningún derecho, no pueden hablar.

"Julio, ¿cómo es que lo hace? ¿Cómo es que se puede salir con la suya?" me pregunta Antonio en español. Observo a Mario, que trabaja más por impulso mecánico que por otra cosa. Está fumando y se prepara para tumbar una pared con un mazo.

"Este jefe no es nadie," le digo a Antonio, seguro de que Mario se encuentra lo suficientemente lejos para que no pueda escucharme.

"Ya lo sabía," dice Antonio y toma un sorbo de café, "lo sabía, pues la gente que está realmente a cargo no tiene que actuar de esa manera."

"Mira," digo y Antonio se burla de mi español, "tengo que hablarte de Maritza."

"¿Mi mujer?" dice, y doy un salto al oírlo, pues si yo o cualquier otro dijera eso de ella, Maritza lo mataría.

Antes de que pueda, decir algo más, Mario se acerca. Fuma su cigarrillo y Antonio percibe mi actitud sumisa. Me observa como si yo fuera otra persona, como si fuera un niño que tuviera que callarse porque sus papás acaban de entrar al cuarto. Mario me pregunta si tengo cigarrillos para él. Entiendo a qué se refiere. Le respondo que no. Contesta que es una lástima. Mario mira a Antonio antes de retirarse. Le pregunto a Antonio si puedo pasar esta noche, es importante.

Mario me llama.

Obedezco.

"¿Qué le dijo?"

"Estaba intentando que me invitara a su casa."

"¿Ha ido a esa iglesia?"

"Sí, el otro día. No vi nada."

"Okay," dice, después señala a Antonio. "Después de que lo vea, me llama," agrega y me ofrece un cigarrillo. Lo acepto y, cuando se va, caigo en cuenta. A Mario no le preocupa que los indocumentados se enteren de quien se trata, le preocupa que el jefe y los dueños de los nombres descubran la cosa. ¿Qué sucedería si alguno de éstos, alguien como Eddie, se enterara sobre esos formularios en blanco? Entonces tendría un verdadero lío entre manos. Sería como una carrera sin duda, y yo, por una vez, pondría mi dinero en un tipo como Eddie.

Hay nueve tipos en el apartamento, contando a Antonio, dos me conocen de la obra. Hay un aviso en la puerta que dice en español que sólo se permiten tres minutos en el baño.

"Hola Antonio," digo mientras veo que a un tipo se le cuelan, otro se le ha puesto enfrente como si estuviera en la fila de almuerzo de la escuela. "Vamos y nos tomamos una cerveza en otro lado."

"Nah, nah, nah," dice, como un bebé. "No quiero que un policía me pille borracho.

Demasiado peligroso."

Hay un televisor encima de la nevera. Ollas y sartenes en el fregadero, platos sin lavar, y una caneca de plástico de basura que necesita ser desocupada.

"¿Dónde duermes?" pregunto.

"Allá," señala Antonio, "cada uno simplemente escoge un rincón, echa el colchón y ese rincón es ya de uno. No me gusta vivir con ocho tipos. No es muy agradable y el olor a sudor te puede matar," dice, riéndose.

Antonio vive en una comuna de hombres solitarios. Un vestuario de maridos sin esposas que trabajan durante toda la semana y llegan a la casa a comer, dormir y vuelven una vez más al trabajo el día siguiente. Excepto esta noche. Esta noche es viernes por la noche, y como tienen este empleo, donde no trabajamos los sábados, quieren emborracharse. Vine sin muchas ganas, pues le prometí a Helen que me encontraría con ella más tarde en la noche, pero tengo que preguntarle a Antonio sobre Maritza. Si ella tiene esos certificados ¿por qué sigue Antonio indocumentado? ¿Por qué él no les ha entregado los papeles a los otros obreros como les había prometido? Tal vez Maritza no tenga después de todo esos formularios. Tal vez Mario se equivoca. Por un breve segundo siento alivio, como si mis problemas se hubieran recortado a la mitad. Si ese es el caso, entonces el único que está en un lío sería yo, y no tendría que entregar a nadie. Pero el solo hecho de que prefiera enfrentarme a Antonio y no a Maritza confirma que sé que me estoy mintiendo. No me enfrento a Maritza porque temo que la verdad resulte real. Que después de pelear y discutir conmigo, ella me diga que sí y ¿cuál es el problema?

"Entonces ¿ese jefe no es nadie, Julio?" me pregunta Antonio, y pronto me acostumbro a los golpes de los otros en la puerta del baño porque alguien se toma demasiado tiempo adentro y con toda esta cerveza necesitan orinar.

"Todos esos tipos que aparecen para recoger los cheques por los que ustedes trabajan, tampoco son nadie. Son los pequeños favores que les da la gente más poderosa de la ciudad, los constructores. Los constructores levantan fondos inmensos para elegir un representante, cuando el representante sale elegido, pueden hacer lo que les plazca."

Por la mirada que muestra Antonio, no le parece tan grave. En México la corrupción es por lo menos unas diez veces más. Pero nosotros somos la autoproclamada tierra de la libertad, el país escogido por Dios, la conciencia del mundo, ¿cuál es nuestra excusa? No trato de darle ninguna explicación. Él tiene un empleo y piensa que soy un mimado.

"Tengo que decirte algo, Julio." Un hombre entra a la cocina. No han dejado de entrar y salir de la cocina, de abrir la nevera y sacar más cervezas, durante toda nuestra conversación. Este último no nos ignora sino que se pone el índice en los labios, para decirnos que hagamos silencio. Se dirige entonces a la caneca de la basura y saca una botella de tequila.

"Por mi esposa," dice en español, tomando un trago, "a ella que es una delicada flor."

Antonio recibe la botella, después yo.

"Soy poeta," me dice el hombre.

"Me doy cuenta," le digo al hombre que probablemente, calculo, tendrá unos veinticinco.

"Mi mujer era la mujer más hermosa en San Matías . . ."

"Eres de San Matías," lo interrumpe Antonio, "entonces eres más pobre que yo."

"Allá no hay más que campesinos," el hombre adopta la pose de un intelectual, "y aunque yo no era ni el más buen mozo ni el más fuerte, ella me quería porque era poeta."

Otro entra en la cocina y agarra una cerveza. Se ríe hacia nosotros, detrás del poeta mientras hace círculos con el dedo alrededor de la oreja, indicándonos que el poeta está loco.

"¿Y alimentabas a tu mujer con poemas?" pregunta en español el hombre que acaba de agarrar la cerveza.

"No, yo trabajaba en el campo, pero era un campesino que escribía poemas," contesta, y entonces el hombre de la cerveza, Antonio, y yo nos reímos.

"¿Quieren que les recite un poema?"

"No," grita Antonio. Pero a mí me gustría escucharlo.

El poeta toma su botella y nos deja solos en la cocina.

"Quiero decirte algo," dice Antonio, "es sobre Maritza."

"Bien," le digo, "yo también quería hablarte de ella."

"Ya sabes que estoy casado."

"Sí, ya sé."

Antonio hace una pausa y sopesa mentalmente lo que está a punto de decirme. Apenas puedo verlo en sus ojos. Se pregunta si puede confiar en mí.

"Maritza también sabe que estoy casado," dice, "si eso es de lo que has venido a hablarme."

"No, Antonio, vine para hablar contigo de otra cosa . . ."

"Bueno, ya no importa. Pues me voy. No aguanto más aquí. Me regreso."

"¿Regresas a México?" Nada tiene sentido aquí.

"Algunas veces siento que ella me trata como si fuera un proyecto . . ."

Un golpe en la puerta nos interrumpe.

Escucho cómo el ruido cesa de inmediato como cuando se apaga la alarma de un auto. Todos los hombres que han estado regados por el apartamento se acercan a ver de quién se trata. Sus ojos se mueven de lado a lado, temiendo lo peor. Finalmente Antonio abandona la mesa de comedor donde hemos estado hablando, camina hasta la puerta y mira por la mirilla.

"¿Qué quiere?" pregunta en español.

"Tengo una mujer," una voz masculina responde en español.

Los hombres se calman. Antonio voltea a mirarlos.

"¿Entonces?" les pregunta.

"Pregúntale cuánto," dice uno de ellos.

Sin abrir la puerta, Antonio pregunta cuánto.

"Cincuenta dólares por cada uno," contesta la voz en español y todos empiezan a protestar. Le preguntan a Antonio cómo se ve la mujer. Antonio les asegura que no se ve muy bien. Le dicen a Antonio que diga veinticinco. Lo dice.

"Cuarenta y cinco cada uno," grita la voz.

Los hombres murmuran que no tienen esa plata. Le dicen a Antonio que treinta y cinco.

"¿Por cuántos hombres?" pregunta la voz el otro lado de la puerta.

"Ocho," dice Antonio, sin incluirse.

Alcanzo escuchar a la mujer que protesta en inglés. No es suficiente para ella, no por ocho hombres. Quiere por lo menos cuarenta. Por todos éstos quiere mínimo cuarenta, dice.

Los hombres quieren a la mujer. Discuten y evalúan la situación. Le preguntan a Antonio si la mujer se ve muy desgastada. Antonio se harta. Se retira de la puerta y les dice que vean por ellos mismos. Uno por uno observan por la mirilla.

Sólo el poeta se entusiasma con la apariencia de la mujer.

"Un hombre necesita orificios," dice el poeta a los demás en español, "y cualquier mujer los puede proporcionar."

Las dos partes acuerdan entonces cuarenta y el poeta abre la puerta. Un hombre latino entra acompañado por una mujer blanca, vieja, ojerosa con el pelo teñido de rubio. El hombre es amable y saluda a los otros como si ya hubiera hecho negocios con ellos antes. La mujer sin embargo impone sus condiciones. Le dice a su acompañante que se asegure de traducirles a los hombres que ella no es su esposa. Hay cosas, dice, que ellos no le pueden hacer a ella, y que será mejor que todos tengan sus propios condones. Después pide un vaso de agua.

"Vamos Antonio," le digo, "vamos a beber algo a la casa. Ningún policía te va a encontrar allá."

Antonio reflexiona un momento.

"Es temprano," digo.

"Sí, pero ya está oscuro. Me voy a ir a dormir."

"¿Con toda esa bulla?" pregunto, "¿con todo lo que pasa a tu alrededor? ¿Cómo puedes dormir?"

"Uno se acostumbra, Julio," se encoge de hombros, sacando su colchón.

Me estoy aburriendo de todo esto. Me acurruco al lado de Antonio que está a punto de echarse a dormir.

"¿Por qué Maritza," le susurro en español, "aún no te ha dado uno de esos certificados de ciudadanía en blanco?" Espero a que dé un salto. A que niegue su existencia de punta a punta. A que me diga que él no sabe nada y que Maritza simplemente está loca. Pero en cambio bosteza como si estuviera agotado.

"No vine aquí para convertirme en americano. Vine a trabajar," dice.

"Sí, pero con uno de ésos puedes viajar ida y vuelta a tu país sin ningún problema."

Antonio aleja el cuerpo. Como si no le importara nada.

"Nunca le pedí uno," dice. "No lo necesito. Yo soy mexicano."

No puedo discutirle eso. Admiro su orgullo.

"¿Y qué pasa con los otros en la obra? Todos quieren ser americanos. ¿Por qué no han recibido un certificado?"

"Porque," dice, retirándose aún más hacia el borde del colchón, "éstos no tienen SIDA. Maritza está loca. Sólo le da los documentos a los inmigrantes que están enfermos." Antonio quiere dormir un rato.

Salgo y llamo a Mario. Le digo que Antonio sólo quería emborracharse. Que no ha pasado nada. ¿Nada? suena sorprendido. Respetuosamente le digo que él acaba de reclutarme sólo hace unos días. ¿Espera que yo simplemente agregue agua y que todo se mezcle perfectamente? Necesito tiempo. Me recuerda que si mi amiga sabe dónde se encuentran esos documentos y guarda silencio, incurre en un delito federal. Lo que significa una condena seria, y que yo también puedo ser considerado responsable si guardo algún tipo de información. Después cuelga.

Me encuentro con Helen. Es noche de viernes y el Met está abierto hasta tarde. En su última carta Helen dice que allí dentro las pinturas sueñan en color. Le pregunto a qué se refiere con eso, entonces me contesta que tiene que mostrarme. Tengo deseos de ver lo que sea de lo que está hablando. Especialmente ahora que mi vida como sé parece estar a punto de terminar. Estoy ansioso por ver esos cuadros. Tal vez, sólo tal vez, sí sueñen, y si es así, ¿serán sus sueños en color? No puedo recordar si los míos son en color o no.

21J

Nunca he tenido dificultad para dormir. No importan los problemas que tenga. Por más terribles que estén las cosas, puedo dormir. Es como matarse a uno mismo y tomar la ruta de escape más fácil.

Lo que me horroriza es despertarme. Cada mañana, paso por las cinco etapas de la muerte. Me despierto rechazando que tengo que ir a trabajar. Enseguida me pongo furioso. Entonces trato de negociar con Dios, o conmigo, y se me ocurre llamar para decir que estoy enfermo. Entonces me siento culpable y me arrepiento, hasta que finalmente acepto que el día será una mierda y me levanto.

Desde la ventana del apartamento de Helen, miro hacia los projects y descubro que llueve con fuerza. Aunque los projects se ven aún más sombríos y acabados con la humedad, me siento contento. Puedo posponer un poco lo inevitable. Mario aún está ahí, merodeando a mi alrededor, pero en realidad ¿qué tiene contra mí? A menos que vaya detrás de Eddie, no puede probar que Papelito sea una fachada para mí. Todo lo que tendríamos que decir es que yo soy su inquilino y que Papelito es el dueño del apartamento. Que tenemos un acuerdo en que yo le pague en efectivo y así ningún rastro. Pero entonces un golpe de terror me golpea en el pecho. Pues entre más se me ocurren maneras de salirme de este lío, más mentiras tengo que inventar. La cosa no se detiene. Para que yo pueda escuchar la canción de los Orishas, tengo que vivir en la verdad. Y estoy tan alejado de esa verdad que siento estar dando pasos de bebé que no me llevarán a ninguna parte.

Sentí que Helen se levantaba antes que yo. Me quedé bajo las cobijas, revolcándome en mi miseria. Si hubiera visto por la ventana, hubiera sabido con anterioridad que por lo menos tenía un día más, una excusa más para la felicidad.

Me visto. Helen ha llevado de nuevo a la cocina su grabadora. Escucho la letra de una canción de Silvio Rodríguez, *"Es una historia enterada, es sobre un ser de la nada,"* entrando a su habitación.

Helen entra de afán.

"Lo siento," saca algo de maquillaje de su tocador, "no preparé nada."

"No importa."

"¿No estás tarde?"

"Sí," miento, "también se me hizo tarde."

Se pone pintalabios y, ya casi a punto de salir, se detiene y me mira.

"Vendrás a la inauguración ¿Verdad?"

"Ya sabes dónde vivo. Si no llego escríbeme una carta."

Me besa, arruinando el lápiz labial recién puesto, y descubro por primera vez que el labio superior de Helen es casi una línea. Apenas si existe, pero el de abajo es exuberante y salva al de arriba.

"La inauguración de la galería es esta noche, así que te veré allí esta noche, ¿verdad?"

"Allá estaré," le digo, "no te preocupes."

"Bien, te dejo con Silvio," dice, cogiendo una sombrilla.

"No, salgo contigo," digo y se encoge de hombros como diciendo que está bien.

Mi única preocupación es mi madre. Si me ve saliendo de aquí nunca llegaré a tiempo al trabajo. Querrá saber todo . . . fechas, tiempos, niños.

Le digo a Helen que tengo que ir al apartamento por algunas cosas, me besa de nuevo y sigue bajando las escaleras. La veo descender y cuando alcanza el último escalón, voltea a mirarme y me saluda con la mano.

"¿Vas a escribirme otra carta?" pregunto.

"Si me tejes un suéter," dice, guiñándome el ojo. "No te vayas a mojar. Está horrible afuera. Nos vemos esta noche en la inauguración." Abre la sombrilla y sale.

En mi casa el gato duerme sobre el sofá. La barriga le sube y le baja de manera graciosa, como si alguien inflara y desinflara una bolsa de papel. Lo acaricio, le susurro que me perdone por haberle gritado. Se despierta sobresaltado, pero cuando ve que soy yo, vuelve a descansar perezosamente la cabeza y continúa con su sueño.

"Ah, no, no señor," le digo a Kaiser, "si yo tengo que trabajar tú no vas a dormir." Entonces veo la Biblia en inglés abierta encima de la mesa de centro. Job, Capítulo 9, Versículo 9. Dice:

Stretching out the heavens by himself making the Ash constellation. The Kesil constellation . . .

Mamá tiene razón a medias, Kaiser aparecía en la Biblia, sólo que lo había pronunciado mal. Pues se escribe K-E-S-I-L.

"Después de todo apareces en la Biblia," le digo al gato y descubro, a pesar de mis desdichas, que debo de estar feliz pues estoy hablando como un idiota con un gato que me lame la mano. Voy con el gato hasta mi cuarto. Trompo Loco se está vistiendo. La cama está perfectamente tendida y se ha asegurado de no tocar ninguna de mis cosas. "Tu mamá dice que me puedo quedar," dice, encogiéndose como si me fuera a poner furioso y a echarlo del cuarto.

"Te pido disculpas por lo del otro día, Trompo. De verdad," le digo. "¿Quieres ponerte mi impermeable? Está lloviendo a cántaros."

"Uso bolsas de basura," dice, poniéndose los zapatos, "les abro huecos y me quedan como vestido."

"Mira, coge el impermeable," digo, dejando al gato en el piso, dirigiéndome al clóset, "toma, esto te mantendrá seco."

Trompo observa el impermeable.

"Pero es de plástico," dice, "las bolsas de basura también son de plástico."

"Sí, pero éste," digo, sabiendo que así lo va a recibir, "tiene bolsillos, ¿ves?"

Sonríe como si acabara de darle chocolates.

Se lo pone y mete las manos en los bolsillos.

"Julio, vas a hablar con mi papá . . ."

"Trompo, ya hemos . . ." dejo de hablar cuando veo a Kaiser olfateando lo que queda de mi altar. "Trompo, ¿desbarataste mi altar?" La voz me sube un punto.

"Nah, nah," dice, encogiéndose de nuevo, "fue tu mamá. Fue la señora Santana."

"¿Ahora mismo?"

"Sí, se levantó de mal genio, diciendo cosas. ¿Vas a hablar con mi papá?"

Dejo a Trompo esperando y me dirijo hacia el cuarto de mis padres.

Estoy furioso y no golpeo. Papá duerme como una roca, y mamá no está por ninguna parte. Salgo del apartamento y encuentro a mamá afuera, sosteniendo una sombrilla tan grande que algunas veces lleva a la playa. Está lista para ir a trabajar pero está discutiendo con Papelito que también está debajo de la sombrilla.

"Pero señora," dice Papelito con su voz delicada, "como puede decir usted eso."

"Ma," grito bajo la lluvia, "¡no tienes derecho de hacer eso!"

"Mira que demonio te han puesto," me grita como respuesta. "Eso es lo que él te ha hecho."

"Señora, por favor," grita Papelito a su vez.

"Tú tienes un demonio, Julio," grita mi madre, "él hizo eso para poder así quitarte la plata. Eso es lo que hacen los santeros, eso es lo que hacen, yo sé."

Maritza llega para abrir la iglesia, que durante el día se transforma en una guardería a la que nadie le tiene confianza. Nadie. Pero ella la abre. Y todas las mujeres que trabajan allí de voluntarias son indocumentadas.

"¿Qué pasa aquí?" pregunta Maritza, preocupada.

"Fui al banco," mamá me grita aún más fuerte, "me dijeron que tú no eres el dueño de este sitio. Que el dueño es él."

"Vamos adentro," dice Papelito, "podemos conversar adentro."

"¡Yo no entro a ninguna botánica!" dice mi madre con desdén, "¡con esos demonios y usted!"

" 'Tá bien," dice Maritza, "entremos a la iglesia entonces. Hablamos ahí."

"Yo no quiero hablar con ella," le grito a mi madre. "Lo hiciste a mis espaldas, Ma . . ."

"Usted le robó la plata a mi hijo," mamá acusa a Papelito, gritando tan alto que incluso con esta lluvia, incluso tan temprano, la

gente empieza a asomarse a las ventanas para ver qué está sucediendo.

"No, señora," se defiende Papelito, "nunca he cogido un centavo
de nadie."

"Un hechizo, y después cogió la plata de mi hijo," dice mi madre.

"¡Piensas que soy tan tonto!" digo, "Ma dame algo más de
mérito."

"¡Sí!" me grita de nuevo. "Algunas veces puedes ser igual que tu
papá."

Trompo aparece por la puerta de salida. Percibe que hay una discusión y no le gusta. Se asusta.

"Dios," le dice mi madre a Papelito, "Dios le va a castigar a usted.
Por ser inmoral y por ser un ladrón." Mamá empieza a llorar pero no
siento lástima por ella. Se voltea para decirme algo pero yo volteo la
cabeza. Dilata las fosas nasales; incluso bajo este aguacero puedo escuchar cómo aprieta las muelas, la mandíbula como una furiosa ce-
rradura. Cuando volteo de nuevo la cabeza hacia ella, encuentro un
espejo. Está tan furiosa como yo. Tan furiosa, que se va pisando todos
los charcos como si pudiera caminar sobre el agua.

"¿Estás bien, Julio?" Maritza me cubre con su sombrilla.

"Sí, estoy bien," digo, furioso aún con mi madre.

Miro a Papelito que no puede aguantar verme. Me lanza una de
esas miradas de *brujo* suyas. Sé lo que está pensando y no puedo decir
que no tiene razón. Papelito se da la vuelta y cierra la sombrilla rui-
dosamente, le sacude el agua como si se estuviera deshaciendo de
malas influencias. Como si hubieran llovido malos espíritus y los
estuviera espantando. Entonces entra a la botánica sin decirme una
palabra.

"¿Quieres entrar?" me pregunta Maritza, pero no le contesto,
pues, deshechos por la lluvia, a un lado del montón de la basura, veo

los artículos que alguna vez formaron mi altar. Veo pedazos aplasta-
dos de fruta, nueces y conchas, todo esparcido. La imagen de Oshosí,
el cazador, partida en dos. La imagen decapitada de La Caridad del
Cobre hecha pedazos. La pañoleta de la diosa, sus velas oscuras y
mojadas y sucias bajo la lluvia. Entonces descubro un pedazo de
papel saliéndole por el cuello, como un coctel Molotov por dentro de
su cuerpo hueco.

Es la carta de Helen. La había escondido dentro de la estatua.
Pensando que mi madre nunca buscaría ahí.

"Toma mi sombrilla, deja de ser tan tonto," dice Maritza, no la
recibo.

Maritza me lanza una última mirada de aliento y me deja ahí.

"¿Vas a hablar con mi papá?" pregunta Trompo mientras Maritza lo toma del brazo y lo lleva adentro de la iglesia para empezar a
alistar las cosas.

Me quedo ahí empapándome. Observo los trozos de algo que mi
madre no tenía ningún derecho de tocar. Siento como si estos fragmentos, este ritual, hubieran sido los que me habían traído un poco
de felicidad. Me había despertado con la sensación de que algo bueno
iba a suceder. La lluvia me había hecho creer que quizás sería resca-
tado en el último instante, porque eso es lo que hace el amor. Anoche, había sido tocado por la gracia, y me había levantado listo a
sonreírle a cualquier extraño en la calle, a cualquier animal, a cualquier alma. Mi vida no era tan superficial después de todo, mis bolsillos eran profundos y estaban llenos de esperanza. Pero cualquiera
con el mapa de mi espantosa vida podía haberme puesto en la dirección correcta. El altar roto es un presagio. Siento que todo lo que
perseguía ha quedado a mis espaldas, y que todo de lo que estoy esca-
pando aún está aquí.

Pateo algunas de las cosas del altar. Ya no sirven para nada.

Saco la carta de Helen. El papel ya está blando, disolviéndose como una wafer. La tinta se descorrió. Las palabras de Helen se han perdido. Da lo mismo. Dejo caer la carta de mi mano. No flota como una pluma sino que se hunde como piedras lanzadas a un charco.

Entro a la iglesia para enfrentar a Maritza. Trompo Loco me pregunta si voy a ir a ver a su papá. Le digo que sí, sí lo voy a ver, Trompo. Entonces le digo que empiece a limpiar el piso para que yo pueda hablar con Maritza. Trompo Loco empieza a limpiar el piso. Su sonrisa es tan radiante que brilla. Le he dicho algo que quiere escuchar y por eso no quiere echar nada a perder.

Voy a hablar con Maritza, que está revisando el correo sin abrir de la iglesia. Está sentada en una silla plegable con los sobres esparcidos sobre el regazo.

"Están detrás de ti," le digo sin levantar la voz, mientras miro alrededor de la iglesia vacía.

Maritza no me contesta, sigue leyendo una carta. Probablemente ya ha hablado con su novio y él le habrá dicho que yo pasaría.

"No te voy a delatar," digo, casi susurrando. "No es que yo tenga algo. Quieren esos papeles. Y yo no te puedo ayudar. Tengo mis propios problemas."

Maritza arruga parte del correo de propaganda. Lo vuelve todo una pelota y la tira al otro lado de la iglesia. Así es más ella, siempre furiosa contra algo.

"Sólo quería decirte eso."

Maritza no abre más correo. Absorta en alguna furiosa reflexión, Maritza mira fijamente a las paredes.

Papelito entra a la iglesia. Todo mojado, el pelo le escurre agua por haber estado discutiendo con mi madre. Aún así balancea las caderas mientras pasa al lado de Trompo Loco que trapea el piso. Pide disculpas por mojar el piso recién brillado.

"Mari," le dice a ella, ignorándome, "tienes que parar."

"¡Por qué," grita Maritza, "no me pueden dejar tranquila!" El
eco hace que Trompo Loco deje de trapear. Le digo con un gesto que
no hay problema.

"Ésa no es la manera, Mari," le dice Papelito, y el silencio que
mantuvo alguna vez esta iglesia se ha ido. "Ésa no es la manera. Ellos
vienen por lo que tú les puedes dar. Escúchame, Mari."

"Hago lo que es correcto," finalmente nos mira a los dos. "Sé que
está bien."

"Mija, tú no puedes forzar a la gente," Papelito sacude la cabeza,
"no puedes forzar a la gente a que acepte algo que está bien. Los estás
comprando y por eso ellos están de acuerdo contigo, Mari."

"Y qué, los estoy ayudando . . ."

"Mari, ¿quién eres tú para escoger quién recibe la ayuda? Estás
haciendo exactamente lo mismo que odias. Estás jugando a ser Dios,
Mari. Tú decides quién."

Me quedo a un lado y los dejo hablar. No voy a intervenir ni aña-
dir nada.

"Papelito," dice ella, "mira lo que hemos conseguido. Toda la
gente a la que hemos ayudado."

Quizás haya lágrimas en los ojos de Maritza. No sé.

"Bien, Maritza," le responde Papelito, "muy bien, entonces con-
sidéralo como tu recompensa."

Maritza baja la cabeza. Nunca la había visto así. Todo su cuerpo
echado hacia abajo como si la gravedad la arrastrara hacia el piso.

"Y tú," Papelito voltea a mirarme, "ese agente vino a hablar conmigo, mucho antes de hablar contigo, Julio."

Por eso es que Mario sabía todo. Había ido a ver a Papelito.

"Yo no le dije nada, Papelito. Ni sobre ti ni sobre ella," digo señalando a Maritza, "él sólo quiere esos documentos."

"Ya sé," Papelito pone la mano con suavidad en el pelo de Maritza. La acaricia delicadamente. Maritza se dejar hacer. "Ya han corrido demasiadas culpas por estos lados."

Trompo Loco está listo para empezar a limpiar las flores de plástico que decoran la plataforma. Lleva una botella de Windex y empieza a rociarlas y limpiarlas con un trapo. Parece que le gusta usar el spray, pues echa demasiado.

"Voy a ir por esos formularios a la botánica," Papelito retira delicadamente la mano del pelo de Maritza, "y los voy a entregar."

Maritza da un brinco. Las cartas sobre su regazo caen al piso.

"¡No!" dice, desafiándolo.

"Ah, sí, lo voy a hacer," dice Papelito, contrariado porque se haya atrevido a confrontarlo. Después de todo lo que ha hecho por ella. "Y entonces Julio," me pongo derecho, asustado, "después de la ceremonia que tengo que dirigir esta noche, tú y yo vamos a ir al banco y vamos a arreglar todo esto." Pone el pie sobre el piso como si se tratara de mi padre. "Quiero quitarme a tu mamá de la espalda, Julio. Esa mujer es peor que el gobierno." Quisiera sonreír un poco pero Papelito no está bromeando. Sus labios son una linea recta. "Después," hace una pausa para asegurarse de que lo escuchamos, "voy a asumir toda la culpa."

"No, no puedes . . ." protesta Maritza. Papelito le levanta la mano como si estuviera listo a darle una cachetada. Maritza retira la cara, esperando el golpe.

"Mira, que te doy un . . ." Papelito se contiene de golpearla. Es la única vez que he visto a Papelito tan enfurecido como para hacerle daño a alguien.

Traga saliva y me ordena seguirlo. Hago lo que me dice y camino detrás suyo. Trompo Loco pregunta si él también puede venir pero Papelito le lanza su mirada de brujo. Trompo sabe que nos debe dejar tranquilos. Le susurro que todo está bien y sigue con la limpieza.

Al lado, adentro con San Lázaro y Las Siete Vueltas, Papelito respira profundo. Reza una oración breve y rápida y se calma. Silenciosamente, Papelito pasa hacia atrás del mostrador, donde hay varias imágenes pequeñas de San Lázaro, el santo de las enfermedades, acomodadas derechas en una estantería. Toma una y, por debajo de la imagen hay una pequeña abertura, como en una alcancía. Papelito mete los dedos y saca un papel grueso, como el que me mostró Mario.

Miro la estantería con las imágenes. Tal vez unas veinte.

Papelito sigue mis ojos y sabe qué es lo que estoy mirando.

"Eso no es nada, Julio," y me señala la estatua tamaño real de Santa Bárbara con su aspecto imperial. Está derecha y sostiene una copa dorada en una mano. Descubro que debajo de Santa Bárbara, semejante a una base o un pedestal para sostener la estatua, hay una gruesa caja metálica que parece un directorio telefónico hecho de lata.

"Ésa es la veta madre. Hay cientos. Eso es lo que quieren."

Papelito y yo vamos y bajamos la estatua, para sacar la caja metálica de abajo. Es una imagen pesada y cuando la bajamos para ponerla en el piso, la copa que Santa Bárbara sostiene en la mano se suelta y el yeso se hace pedazos en el piso. Papelito observa intensamente los trozos rotos. Ve cosas. Patrones, siluetas o números en el reguero blanco y de tiza que hay en el piso.

"Por causa de todo este temor, Julio," dice, los ojos aún fijos con intensidad hacia abajo, "hemos cedido todos nuestros derechos. Le hemos dado al gobierno el poder de entrar a nuestros cuartos. Pero un día, Julio, este temor desaparecerá. Pero el gobierno aún tendrá estos poderes y no los va a regresar." Levanta la vista del piso y se chupa los dientes. Papelito hace un gesto de asco, como si de repente un olor fétido llenara el aire. "Y ahora, Mari les ha dado justo lo que ellos quieren. Una excusa para llamarnos a ti o a mí patriotas, sólo por delatarnos el uno al otro."

Caigo entonces en cuenta de que Papelito ha estado en contacto con Mario mucho antes que yo. No supe lo que Mario tenía contra Papelito, pero con seguridad tenía algo. Así como Mario tenía algo contra mí. Lo mismo que el gobierno tiene algo contra todo el mundo.

Maritza entra a la botánica, furiosa. Las fosas nasales dilatadas. Sacude la cabeza incrédula hacia Papelito como si la hubiera traicionado. Espera inmóvil a que Papelito la enfrente. Pero en cambio, Papelito la ignora. Pasa justo a su lado y sale de la botánica. Hago lo mismo.

Afuera. Bajo la lluvia.

Papelito observa el borde del andén. Busca manchas de aceite, como alguien que intenta encontrar la paz con la naturaleza; por lo menos en su versión de la naturaleza. Hay varias hojas taponeando el desagüe de la alcantarilla. Hojas de diferentes colores se han acumulado por el aguacero. Papelito encuentra algo en los diseños que forman. Lo miro mientras Maritza adentro rompe una a una las estatuas. Oigo sus gritos de frustración contra todos y contra todo. Entonces sólo en ese momento entiendo que Papelito está buscando entre las hojas de la alcantarilla profecías o filosofías. Medita para así ignorar los insultos de Maritza. Los dos son mis amigos y quisiera quedarme, pero se me ha hecho tarde para el trabajo. Papelito ya me ha dicho lo que necesito hacer. Ahora sólo depende de mí.

No me sorprende que lo primero que veo al llegar a la obra sea a Mario esposado y escoltado hasta una patrulla. El jefe habla con un detective.

"Él se robó los tubos," me dice Antonio en español, "siempre supe que había sido él."

"Perfecto," digo, molesto. "¿Te regresas para México?" le pregunto a Antonio.

"Ésta va a ser mi última paga," dice.

"Así nada más. ¿No te vas a despedir de Maritza?"

Con toda esta lluvia alrededor, Antonio permanece en silencio. Los policías se van con Mario, y el jefe les dice a todos que vuelvan al trabajo. El jefe se acerca.

Antonio se va. No quiere tener nada que ver con todo esto: conmigo, con Maritza o el jefe.

"Julio estás podrido," dice el jefe.

"¿Podrido?"

"Sí."

"¿Qué putas quiere decir podrido?" replico. "¿Quiere decir que estoy despedido?" digo, sin importarme lo más mínimo.

"Oye no te pongas así conmigo, Julio," dice el jefe como si fuera un ángel. Como si nunca hubiera hecho nada incorrecto. Un ser perfecto que se preocupa por todo el mundo.

"Pídele explicaciones a Eddie. Está en el trailer."

El trailer no está muy retirado, sólo a unos metros. Pero entonces me dejo llevar por un incidente en el pasado.

Me sucedió años atrás, cuando tenía doce. Había un chico italiano de quince años como un semental que no paraba de meterse conmigo. Era inmenso, ya por el metro ochenta, y todos los que no lo conocían pensaban que era un tipo adulto. Me buscaba pelea todos los días, durante meses, hasta cuando cumplí los trece. Y no había manera de enfrentarlo. Podía haber clonado dos más de mí mismo y hubiera seguido golpeándonos a los tres, todos al mismo tiempo. No eran sólo burlas, como las burlas que le lanzaban a Trompo Loco, insultos verbales, que dolían, también, sino verdaderas patadas y golpes. Y, por supuesto, uno se convertía en un llorón para el barrio si les contaba a los papás. En mi caso, mi madre hubiera dicho simplemente que le rezara a Dios. Y lo hice, pero ese chico inmenso seguía pateándome el culo. Y entonces, después de agotar todas mis alternativas, incluso la de rezarle a Dios, me di por perdido y no me importaron las consecuencias.

A la mierda si ganas.

A la mierda si pierdes.

Lancé el golpe.

Eso era lo que estaba a punto de hacer ahora. Todos estos matones. No tengo nada que perder.

Entro al trailer y Eddie se encuentra sentado, haciendo modificaciones a los libros. Me ve y cierra su libro de contabilidad, como si no quisiera que yo vea cuanto roba, se lleva o gana.

"¿Qué?" digo sin saludar. Eddie comprende. Puede ver que estoy molesto.

"Conseguí un chico," dice Eddie, mirándome directo a los ojos, "de El Salvador, que va a tomar tu nombre."

"Entonces ¿será mi fachada? ¿Así es?" le pregunto y Eddie asiente. Comprendo lo que se propone. "Y tú recibes la mayor parte de su paga, ¿verdad?"

"Claro," dice Eddie. "Julio, tú me debes mucho dinero. De esta manera, puedes encontrar otro empleo y yo no pierdo otro obrero."

Empiezo a odiarlo pero es un buen trato. Es un buen trato. Un trato malditamente bueno. Corta mis problemas a la mitad. Ahora sólo tengo que lidiar con Mario.

"Okay, gracias," digo. "Nos vemos."

"Espera ¿dónde vas?" dice, abriendo los brazos.

"¿No dijiste que encontraste una fachada para mí?" digo.

"Sí ¿y?"

"Pues, ¿no vas a deducir lo que te debo? ¿No te estoy cediendo a ti mi afiliación al sindicato?"

"Creo que no estás entendiendo," dice Eddie, enderezando la silla giratoria, "eso sólo cubre los intereses."

"¿Intereses?"

"Escucha, Julio, me gustas, de verdad. Tú nunca me has defraudado. Esto es lo mejor que puedo hacer. Te estoy dando la oportunidad que encuentres un trabajo y que al mismo tiempo me pagues lo que me debes."

Guardo silencio. Pienso en ese chico que se metía conmigo.

"Pero ya tengo suficiente contigo Julio."

Estoy pensando en el día que me harté de ese matón y antes de que pudiera venir y empezar a golpearme, me fui yo contra él. Llevaba una botella de vidrio en la mano, y antes de que se diera cuenta lo golpeé en la cabeza. La botella se rompió arriba de su ojo izquierdo. Tenía sangre por toda la cara y empecé a patearlo cuando cayó al piso.

"O lo haces en tu edificio o aceptas ese trabajo en D.C."

El problema fue que, después de recuperarse, tuve que pagar todo un infierno. Y el chico me golpeó tan fuerte que me envió al hospital.

"Entonces ¿qué vamos a hacer?"

Pero cuando salí del hospital, nunca más volvió a joderme. Esas dos palizas que nos dimos llevaron a que los dos cambiáramos. No nos volvimos amigos, ni mucho menos, pero él me respetó y yo dejé de tenerle miedo.

"Así que ahora tienes un chico," empiezo a decirle, asegurándome de entender todo correctamente, "que tomará mi nombre aquí en la obra."

"Correcto."

"Y tú cobras la mayor parte de su cheque. Dejándome libre para trabajar para ti en lo de D.C . . ."

"Es brillante, Julio, así me pagas y al mismo tiempo ganas dinero para ti."

Vuelvo a experimentar esa violenta sensación. La misma sensación que tuve cuando ataqué a ese matón.

"Vete a la mierda Eddie, a la mierda tú y tus trabajos."

"¿Qué fue lo que me acabas de decir?" Eddie se pone de pie. Es viejo y, como su hijo, es alto. Como un campo de maíz que se levanta por encima de uno, tapándole la vista. Un lugar donde uno se puede perder y empezar a avanzar en círculos.

"¿Después de todo lo que he hecho por ti? Pedazo de mierda."

"Quédate con tus encargos Eddie," le digo, preparándome para salir, "te traeré la plata . . ."

"Claro que sí, necesito de inmediato ese dinero." Eddie me agarra del brazo. "Me escuchas, ¡ahora mismo!"

Suelto el brazo de un tirón. Aprieto los puños de las manos tan fuerte que se me acalambra el brazo izquierdo. Me duele pero no quiero que Eddie se de cuenta ni vea que me doy un masaje. Entonces, respiro profundamente una y otra vez.

"Vas a ir a quemar tu edificio ahora mismo, en este instante . . ."

"¡Está lloviendo! ¡Hijo de puta!" le grito y me toma por el cuello, como lo haría un policía con un manifestante.

"Entonces lo incendiarás mañana en la noche, ¡escuchaste!"

Me suelta. No fue un apretón fuerte ni furioso. El cuello no me duele para nada. No como el brazo. Eddie me sujetó más por decepción, como un padre de mal genio golpeando a un niño en la muñeca.

No estoy seguro que Eddie, como los tipos poderosos que están detrás de él, le hiciera nunca daño a alguien físicamente. Eddie es como
los pilotos bombarderos, que matan a sus enemigos desde la distancia. No podría ver nunca a sus víctimas directamente a los ojos. Si así
fuera, se convertirían en seres demasiado humanos para matarlos.
Eso es para la gente insignificante, como yo.

"Nunca me gustó, ni un poco." Me mira a los ojos pero no hay
ningún sentimiento, para él se trata sólo de un trabajo. Un trabajo en
el que no tiene que ver ningún rostro. "O incendias tu casa o mando
a alguien más a que lo haga. Y ese alguien no dará ningún aviso a ninguno de los que viven ahí."

22K

El *Asiento*, la ceremonia donde una persona "hace el santo," cuando él o ella se vuelven uno con el Orisha que los escoge, se está llevando a cabo en la iglesia de Maritza. Los tambores se pueden escuchar a una manzana de distancia. Es una celebración, una especie de bautismo, volver a nacer pero en Ochá, en Santería. Papelito no estaba bromeando al decir que no quería secretos. Hay un equipo de camarógrafos de Telemundo, el canal hispano, reportando la primera escenificación pública de un Asiento. Papelito también ha sido precavido y ha llamado a su abogado en caso de que aparezca algún grupo de protectores de animales o de otros manifestantes.

Papelito les ha dado la bienvenida a los seguidores progresistas de Lokumí, como también a otras almas curiosas como yo. Todo lo que pide es respeto.

Entro en mitad de una poderosa percusión. Un grupo de hombres en una esquina golpean los sagrados tambores batá. Hay algunas aves amarradas a las patas de una silla y mesas repletas con una cantidad de símbolos, todos relacionados con el Orisha para el que se ha dispuesto la mesa. Hay una pared artificial hecha con sábanas blancas, que oculta una piscina de plástico para niños acomodada en una esquina. A través de la transparencia de las sábanas, puedo distinguir la silueta de un cuerpo desnudo de pie, los brazos abiertos, mientras unas manos lo lavan. La gente que rodea el cuerpo desnudo lo seca con toallas y lo viste.

"Así como un recién nacido no puede hacer las cosas por sí mismo, así es quien es un recién nacido en la Santería." Un babalawo que no conozco le explica cada paso al reportero de Telemundo. "Las ropas son todas blancas. Una representación del nacimiento."

Busco a Papelito. Quiero pedirle disculpas por lo que voy a hacer. Afectará su botánica. Sobre todo el agua. Los bomberos soltarán tanta agua sobre mi edificio que se desbordará hasta su negocio vecino. Sus hierbas, velas y otros artículos se arruinarán. Necesito decirle que no tengo otra opción, que si yo no incendio el edificio alguien más lo hará. Que espero que él me perdone.

Pero resulta difícil encontrarlo con el intenso ruido de los tambores. Con alguna de la gente bailando, otros orando, o con otros simplemente comiendo o bebiendo.

Entonces de pronto caigo en cuenta de que Papelito, como padrino del iniciado, debe encontrarse entre la gente al otro lado de la pared de sábanas.

"No podemos verlo, pero en este instante el santero," me acerco al babalawo que le explica al reportero, "pasa ahora sobre el cuerpo del iniciado el cuerpo de dos gallos cuya sangre será rociada sobre los artículos puestos en la mesa, para así santificarlos."

Eso era lo que estaba haciendo Papelito. Es el peor momento

para hablar con él. Para pedirle disculpas no por mi madre sino por otras cosas, durante una ceremonia tan sagrada, sería simplemente una estupidez mía.

"¿Y los animales," pregunta el reportero, "se los comen después?"

"Sí," responde el babalawo, "mire a su alrededor, toda esta gente debe ser alimentada. La ceremonia durará varias horas y los invitados estarán con hambre."

"Entonces, hasta cierto punto no habría crueldad con los animales," quiere saber el reportero, haciendo que el abogado de Papelito intervenga.

"¿Podría contestarle yo, por favor?" El reportero pone el micrófono frente al abogado. "Los animales son sacrificados de una forma limpia y humana, después se servirán como la comida de la fiesta. Los animales serán consumidos como comida. Nada distinto a cuando usted pide una hamburguesa en MacDonald's. La gente no comprende que cuando se comen un trozo de carne ese animal ha sido sacrificado de la misma manera como serán sacrificados los animales en esta ceremonia, y después, igual que ese pedazo de carne, servidos como alimento."

Los tambores siguen.

Veo a Papelito salir detrás de la cortina de sábanas blancas. Lleva dos gallos en la mano. Tiene el rostro serio, casi en una expresión de trance. No me acerco hacia él mientras los tambores siguen vibrando. Papelito desaparece en el baño de los hombres, seguido por otros babalawos. Cuando reaparecen, Papelito lleva una jarra en las manos. Se acerca a la mesa y esparce la sangre de los gallos sobre los artículos en la mesa.

"Ésta es la primera limpieza," le dice el babalawo al reportero, "los animales que se han frotado sobre el cuerpo del iniciado se han llevado todos los pecados anteriores. Sigue una segunda limpieza con el agua de río, antes que . . ."

"Una última palabra sobre el sacrificio de los animales," el abogado interrumpe la explicación de la ceremonia, "todo esto que usted ve aquí, incluyendo el sacrificio de los animales, se encuentra bajo la protección de la Primera Enmienda, libertad de culto." Papelito está como en un trance, como si estuviera rezando todo el tiempo por dentro. Me doy cuenta de que eso es en realidad lo que está haciendo. Papelito quiere que se filme la ceremonia para que la gente no sienta temor, para que la gente no sea engañada por falsos santeros que no saben lo que están haciendo. Es importante para él, tan importante que está deseando que lo expulsen de su religión por disidente.

No puedo hablar con él mientras se lleva a cabo la más sagrada y compleja ceremonia. Salgo de la iglesia hacia el tráfico, y siento como si entrara al silencio. Los tambores suenan ahora como latidos lejanos. No tengo más que hacer sino esperar a que termine la ceremonia. Mientras pasa el tiempo, voy a ver a Helen, pues las mismas cosas que le voy a decir a Papelito tengo que decírselas a ella.

Camino hacia su galería, paso al frente de un Blockbuster Video, de un par de Duane Reade, un par de Rite Aids, un par de McDonald's, un KFC, un Starbucks, un Gap, y un Old Navy. Me pregunto de quién serán estas calles. Hay varias taquerias mexicanas, pero se ven neutralizadas por estas tiendas de cadena que forman una especie de mini centro comercial dentro de la ciudad. Lo único que no ha cambiado son las iglesias. Algunas se encuentran encima de las tiendas, otras en los sótanos. Algunas ni siquiera parecen iglesias sino fábricas clandestinas o almacenes de depósito. Las iglesias en Spanish Harlem no pasan de moda. Si uno no tiene ninguna esperanza, siempre va a ser pobre. Y ahí es donde entra Jesús. Él lo consuela acariciándole la cabeza. Susurrándole a uno que cada día es un don, un milagro, que los sueños de uno son oro, que uno es el relato de Dios. Y muchos se aferran a esas palabras, como si vinieran directamente de sus padres. Volteo la esquina y me encuentro con una multitud.

Los manifestantes se encuentran donde Helen.

Hay un grupo grande de inquilinos ocupantes y activistas al otro lado de la calle frente a su galería. Son latinos y dicen en coro, "¡Renueven los edificios, no a la gente!" Llevan unos carteles que resultan un poco difíciles de leer a esta hora de la noche. Me acerco y puedo reconocer algunos. Un hombre muestra una pancarta que dice RICANSTRUCTION. Una mujer levanta un letrero sobre la cabeza que dice, CLINTON, TE AMO. PERO VETE DE HARLEM.

Uno de los manifestantes es el tipo flaco de bigote que apareció en mi casa cuando sacaron a Trompo Loco. Me reconoce y me pasa un volante.

El verdadero crimen es sustraer el arte de la gente . . . dejo de leer ahí mismo. Y cruzo la calle.

"Oye," grita detrás de mí, "¡no vas a entrar ahí! ¡Cierto!"

"Claro que sí," le contesto, "no es una huelga."

Al otro lado de la calle, la historia es completamente diferente. La galería de Helen está a rebosar. El gentío llega hasta afuera, cerca de la puerta de entrada, donde los invitados ignoran a los manifestantes y beben vino y conversan. Hay varios niños que han venido por curiosidad y por la comida. Entro, y el artista de quien se expone el trabajo ha dejado que lo aten como Cristo, el brazo izquierdo a un madero, el derecho a otro. Tiene aspecto de nativo americano, el pelo largo y abundante, y sus pinturas están plagadas de tonos del suroeste. En ningún momento ve a nadie, simplemente permanece ahí, atado y con una expresión vacía en el rostro. Tampoco habla con nadie, y algunos lo observan como si se tratara de un cuadro y no de una persona real.

La inauguración de Helen es un éxito, por lo menos en lo que respecta a la asistencia. Otros artistas de Spanish Harlem han venido a ofrecerle su apoyo. James de la Vega se encuentra aquí. "No protestaron por el Starbucks," escucho decir a James de la Vega, "mierda, eso sí es perverso hasta la médula." Lleva puesta en la cabeza una inmensa peluca rubia, estilo afro, y una camiseta que dice BECOME YOUR DREAM. Tambiéan están aquí Tanya Torrès y su esposo, José, propietarios de Mixta Gallery en la 107 con Lexington. Tambié, Eliana Godoy, propietaria de Carlito's Café, y Efraín Suárez del Salsa Museum. Conversando en una esquina con el profesor Waddle están las poetisas Prisionera, Yarisa Colón, y la ecuatoriana Verónica "de nadie." Bajo mejores circunstancias, me hubiera encantado formar parte de todo esto, pero no justo ahora.

Hay también bastante gente blanca. Busco a Helen entre la multitud.

Greg me ve y con la mano me dice que me acerque.

En los eventos como éste, donde la gente toma vino y mira obras de arte, se siente uno forzado a mostrarse un poco remilgado, incluso si uno está aquí como el portador de malas noticias.

Me acerco sólo por buena educación.

"Este es Julio," me presenta Greg a una mujer mayor blanca. "Ésta es Ruby."

"Un placer conocerla," le digo a Ruby, que se encuentra ligeramente del lado pesado, como una gran foca bebé.

"Ruby me estaba comentado ahora que no entiende por qué alguna gente quiere que este lugar permanezca sólo latino, ¿acaso otras influencias no cambian a la gente, Julio?"

"Sí, la cambian," digo, mirando alrededor a ver si encuentro a Helen.

"Mira, Julio está de acuerdo," comenta Greg.

"No dije que estaba de acuerdo contigo," añado.

"Bueno, en todo caso," dice Ruby, "leí que Alfred Stieglitz afirmaba haber visto por lo menos," dice con énfasis, "por lo menos, por lo menos siete ciudades de Nueva York distintas a lo largo de diez años. El cambio es la naturaleza de esta ciudad. Esta gente . . ."

Me voy.

Sigo buscando a Helen y resulta verdaderamente difícil encontrarla entre toda esta gente aquí. Es un mar de codos y espaldas, empujones y giros bruscos para no tumbar los tragos de la gente. Entonces por fin veo a Helen, tiene una copa de vino en la mano y conversa con un hombre de mediana edad con el pelo canoso y con un afeitado en el que sólo se ven unos destellos blancos y diminutos. Es delgado y atractivo. Al lado suyo, adivino, está su esposa. Una mujer con el pelo completamente blanco y con el aspecto de una belleza sureña. Y precisamente por su pequeña contextura, adivino que se trata de los padres de Helen.

Helen me ve y de inmediato muestra una gran sonrisa. Se abre paso entre la gente con los codos y se acerca para agarrarme. Me besa sin ninguna vergüenza.

"¿No es maravilloso?" dice, ya entonada, "mira toda esta cantidad de gente."

"¿Has vendido algún cuadro?" no sé que otra cosa decir.

"Sólo las cuerdas con las que se ató Russell."

"¿Están a la venta?"

"Sí, ¿no es brillante?" En realidad, la está pasando bien. "Vamos." Helen me toma de la mano y me lleva directo donde se encuentran sus padres.

"Éste es Julio," dice. "Mi padre, Vic, y mi madre, Emily."

Son gente muy amable, erguidos como pavos reales, orgullosos de su hija.

"Helen," le digo cerca al oído, "¿podemos hablar en el cuartito de tu oficina?"

"Claro," dice y pide permiso.

La oficina no está muy lejos, pero aún así tenemos que luchar para llegar hasta allá y la gente está todo el tiempo felicitando a Helen. Cuando llegamos a la pequeña oficina, vuelvo a recordar la primera vez que le hice el amor.

"Helen, tengo algo que . . ."

Alguien entra.

"Helen, los Armstrong están preguntando por la pieza de la montaña."

"Julio," dice, "estoy ocupada, ¿puedes esperar?"

La miro fijamente y quisiera decirle que sí. Pero no me engaño. La mía debe ser una clara expresión de desesperación, pues Helen percibe que pasa algo.

"Helen," dice el tipo "¿la pieza?"

Sin quitarme los ojos de encima, Helen contesta, "Diles que voy en un segundo."

El hombre vuelve a salir.

"¿Qué sucede, Julio?" pone la copa a un lado y me toma cariñosamente la cara. Sus manos están tibiasy huelen a vino y almendras.

Con todo este caos, ¿por qué no decírselo simplemente?

Así que lo hago. "Helen," digo, "voy a incendiar el edificio."

"Buenísima idea," dice, tomando un sorbo de vino, "asegúrate que los manifestantes estén adentro."

"No," le digo, "hablo en serio, vine para decirte que voy a incendiar el edificio."

"¿Cuál edificio?"

"El edificio donde nosotros vivimos, ese edificio."

Helen deja caer las manos de mi cara como si le pesaran una tonelada.

"Espera, ¿oí bien?" dice, forzando una pequeña sonrisa.

"Lo voy a quemar mañana en la noche."

"Estás loco," dice totalmente incrédula.

"Prométeme que no vas a estar ahí."

"Estás loco."

"Prométeme por tus padres," repito con insistencia, "prométeme por Vic y Emily que no vas a estar ahí."

"No, este no puedes ser tú. Esto no puede ser verdad," dice, enfocando lo ojos hacia otra parte, como si se tratara de resolver una ecuación matemática. "No," dice más para ella misma que a mí, "esto no está bien."

"Todos pueden llamar a la policía y hacer que me arresten, pero eso sólo lo va a aplazar.

Si yo no lo incendio, alguien más lo hará. Conozco a Eddie."

"¿Eddie? ¿Quién putas es Eddie?" nunca la había oído soltar una grosería. "Dime si estás en algún problema, Julio. Sólo dímelo, dime."

"Traté de decírtelo la otra noche," digo, levantando la voz. La conversación afuera se escucha más fuerte, como si hubiera llegado más gente. "Te conté que hacía incendios . . ."

"Pensé que me estabas tomando del pelo o que estabas en otra cosa . . ."

"No, hago incendios . . ."

"No, no lo haces. Tú trabajas en construcción. Te veo salir todas las mañanas . . ."

"No, hago incendios," escucho a la gente reírse fuera de la oficina. Se están divirtiendo, "escucha, mantén la boca cerrada, Helen, y te puedo prometer, te prometo seriamente un reembolso del seguro de incendios. Hasta puedes quedarte con la mitad de lo que me corresponde. Maritza tendrá la otra . . ." Dejo de hablar cuando veo

que le empiezan a brillar los ojos. La humedad está a punto de des-
bordarse.

"No te puedo creer," Una gota gruesa le baja por la mejilla, "no
puedes estar hablando en serio."

"Hablo en serio."

"Voy a llamar a la policía," dice como en trance, como si fuera
otra de las personas en la ceremonia de Papelito. "Voy a llamar a la
policía."

"¿No me has estado escuchando?" ¿Por qué razón voy a esperar
que Helen me crea? Esto es algo que sólo le sucede a otra gente,
como ser alcanzado por un rayo o matarse en un accidente aéreo.
Uno nunca piensa que le puede suceder a uno o a alguien cercano,
y entonces, cuando sucede, es como vivir en un mundo fantástico, y
uno no sabe qué hacer con eso. "La policía no nos va a ayudar, Helen.
Con la policía será peor, porque entonces no habrá ningún aviso y
morirá gente . . ."

"Voy a llamar a la policía," dice de nuevo y va hacia el teléfono.

Lo agarro.

Los murmullos afuera de la oficina son realmente fuertes, parece
el Yankee Stadium.

"Escucha, Helen. Escúchame, ¿estaba la policía ese otro día
cuando todas esas mujeres humillaron a ese hombre? No, ¿cierto?
¿Estaba la policía cuando el tipo estaba abusando de su hija? ¿Está la
policía esta noche aquí con todos estos manifestantes? No, ¿cierto?
Aquí hay todo un juego de reglas distinto. Uno confía en los
amigos . . ."

"¡Amigos!" grita. "¡Estás hablando de incendiar mi casa! Tu casa.
¿Una iglesia? Es una locura. ¡Suena como si estuvieras loco!"

Toma un rato para registrar la traición. Al principio uno la niega.
Se dice a sí mismo, es demasiado. No es posible. Entonces se entra a
una zona muerta, al silencio, al procesamiento de datos y recuerdos.

Después de haber examinado toda la evidencia contra esa terrible idea, llega uno a la comprensión de que a uno le han mentido. Eso era lo que le estaba sucediendo a Helen.

"Sólo no estés ahí, ¿okay? Lo siento," digo bajando la voz, pues es mi culpa.

Dejo de hablar.

Entonces sigue un silencio gradual. Como si una mala noticia hubiera sido anunciada en la radio y todo el mundo guardara silencio para poder escucharla. Es ese tipo de silencio. Algo ha sucedido afuera dejando la fiesta más silenciosa que un funeral.

Abro la puerta de la oficina y me encuentro a la multitud aterrada. Trompo Loco está sangrando, la cara negra, la ropa quemada. Está de pie en la mitad del salón. Todo el mundo le abre paso y cuando me ve empieza a llorar.

"Él tiene que hablar conmigo ahora, Julio," dice Trompo y empieza a girar. "Tiene que hablar conmigo." Trompo Loco da vueltas con los brazos abiertos. No para de girar, repitiendo una y otra vez las mismas palabras. Algunos tratan de detenerlo, pero su cuerpo delgado y alto hace difícil agarrarlo bien. Además, con los brazos extendidos Trompo Loco golpea sin querer a alguna de la gente que se quita de su camino. Gira y tumba algunos de los cuadros. Algunos tipos tratan de controlarlo y tumban a Trompo Loco al piso. Mala idea. Cuando cae al piso, él simplemente aprieta los brazos y empieza a dar vueltas en el piso como Curly de Los Tres chiflados. Trompo Loco está en el piso, dando vueltas como una tapa enloquecida, gritando "¡Háblame!" Algunas personas no se retiran del camino de Trompo Loco y con su cuerpo giratorio las golpea en los pies, haciendo que también se caigan al piso.

"¡Sólo déjenlo tranquilo!" grito, pues sé que si uno trata de detenerlo se puede hacer daño o le puede hacer daño a él.

Helen se tapa la cara con las manos.

Los cuadros están rotos y en el piso.

El artista, que se había atado cerca de la mesa del vino para asegurarse de que todos lo pudieran ver, está empapado, y alguien lo
está desatando.

Mucha gente empieza a salir.

Trompo Loco empieza a perder velocidad. Trompo está a punto
de desmayarse. Cuando se desmaya, su rostro se ve plácido, como si
estuviera dormido o muerto. Me arrodillo para cargarlo y llevarlo a
la casa. Entonces su cara sin expresión me hace caer en cuenta de por
qué se ha puesto furioso. Quiere que Eddie hable con él. Quiere que
su padre hable con él.

Salgo de la galería directo a la casa.

Varios carros de bomberos van en la misma dirección mía. A una
cuadra de mi edificio, luces de neón de varios colores iluminan todo
a su alrededor. Máquinas rojas y patrullas de policía, ambulancias y
reporteros de noticias llenan la calle. Una gran multitud se ha reunido, observando con asombro cómo un incendio puede agarrar
tanta velocidad que aún antes de que los carros de bomberos puedan
empezar a atacarlo, se ha convertido más o menos en una boca de llamas, devorándolo todo. Empiezo a correr, evaluando la escena.
Cuando me doy cuenta que sí, esa es mi madre llevando en los brazos
algo que parece un bebé, sé que se trata de Kesil, y el corazón me empieza a palpitar más lento. Ya más cerca, descubro a mi padre des-
calzo, sosteniendo el estuche de un único álbum. Voy más despacio
cuando me aseguro de que se encuentran bien. Llego hasta la escena
y encuentro a mi madre llorando. Desde el otro lado de la calle,
desde donde solía admirar mi casa, cuando me creía muy vivo y
abriendo paso, la veo ahora incendiarse. Veo el techo derrumbarse.
Todo pasa demasiado rápido.

El incendio de un edificio de tres pisos no dura demasiado

tiempo. Se consume realmente rápido. Los bomberos ponen a un lado lo que se ha salvado de las llamas. Nada más que una concha de ladrillos y altas nubes de humo que serpentean por entre los escombros, como un cigarrillo recién apagado. En un momento, el olor a madera, casi toda en cenizas, a plástico y a pintura quemados empezará a llenar el aire.

Abrazo a mi padre y a mi madre. Kesil está asustado. Ha visto esto antes.

"Ese hombre era un santo," se lamenta mi madre. "Nos salvó la vida a mí y al gato," dice en un quejido. Kesil entierra las uñas en la tela de su blusa sin rasguñarle la piel. Está tan aterrado de quedarse sin casa que no quiere soltarse nunca más de mi madre.

"A todos. Nos salvó a todos." Papá está temblando, habla entre lágrimas, haciendo un esfuerzo por explicar lo que sucedió. "Nos estábamos desmayando por el humo, cuando apareció por entre una pared de fuego, como si pudiera controlarlo y no sintiera nada, exactamente así."

"Me salvó la vida," grita mi madre, "Cristo lo bendiga."

Nos quedamos ahí y entonces el humo en el aire hace salir a nuestros vecinos. Las mujeres consuelan a mi madre y sus esposos le ponen la mano en el hombro a mi padre. La mayoría de los vecinos observan atónitos. Los amigos de mis padres se abrazan y algunos lloran, pues los días cuando los incendios andaban desenfrenados siguen vivos en la memoria de todo el mundo. Algunos de los testigos que se encontraban en el *Asiento*, me cuentan que en ese preciso minuto Papelito había salido corriendo de la ceremonia que dirigía, como si algún espíritu le hubiera pasado la información. Que algún espíritu le susurró al oído que sacara inmediatamente a todo el mundo de la iglesia. Que algo maligno estaba a punto de suceder. Cómo entonces Papelito había subido corriendo las escaleras hacia mi casa y había salvado a mis padres y al gato. Cómo el fuego se interpuso entre él y el mundo de afuera, devorándolo hasta que Papelito mismo se transformó en una llama.

Observo la multitud, un circo de togas multicolores, bailarines, tambores, maracas, campanas y guiros, y los animales para el sacrificio. Todos ahora afuera, sin haber tenido la oportunidad de continuar la ceremonia, comienzan a orar por ifa padrino. Entonces, de repente, empiezan a tocar el tambor y a bailar, como si quisieran celebrarle a Papelito su funeral aquí mismo en la calle. Invocan en sus cantos a varios dioses Orisha y danzan en nombre de Papelito. Belén, Belén, es el último Belén. Pero no puedo dejarme llevar. Miro al otro lado de la calle hacia mi edificio y a San Lázaro y las Siete Vueltas, consumido por el fuego, la ventana de cristal rota en pedazos negros sobre la acera. Me siento tan fracturado como esos trozos de cristal. No tuve la oportunidad de agradecerle todo lo que había hecho por mí. De darle las gracias y decirle que me arrepentía por haberlo defraudado.

Varios están alabando su memoria, pero otros siguen con sus lamentos. No me caigo muy lejos detrás de aquellos que están llorando. Papelito era mi amigo, y que haya salvado a mis padres parece haber sido su último regalo para mí.

Libro III

LLENE UNA SOLICITUD. PASE A LA LISTA DE ESPERA.

Porque ésta es tu casa, mi amigo,
que no te obliguen a abandonarla;
grandes hombres han hecho grandes cosas aquí
y volverán a hacerlo . . .

JAMES BALDWIN,
LA PRÓXIMA VEZ EL FUEGO.

Solicitud #23

Esta solicitud de ninguna manera le reserva o asigna
a usted un apartamento. Una cuota no reembolsable de
$100 debe acompañar este formulario,
de lo contrario no será procesado.

Mi padre era discapacitado, así que volvimos a los projects. La hipoteca estaba a nombre de Papelito, y ahora que él ya no está, no tengo ningún registro, ninguna prueba de que ese lugar fue alguna vez mío. No pasaría mucho tiempo, menos de un año, para que algo más fuera construido en el sitio donde solía vivir. Un día estuve caminando por la calle. Vi a unos tipos blancos saliendo del nuevo edificio que solía ser mi casa. Me detuve y miré hacia las ventanas arriba. Me asaltó la rabia que alguien más estuviera ocupando mi espacio. Y después, cuando abrieron un Starbucks justo en el lugar donde se reunía la People's Church, evité definitivamente esa calle.

Helen vive ahora en una casa de ladrillo en la 120 y First. Cada vez que me ve cruza al otro lado de la calle antes que yo puede acercarme.

Así que la dejo tranquila.

Nunca dejé de oír hablar sobre Maritza. O de pensar en ella. Aunque no estuve ahí, sé que fue un hecho real. No poco después del incendio, Maritza y Antonio subieron al techo de un bloque de apartamentos en la 116 y Second Avenue. La vía lleva el nombre de Luis Muñoz Marín, gobernador puertorriqueño responsable de haber despoblado la isla; pero ahora viven tantos mexicanos en la avenida, y hay tantas taquerías que ha sido denominada Little Puebla. Fue durante un festival mexicano, no sé cuál, cuando todo el mundo sale a la calle, cuando la bandera de México ondeaba con sus colores verde, blanco y rojo sobre toda la avenida, que entonces esos documentos detrás de los que andaba Mario, empezaron a llover sobre la gente como confeti. La mayoría sabía lo que eran y los agarraban rápidamente en el aire, como si se tratara de deseos, y regresaban velozmente hacia sus casas. Otros los pisaban y seguían con la fiesta, disfrutando de su barrio recién descubierto.

Y entonces Maritza desapareció.

A pesar de todo, El Barrio sigue siendo un lugar donde los rumores se multiplican sin control, como hacen los árboles en los tejados de los edificios viejos, quemados y abandonados. Algunos aseguran haber visto a Maritza en América Latina, en algún orfanato. Algunos rumores son aún más descabellados. En México mencionan su nombre al lado de otros santos. Maritza ha ayudado a una inmensa cantidad de parientes de gente cuando llegaban indocumentados aquí, a los Estados Unidos. Decían que si uno podía encontrar a "La Santa," ella podía volverlo a uno americano y que uno ya no tenía que vivir con miedo. Como un esclavo. Algunos afirmaban haberla visto en el Amazonas. Que ingería hongos sagrados y se había convertido en una iluminada y vivía ahora en cuevas, donde predicaba a los jaguares sobre la nobleza de comer hierba y plantas. Pero ése es un rumor en el que yo no creo ni poquito. No creo en ninguno de los rumores. Sospecho que ella se encuentra en alguna parte de Estados Unidos, medio escondida y ayudando en algún refugio para mujeres o algo parecido. Ignoro si eventualmente aparecerá. Si algún día Mario la descubrirá o no. Regresará, y cuando se presente en mi puerta, no tendrá historias maravillosas. Ningún relato de heroísmo. Con toda seguridad estará con frío y hambrienta y me golpeará por algo de dinero y me exigirá favores, exactamente como en los viejos tiempos.

Maritza tuvo también su cuota de equivocaciones. Era una criatura inquieta e impredecible que desafió el imperialismo americano de una forma que ningún puertorriqueño o cualquier otro hubiera imaginado nunca. No es una sorpresa que hubiera fracasado. Que por lo menos hubiera intentado hacerlo, ése es el verdadero milagro. El impacto que ocasionó resultó suficiente para mantener a la gente soñando. Así, los inmigrantes siguieron llegando a Spanish Harlem. Como también la gente como Greg. Quizás lleguen a balancearse en el futuro, ¿quién sabe?

Maritza siempre fue brusca y malvada conmigo y, olvidé por qué, pero la amaba. Fue hace mucho tiempo, pero así fue.

Encontré empleo en una pizzería. El sueldo no es muy bueno pero puedo llevar algo de comida a la casa. Un día un tipo blanco entró a la pizzería y supe de inmediato que no era un yuppie en prospecto buscando un sitio barato para arrendar. Sabía quién era. Me preguntó entonces si quería trabajar en una demolición. No se

requería experiencia y todo lo que tenía que hacer era tumbar paredes y limpiar tuberías de edificios. Me dijo que me iba a prestar un
favor, yo podía trabajar bajo su nombre, con su número de seguridad
social, y cuando llegara el día de pago intercambiaríamos el cheque
por efectivo. Le dije que estaba a punto de graduarme y que le agra-
decía pero no. La escuela era el único rincón claro entre todo este lío.
Nunca sabré cómo hice para terminar todas las clases y hacer todos
los trabajos en medio de la confusión. Tendré el título para finales del
semestre. Entonces el hombre dijo, un placer haber conversado, me
dio su número de teléfono y agregó que "puede enviarme a sus amigos." Le dije que estaba bajo libertad condicional y que tenía que seguir por el buen camino. Dijo que él también.

U n día abrí el buzón y encontré un sobre sin remitente. Por el
aroma a almendras supe quién lo enviaba. Era una carta breve,
más parecida a una nota. Pero se trataba de un principio, la apertura
de un canal.

Lo fundamental está en el panorama general de las cosas, lujo
contra pobreza es una preocupación secundaria para la reflexión.
¿Qué tan vivo estás, Julio? ¿Cuánto en realidad sientes? ¿Cuánto
tiempo permanece el recuerdo de tu tacto en la piel de otra persona? ¿Los volverás a sentir en los cuartos vacíos donde nunca
volviste a estar después de que murieron? Lo que quiero decir,
Julio, es ¿nunca te has despertado en mitad de la noche y sientes que escuchas la voz de ese poeta de la alcantarilla del que
me hablaste? ¿Nunca te has despertado y corres las cortinas
para ver si el fantasma del poeta está tumbado en la acera, reci-
tando? Lo que trato de decirte, Julio, es que estás obsesionado

con la materia: tu edificio, la demolición y el fuego. Lo que has
perdido es la belleza y la imaginación que te dio tu cultura
cuando eras niño y que hacía que vivir en lotes vacíos y en calles
de fuego fuera soportable, incluso excitante y placentero. Una
nostalgia que tú confundes con la rabia. Vas por ahí hablando de
toda esta historia de tu barrio y tratando de ajustar todo parcial-
mente pues tú eres de alguna manera también responsable de su
desaparición. En tu cabeza, Julio, lo que has romantizado ha sido,
sobre todo, los días cuando era permitido romper todo.

Finalmente, siento que haber hablado de enamorarse sólo de
una manera abstracta, haber hablado de ti y de mí sólo en lo bá-
sico, fue lo que me metió en este lío.

No me siento muy esperanzada en lo nuestro, pero eso no
significa, Julio, que no exista esperanza.

No empezó con "Querido Julio" y tampoco la firmó. Sin embargo, fue esa última línea la que le trajo sol a mi cara. Hay ciertas
cosas que no pueden ser escritas, ni dichas, ni pintadas. Realmente
creo que una de esas cosas primordiales es la esperanza, y como
el aire o Dios, la esperanza no puede ser metaforizada con éxito. Y
por eso, espero que eventualmente Helen hable conmigo. Y cuando
lo haga, no voy a explicar nada, sólo le estrecharé la mano y comen-
zaré todo desde el principio, una vez más. Tal vez esta vez haga las
cosas bien.

La rabia de mi madre por no haberle contado todo lo que sucedía
se ha apaciguado. Pero aún me considera responsable por perder a Helen. ¿Perder a Helen? Apenas empezaba a conocerla. Pero
mi madre siempre nos vio casados. Una noche, mientras veía sus no-

velas en Telemundo, protagonizadas por todos estos latinoamericanos rubios y de ojos azules abarrotando la pantalla, tantos que uno
creería que no existe gente negra ni indígena en América Latina, seguía quejándose, "Pudiste haberte casado con alguien que se viera
como ellos." Mi padre que estaba al lado suyo, tensando una conga,
sólo sonrió.

"Yo no lo hice," dijo, "me casé contigo."

"Oye qué sangrón," contestó mi madre riéndose.

El telefóno sonó y fui a contestarlo. A Trompo Loco le estaban
dando salida de la sala psiquiátrica en el Lincoln Hospital. Habíamos
estado contando los días para su salida. Salí para ir a recogerlo.
Cuando llegué al hospital, hablé con el médico y recogí su medicina.
Después pasé a la sala de espera para verlo. Trompo Loco ya estaba
ahí, listo y con todo empacado para ir a la casa. Al verlo ahí esperando
con tanta ansiedad mi llegada sentí vergüenza por no haberlo llamado nunca por su nombre verdadero, Eduardo. Entonces, le pregunté si le parecía bien que lo llamara por su verdadero nombre.
Asintió y dijo que le gustaban los dos nombres y que le gustaría que
lo llamaran Eduardo sólo en los fines de semana, porque son más
cortos, y Trompo Loco durante los días de semana, porque había más
días y que ese nombre le gustaba más. Le dije que esa era una gran
idea. Le dije que lo presentaría a su padre con su verdadero nombre.

¿Eddie?" interrumpi su lectura.

Tan pronto como me vio, supo por qué me encontraba ahí.

"Tu hijo Eduardo está aquí."

No había vuelto a pasar desde el día del incendio. Eddie no recibió ningún dinero, pues todo lo mío estaba a nombre de Papelito.
Ninguno de nosotros recibió dinero. Pero fue su hijo quien causó el

incendio, y a él lo consideraron responsable. Todos sus contactos lo abandonaron. La obra también estaba siendo investigada, así que incluso eso estaba suspendido temporalmente. Estaba arruinado, como lo estaba el secreto que durante tanto tiempo se esforzó por proteger. Un secreto que todo el mundo conocía.

"Él no es mi hijo," dijo Eddie como si estuviera cansado de repetirlo, como si estuviera a punto de darse por vencido. Eddie con seguridad habría negado de cabo a rabo la existencia de Trompo a sus conocidos en la aseguradora. Esforzándose por convencerlos de que Trompo no era hijo suyo y que por lo tanto no tenía ninguna responsabilidad en esa metida de pata. Pero debió de haber sido inútil. Para ahora, Eddie lo había dicho tantas veces que no sonaba más que un graznido.

Eduardo estaba detrás de mí.

"Hola, señor," dijo Eduardo, encogiéndose, temeroso como si estuviera a punto de ver el rostro de Dios.

"Buenas," dijo Eddie, sin mostrar interés.

"Lo hice por usted," dijo Eduardo, chupándose los labios.

"No te pedí que lo hicieras," dijo Eddie, mirando con intensidad los ojos de Eduardo, como si buscara rastros de sí mismo. Pero dejó de hacerlo, como si ya hubiera visto suficiente, y volteó la cabeza a un lado.

"Pero yo seguí a Julio esa noche y ¿no quería usted, señor, un incendio?" Eduardo había empezado a apretar los puños en las manos y movía nerviosamente los pies de un lado a otro.

"Pues lo jodiste todo."

"Gracias, señor."

"¿Por qué?" dijo Eddie un tanto irritado. "Lo jodiste todo completamente."

"Por hablar, señor." Eduardo hizo una venia, y para ese mo-

mento se encontraba tan nervioso que estaba a punto de ponerse a
dar vueltas, así que lo agarré de la mano.

"Eduardo," le susurré, "tenemos que irnos."

"Okay Julio," dijo y volteó a mirar a su padre antes de salir conmigo. Y aunque Trompo estaba feliz de que su padre finalmente le
hubiera hablado, fue el silencio de Eddie lo que me resultaba más ex-
plícito. Nunca fui nadie como para juzgar a alguien más, no después
de todas las que había hecho, pero ésta era la última oportunidad de
Eddie para encontrar alguna redención. Para reconocer finalmente
una parte de su vida que él había sido responsable de crear. Equivo-
cación o no, Eduardo era su hijo, y todo lo que él quería era que
Eddie lo mirara a los ojos y le dijera la verdad. Yo hubiera podido
haber dicho alguna cosa. Hubiera podido decirle a Eddie que yo
sabía que fue él quien incendió la casa de su amante. Que la madre de
Trompo Loco se quedó en la calle por culpa suya, y enloqueció. Que
podía rezar todo lo que quisiera, ir a Roma y besarle el anillo al Papa,
pero que aún así no podría borrarlo. Pero me di cuenta de lo desecho
que estaba Eddie y me costó todo el esfuerzo no decir nada de esas
cosas. Contenerme y resistir el impulso de patearlo mientras se encontraba en el piso. En cambio, salimos de ahí. Dejando a ese hombre viejo deteriorándose en esa cafetería.

Solicitud #24

Ahora usted pasará a una lista de espera de cinco a diez años.
Por favor tenga en cuenta que su solicitud avanzará en la medida que
las unidades empiecen a quedar vacantes según su ritmo habitual.
Por favor tenga en cuenta que se hará a su debido tiempo. Gracias.

Había el rumor de una botánica en Brooklyn administrada por un babalawo que era humilde, bueno y real. Así que fui a verificarlo personalmente. La botánica era de colores vivos y me gustó. Aunque no era nada como San Lázaro y las Siete Vueltas, el lugar brillaba con resplandor propio. Cuando conocí al *santero*, le confesé que yo quería caminar por la "ruta de los santos" y que era sincero.

"¿Quién carajos te crees que eres?" me dijo, y me sentí un poco sorprendido de encontrar un hombre santo tan malhablado. "¿Por qué coño tendría que enseñarte la ruta de los santos? ¿Qué has hecho para probar que eres digno de conocer sus historias?" Y me gustó de inmediato.

Era real.

"No sé, sólo quiero aprender," le dije.

"Bien, Ochá no es como la cristiandad, nosotros no se la embutimos a la gente por la garganta ni la estamos regalando como queso del gobierno a cualquiera que aparezca por aquí a pedirla."

Ahora de verdad quería que él fuera mi padrino. Vi a Papelito en sus ojos. Aunque estaban ausentes su delicadeza, sus movimientos felinos, la manera como Papelito llenaba el espacio.

"Puedo pagar," dije.

Lo había insultado.

"¿Plata? ¿A quién le puede importar un carajo tu plata? ¡En el Oriente, hay templos que te harían esperar años antes de abrirte las putas puertas!"

Era un hombre inmenso con manos inmensas. Tan grandes que imaginé que podría romper una guía de teléfonos por la mitad.

"Sólo quiero aprender," repetí.

"Ah, sí. Tú quieres aprender. Bueno, ¿qué has hecho para probar que eres digno de los santos?"

Le dije que no había hecho nada.

"Entonces regresas otra puta vez cuando lo hayas resuelto y entonces tal vez te enseñe el camino. Ahora lárgate de mi botánica."

Más tarde esa noche, Trompo Loco estaba jugando con la colección de monedas que mi padre nos había traído a los dos, y mis padres y yo jugábamos Spanglish Scrabble. Las reglas eran que tenían que ser palabras que no existieran en ninguno de los dos idiomas.

Nada de esas tonterías de spanglish de palabras mal pronunciadas por causa del acento, como *grincar*, que es en realidad "green card," o *soway*, que es "subway." Tampoco el cambio de códigos entre inglés y español. No, nuestras reglas eran que la palabra en spanglish tenía que ser como las palabras que mi padre inventaba continuamente.

"¡Tripiando!" La deletreó con orgullo, acomodando sus letras cuadradas, "como un viaje, ya saben, ¿estar tocado?" Algo de lo que sabía mucho en una época.

"Me suena como comer tripas," mamá le dijo a Kesil, sentado en sus piernas. Kesil siempre se sentaba ahí, "Como comerse los intestinos del estómago. ¿Tripiando?"

Nuestras palabras eran palabras que no existían para nada. Se trataba de sándwiches híbridos elaborados con sufijos y prefijos del español manteniendo al mismo tiempo la saludable carne de la palabra en inglés acomodada en la mitad.

Mamá aceptó la palabra, cuando sonó un golpe en la puerta. Dejé el juego para ir a contestar y era el santero de Brooklyn. Me agarró del cuello y me abrazó. "¿Por qué diablos no me dijiste que Félix Camino fue tu ex *padrino?*" dijo, sonriendo. No sé cómo averiguó mi dirección, pero no toma mucho tiempo para que las cosas viajen en SpaHa. "Papelito también fue mi maestro," dijo, y cuando mi madre escuchó el nombre de Papelito se levantó de la mesa.

"¿Es usted santero?" le preguntó esa noche mi madre, y cuando él le dijo que sí lo invitó a seguir. "Papelito," dijo mi madre, a punto de hacer el más alto elogio de Papelito, "era un verdadero cristiano." Se lo dijo a este santero de Brooklyn, cuyo nombre era Manny—su nombre en Ochá era Kimbuki—y él estuvo de acuerdo.

"Un amigo de Papelito," dijo mi madre, "siempre es bienvenido a mi casa."

Manny se nos unió a la mesa de la cocina, le explicamos las reglas y empezamos el juego de cero.

En realidad no era tan tarde, pero mis padres empezaron a prepararse para ir a dormir. Le dieron las buenas noches al santero, quien se preparaba también para irse. Salí con él y conversamos en el pasillo.

"Papelito me habló una vez de ti," Manny me dijo afuera, mientras esperábamos el ascensor. "Déjame decirte algo, Julio, ese hijo de puta nunca se equivocaba."

"¿De mí? ¿Qué te dijo de mí?"

"Que tú, Julio Santana, ibas a hacer grandes cosas. Que veía una llama en ti que nunca había visto en nadie más que hubiera conocido. Que eras definitivamente hijo de Changó. ¿Sabes lo malditamente raro que es esta mierda?"

"Yo no sabía eso."

"Bien, además es putamente caro, ¿okay?" dijo. Igual que Papelito, Manny no negaba que había plata de por medio. "También mencionó a alguien más. Una mujer."

"¿Maritza?"

"Sí, esa misma. Si ella quiere ser mi discípula la acepto."

"Se fue," le dije.

"Entonces, seremos sólo tú y yo. ¿Hasta dónde llegaste en las clases con mi padrino? ¿Hasta los collares?"

"Nada cerca de los collares," le dije. "No muy lejos. Aún me cuesta trabajo acordarme cuál es el color que le corresponde a cada Orisha . . ."

"Mierda, no estás ni siquiera preparado para tomar Lukumí 101. Estás más bien como para un curso remedial de Lukumí."

Sentí como si lo hubiera defraudado. Pero me aseguró que no había problema.

"Ven a verme a Brooklyn, y hablaremos de empezar con tu camino hacia la santidad."

Me abrazó. Me dijo que él me guiaría hasta cuando yo estuviera listo para la ceremonia final del Asiento, cuando, con suerte, y si Papelito estaba en lo cierto, me convertiría en Changó. Y, como en todas las relaciones íntimas, Changó me revelaría el significado de sus historias, pero sólo si yo trabajaba en amar al Orisha. Si celebraba correctamente los rituales, Changó me llevaría a conocer los caminos de un dios. Changó me enseñaría cómo amarme a mí mismo y a todas las cosas vivientes. Mi nuevo padrino me dijo que sería un proceso lento y doloroso. Pero que yo llegaría, y cuando lo hiciera, ya no habría que encender el fuego de Changó, pues las velas del Orisha estarían dentro de mí. Sus tambores batá serían los latidos de mi corazón. Entonces yo, también, compartiría una dualidad, como la que Changó comparte con la santa católica Santa Bárbara. Como ella, yo estaría ligado para siempre, sería uno y el mismo, con un dios negro africano de las fuerza naturales: del rayo, del trueno y del fuego.

Llegó el ascensor.

Manny me abrazó una última vez, entró y se fue.

Helen no me besó ni me estrechó la mano. Llevaba puesto un ligero impermeable azul, así que no pude ver qué llevaba debajo, pero sus zapatos eran los mismos chanclos que usaba siempre. Al verla aparecer así me hizo sentir como si la primavera estuviera a la vuelta de la esquina, cuando de hecho aún estábamos en enero.

Helen se disculpó por llegar así de improviso y me preguntó cómo me iba. Le dije que bien. Me preguntó si había recibido su carta. Le di las gracias por la misma. Le dije que sus cartas siempre me hacían recordar sus manos. Delicadas y hermosas, algo misteriosas, también.

"Sólo me puedo ver contigo en sitios públicos," dijo de repente.

"¿Cómo este pasillo?" dije, en broma.

"Sí, como este pasillo." Sonrió ligeramente. "No confío en ti Julio. Ni en ti ni en mí. Así que ¿nos podemos ver sólo en sitios públicos?"

"Seguro," no había ningún inconveniente de mi parte.

"Okay," respondió, pulsando el botón del ascensor. "El Dalai Lama está en la ciudad. ¿Te interesa?"

"¿Qué si me interesa?" dije alegremente. "Contigo podría ir a mirar una pared."

"Perfecto," dijo, bajando los ojos, sin saber si venir a verme había sido una visita apropiada. "Perfecto, okay. Te escribiré," dijo y llegó el ascensor.

Helen dijo buenas noches. Después entró y se fue.

El hermano Malcolm terminaba su historia brindándole toda la gloria y todo el crédito a su Dios al tiempo que achacaba todos sus errores a él mismo. Yo no soy ni de cerca alguien tan noble como lo fue él. Pero después de todo lo que me ha sucedido me siento . . . bendecido.

¿Y qué? He rebajado algunos puntos. He vivido antes en los projects y pude salir. Y volveré a salir de nuevo. Esta vez, haré las cosas bien. Esta vez, lo haré para siempre. Pensé en la carta de Helen, en la última línea. Era algo auténtico, genuino y verdadero. Papelito alguna vez me dijo que uno juega el número correcto y que nunca sale. Algunas veces juega el número equivocado por error y ése es el número ganador. Cuando pienso en Helen, comprendo por fin a qué se refería.

Y así, lleno de esperanza y claridad, volví a entrar a mi apartamento y cerré la puerta detrás de mí.

AGRADECIMIENTOS

La leyenda cuenta que un día, mientras se encontraba sentado frente a una cascada artificial en Midtown, René Alegría tuvo una visión, y esta editorial, Rayo, nació. Con esa misma extraordinaria habilidad para ver más allá mi editor me ha guiado hacia la terminación de este libro. Su asistente, Andrea Montejo, ha sido una maravilla en encargarse de todos los pequeños detalles. Estaría perdido sin mi agente, Gloria Loomis, quien fue más que comprensiva durante los falsos comienzos que tuve antes de que esta novela empezara a hablar conmigo. Agradezco a Catherine "Triple Threat" Fausett (Cerebro, Belleza, Benevolencia); su aliento igual de invaluable. Justin Allen siempre me mantuvo al día. Agradezco también a mi padre, Silvio, a mi madre, Leonor, a mis hermanas Frinee y Haydee, a mi hermano James y a mi primo Rafael; su amor siempre es reconfortante. Como son la amistad y el firme consejo de Kendra Hurley y la compañía de Stefanie Schumacher. Cesar Rosario es el mejor "alero" que podría tener cualquiera (esos días ya pasaron pero la aventura continúa). Su madre, Juanita Lorenzo, es la evidencia de que la afinidad con la ficción es posible. Silvana Paternostro prácticamente me regaló un capítulo, su cariñosa voz siempre fue bienvenida. La humanidad de Russell Contreras, la nobleza de Mat Stafford, la inteligencia de Will Ross, la actitud de Susan D'Aloin, y la lucidez de Jeanne Flavio aún contribuyen a mi crecimiento. Y por último, gracias a Brian Flannagan, propietario del Night Café; las trivialidades del domingo por la noche transformaban un día aburrido en algo un poco más interesante.

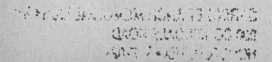